曾有你的雨季

Rainy Season

遮擋住世界所有的憂傷。

琉影 著

出・版・緣・起

三百六十度全媒體出版

城邦原創創辦人　何飛鵬

當數位變革浪潮風起雲湧之際，做為一個紙本出版人，我就開始預想會不會有數位原生內容出版社出現？如果會的話，數位原生出版會以什麼樣貌出現？而我又將如何面對這種數位原生出版行爲？

就在這個時候，我看到了大陸的起點網，這個線上創作平台，聚集了無數的寫手，形成數量龐大的創作內容，無數的素人作家在此找到了夢許之地，也成就了一個創作與閱讀的交流平台，而手機付費閱讀的習慣養成，更讓起點網成爲全世界獨一無二、有生意模式的創作閱讀平台。

基於這樣的想像，我們決定在繁體中文世界打造另一個線上創作平台，這就是POPO原創網誕生的背景。

做爲一個後進者，再加上我們源自紙本出版工作者，因此我們在POPO上增加了許多的新功能，除了必備的創作機制之外，專業編輯的協助必不可少，因此我們保留了實體出版的編輯角色，讓有心成爲專業作家的人，能夠得到編輯的協助，我們會觀察寫作者的內容、進度，選擇有潛力的創作者，給予意見，並在正式收費出版之前，進行最終的包裝，並適當的加入行銷概念，讓讀者能快速認識作者與作品。

這就是POPO原創平台，一個集全素人創作、編輯、公開發行、閱讀、收費與互動的一條龍全數位的價值鏈。

經過這些年的實驗之後，POPO已成功的培養出一些線上原創作者，也擁有部分對新生事物好奇的讀者，不過我們也看到其中的不足—我們並未提供紙本出版服務。眞實世界中，仍有許多作家用紙寫作，還有更多讀者習慣紙本閱讀，如果我們只提供線上服務，似乎仍有缺憾。

爲此我們決定拼上最後一塊全媒體出版的拼圖，爲創作者再提供紙本出版的服務，讓所有在線上創作的作家、作品，有機會用紙本媒介與讀者溝通，這是POPO原創紙本出版品的由來。

如果說線上創作是無門檻的出版行爲，而紙本則有門檻的限制，線上世界寫作只要有心，就能上網、就可露出，就有人會閱讀，沒有印刷成本的門檻限制。可是回到紙本，門檻限制依舊在。因此，我們會針對POPO原創網上適合紙本出版的作品，提供紙本出版的服務，我們無法讓所有線上作品都有線下紙本出版品，但我們開啓一種可能，也讓POPO原創網完成了「三百六十度全媒體出版」的完整產業及閱讀鏈。

不過我們的紙本出版服務，與線下出版社仍有不同，我們提供了不同規格的紙本出版服務：（一）符合紙本出版規格的大眾出版品，門檻在三千本以上。（二）印刷規格在五百到二千本之間的試驗型出版品。（三）五百本以下，少量的限量出版品。

我們的宗旨是：「替作者圓夢，替讀者服務」，在作者與讀者之間搭起一座無障礙橋梁。

我們的信念是：「一日出版人，終生出版人」、「內容永有、書本不死、只是轉型、只是改變」。

我們更相信：知識是改變一個人、一個組織、一個社會、一個國家的起點。讓想像實現、讓創意露出、讓經驗傳承、讓知識留存。我手寫我思，我手寫我見，我手寫我知，我手寫我創，變成一本本的書，這是人類持續向前的動力。

我們永遠是「讀書花園的園丁」，不論實體或虛擬、線上或線下、紙本或數位，我們永遠在，城邦、POPO原創永遠是閱讀世界的一顆螺絲釘。

目錄

前奏曲　三月雨

還記得那一天，連日以來下了好久的雨總算暫時停歇，和煦的陽光從雲縫間灑下，稍稍驅走屋子裡的溼悶。

「芷昀！」沐浴在陽光下，哥哥的臉上滿是笑意，站在庭院裡朝她揮手，「快點快點，火車就要來了，快去我們的祕密基地！」

「哥哥，等等我！」她拉開門，焦急地穿好鞋子，提起一把小紅傘，追著哥哥的背影朝屋後的小樹林跑去。

當時，方芷昀就讀小學二年級，家庭的狀況有些特別。

她的媽媽是一位小有名氣的鋼琴演奏家，經常跟著樂團四處演奏；爸爸則被公司外派到國外，工作十分忙碌，所以她和哥哥打從出生起，就一直住在奶奶家，由奶奶拉拔長大。

奶奶家位於C鎮的半山腰上，四周只有十幾戶鄰居。奶奶家有一面大扇落地窗，窗邊擺著一台鋼琴，每到夏日傍晚，金色夕陽穿過落地窗，在木質地板上灑下斑駁光影，也在方芷昀的記憶裡烙下唯美的印記。

或許是爸媽長年不在身邊的緣故，年幼的她非常依賴哥哥，而哥哥也相當疼愛她這個妹妹，每當放學後，兄妹倆就經常跑到屋後的樹林裡探險，雖然奶奶一直禁止兩人到那裡玩，但是越禁止他們就越愛去。

「芷昀！快點快點！」

踩著鋪滿潮溼落葉的小徑，哥哥和她一前一後闖進茂密的綠林裡，剛被雨水洗刷過的綠葉，還微微透著些光亮。

樹林的盡頭是一座小山坡，站在坡上可以眺望山下的鐵道，每天會有數趟運煤火車經過。當時，在一旁的小徑追著火車跑，或守在鐵路旁目送列車飛駛而過，也是當地小孩的一項娛樂。

「哥！你不要跑那麼快，等等我！」哥哥的腳程比較快，一轉眼就把她拋在腦後。

忽然一陣風挾著泥土和青草氣息吹拂而來，竹林枝葉隨風如波浪般搖曳，上頭的雨滴也被吹落，瞬間下起一陣竹林雨，灑落在兩人的頭頂。

「哇啊！好多水滴！」方芷昀停下腳步，遮著頭頂又叫又跳。

「好好玩喔！」哥哥開心地喊道，伸手抓住旁邊一根竹子，用力搖晃了幾下。

方芷昀馬上撐起雨傘，哥哥彎身擠到她的傘下，兩人相視而笑，聽著水珠打在傘頂上滴滴答答作響。

這時，風停了，遠遠傳來平交道的警示聲，「叮噹、叮噹、叮噹……」

「啊！火車來了！」哥哥興奮地大叫，轉身朝著樹林深處跑去。

「等我、等我！」方芷昀拖著雨傘追過去，沒想到右腳踩到一灘爛泥，整個人突然打滑失去平衡，往小徑右邊的斜坡滾下，「啊——」

一陣天旋地轉，滿眼濃密的綠色，如同漩渦般在眼前打轉……打轉……

第一樂章　夏日的音樂奇緣

傾盆的雨聲中，方芷昀倏地睜開眼睛，從不斷旋繞的綠色夢境驚醒。

她起身坐在床上，深呼吸緩和急促的心跳，轉頭望著雨水潑灑在窗戶上，玻璃一片水霧朦朧，窗框被強風吹得咯吱作響。

爲什麼……

時隔八年，她幾乎已經忘掉那場意外了，爲什麼在高中音樂班放榜後，又頻繁地做起這個夢？

「唉……不想了。」恍神幾秒，她輕輕嘆了口氣，不想再探究。看向床頭的鬧鐘，時針指著早上七點，「颱風應該登陸了吧。」

聽著窗外的風雨聲，她突然感到血液裡有一股渴望被喚醒。

方芷昀掀開棉被跳下床，帶著樂譜和音樂教室的鑰匙，從公寓三樓跑到一樓，才拉開大門，一陣強風就吹亂了她的頭髮。

公寓的一樓是店家，店門上方掛著一塊繪著五線譜和音符的招牌，上頭用藝術字體寫著「艾爾音樂教室」，因爲現在沒有營業，因此鐵捲門是拉下的。

她打開一旁的側門走進店內，點開電燈，放眼望去，教室的接待廳擺著一台史坦威平台鋼琴，玻璃櫥窗上展示著電吉他、小提琴、長笛和烏克麗麗。

方芷昀掀開琴蓋，拉出琴椅坐下，將琴譜擺在譜架上，雙手指尖輕輕撫著黑白琴鍵，那溫潤的觸感帶給她一股安全感，原先被惡夢驚醒的不安情緒也漸漸鎮定了下來。

深深吸了口氣，十指在琴鍵上輕柔跳動，起初她還照著樂譜彈，彈到中段，像是要呼應外頭的風雨聲似的，指尖下的節奏越來越快，心情越來越亢奮，隨之彈錯的音也越來越多。

結尾的和弦重重落下，方芷昀閉上雙眼，著迷地聽著銀鈴般的琴音緩緩消散。

突然，一隻手朝她的後腦勺戳了一下。

「亂彈一通！」一道沙啞的男聲低罵。

「哥！我很認眞在彈的！」方芷昀手摸著後腦，仰頭對上方聿翔瞪視她的眼眸。

哥哥方聿翔大她三歲，今年剛從新華高中音樂班畢業，主修鋼琴，副修雙簧管，月底即將到英國的音樂大學就讀。

除了長相斯文、品學兼優之外，方聿翔的音樂成績更好，YAMAHA、維也納、全國學生音樂大賽……他從小到大抱回來的獎項，早就塞滿整個櫥櫃了，班上很多女同學都羨慕她擁有這樣一個哥哥。

「大清早的，妳一定要用這麼恐怖的琴音，來轟炸我的耳朵嗎？」方聿翔指著她的鼻尖質問，臉上滿是沒睡飽的煩躁。

「我是彈給自己聽，又不是彈給你聽的，誰叫你練完琴不回三樓房間，老是喜歡窩在琴房裡睡覺，還怪我？」方芷昀無辜地聳了聳肩。

「這跟我睡在哪裡無關，是妳不按照樂譜好好彈，根本是在糟蹋鋼琴！」

「我哪有糟蹋鋼琴？」

「那剛剛是誰那麼大力敲擊琴鍵，彈得像是炸彈在轟炸一樣？」

「我只是想體驗一次在暴風雨中彈琴的感覺嘛……」方芷昀委屈地扁嘴，剛才自己明明是達到人琴合一的至高境界，怎麼會是在糟蹋鋼琴呢？

「今天放颱風假，妳早上七點多就練琴，小心被左右鄰居抗議。」他繼續數落。

「就突然很想彈啊，難道你不曾想像在雷電交加的時候，彈奏貝多芬的〈命運交響曲〉嗎？」她頂回去。

「我只想在國家音樂廳演奏……」方聿翔話說到一半突地打住，掃了妹妹一眼，不自在地轉開話題，「老爸老媽昨晚從墾丁打電話回來，叫我們要去巡視地下室，怕颱風天下大雨，會滲水進來。」

「喔。」方芷昀皺皺鼻頭，起身闔上琴蓋，將琴椅推到鋼琴下。其實她明白哥哥會睡琴房，是為了方便晚上巡視音樂教室，要是地下室淹水，那可就麻煩了。

此時，門口忽然響起電鈴聲。

「一定是鄰居來抗議了。」方聿翔斜睨著她，誰叫方芷昀有三更半夜跑下來彈琴，被左右鄰居抗議的不良記錄。

「不會吧……」方芷昀乾笑兩聲，心情忐忑地打開大門。

門外站著一個身著黑色T恤的男孩，衣服上印著白色的翅膀和十字架圖紋，左肩還背著一個吉他盒。

「妳好。」男孩禮貌地朝她頷首，帶著笑意的雙眼盈著清澈微光，「我聽見有人彈琴，請問這間音樂教室有出租電吉他練習室嗎？」

方芷昀直直望著他，男孩的年紀和她差不多，頂著一頭亞麻色的斜龐克髮型，左邊耳垂戴著一只耳釘，斜削的長瀏海下，俊朗的五官十分好看，穿著打扮散發出日本視覺系樂手的味道。

面前的男孩好像相當習慣他人的注視，朝她微微挑眉，露出燦然笑容，「我的名字叫高浚韋，浚是三點水的浚，韋是偉大的偉去掉人字邊。」

方芷昀被他開朗的笑臉打動，也回他一笑，「我叫方芷昀，芷是……」

「很抱歉，今天颱風天，停班停課。」方聿翔突然從身後擠開她，往中間一站，打斷兩人的凝視。

「停班停課最好！這樣就不用和別人搶練習室了。」高浚韋似乎聽不出方聿翔的趕人之意，反而當他在邀請似的，將手中雨傘插進門邊的傘架裡，「我一直很想體驗一次，在暴風雨中彈奏電吉他的感覺！」

「你可以跟我妹妹結拜了。」方聿翔的嘴角抽了一下，用彷彿看到異類的眼神上下打量他。

方芷昀用手肘頂了哥哥的腰一下，心中浮起一種巧遇知音的喜悅感，沒想到竟然有人和她的想法一樣。

「剛才是妳在彈琴？」高浚韋好奇地看著她。

「沒錯，是我。」她微笑點頭。

「感覺怎樣？」

「很爽！超嗨！」

「眞的嗎？」高浚韋有些激動，突然伸手握住她的肩頭，「聽妳這麼說，讓我現在好想彈吉他！」

方芷昀心跳快了一拍，近距離看著他陽光的帥氣笑臉，那笑容驅走了她一早噩夢的陰影，甚至帶著強大的感染力，讓人想打從心底跟著他一起微笑。

「我家只有練團室，沒有電吉他練習室，一個小時租金五百元。」方聿翔不悅地揮開高浚韋放在方芷昀肩上的手，還爲了打發他走，故意將兩百元的租金抬高到五百元。

「雖然價格是貴了點……不過以颱風天來看是値得的！」高浚韋咧嘴一笑，馬上從口袋掏出錢包，抽了張五百元雙手呈上。

方聿翔瞬間眼神死，一副無法和他溝通的表情，方芷昀見狀忍不住笑了出來，覺得高浚韋這個人挺有趣的，不知道該形容他是白目，還是神經大條？

瞪著高浚韋期待的笑臉，方聿翔不想再浪費口舌，只好沒轍地收下錢，「進來吧，旁邊有拖鞋，練團室在地下一樓。」

「謝謝。」高浚韋連忙脫下運動鞋，換上拖鞋走進教室。

三人沿著樓梯下到地下室，電燈一亮，只見雨水從連接後院的落地門門縫滲透進來，地面上早已積了一大灘水，就要漫進練團室門口。

「後院的水溝堵住了，這下子又有得忙了。」方聿翔無奈地嘆了一口氣。

「現在淹水，你要不要改天……」方芷昀轉頭對高浚韋開口，心想他應該會就此打消練習的念頭。

「沒關係！」高浚韋打斷她，無所謂地笑了笑，「颱風天難免會有狀況發生，我幫你們一起打掃吧。」

「這怎麼好意思？」方芷昀微微瞪大眼睛。

「保護練團室，是樂手的重要使命。」高浚韋右手成拳，伸出食指和小指比了一個Rock手勢貼在左胸前。

「沒錯！再大的風雨都澆不熄搖滾魂！」方芷昀跟著附和。

方聿翔翻了個白眼，看看高浚韋，又瞄瞄妹妹，以手扶額，「我去清水溝，你們兩個……就負責保護練團室。」

「是！」兩人同聲應答，情緒亢奮。

方聿翔拿了把雨傘，帶上清水溝的工具，拉開後門走出去；方芷昀打開樓梯間的儲物室，拿出掃把和水桶。

「爲什麼練團室不蓋在樓上？」高浚韋將琴盒放上桌，脫掉襪子和拖鞋，再捲起褲管，接過她遞來的掃把開始掃水。

「本來練團室最早是蓋在二樓，但還使用不到一星期，就被左右鄰居抗議太吵。」

「原來如此，電吉他和電貝斯的音箱很吵，爵士鼓的震波也很強，可以穿透好幾層牆壁，難怪會被抗議。」

「就是說啊，我媽原本還想把爵士鼓換成電子鼓。」

「不要吧！這樣很沒fu耶……」

方芷昀不時抬眼觀察高浚韋，只見他掃得非常賣力，臉上始終掛著微笑，加上有共通的音樂話題，兩人一下子就熟絡了起來。

約莫過了十幾分鐘，方聿翔拿著開花的雨傘從後院走進來，全身被淋得溼答答，頭髮凌亂，模樣相當狼狽。

「哥，剩下的交給我處理，你快上樓換衣服吧。」方芷昀憋著笑意，不敢嘲笑哥哥像隻落水狗。

「我去沖個澡。」方聿翔抹去臉上的雨水，看高浚韋如此認眞幫忙，口氣也變得和善了些，「小弟，你如果有不會操作的設備，直接問芷昀就好，別自己亂弄。」

「沒問題！」高浚韋欣然點頭。

方聿翔上樓後，兩人拿著拖把將地面拖乾，打掃用具歸回儲物室。

一切清掃完畢，高浚韋迫不及待背起吉他，推開練團室的門。

按下電燈開關，燈光一亮，四邊牆壁貼滿黑色隔音海棉，最裡側擺著爵士鼓和鍵盤，左右兩邊的地面疊著空心磚，磚上架著吉他和貝斯的音箱，桌上還有電腦和混音台。

似乎沒想到設備這麼齊全，高浚韋眼睛一亮，快步走到吉他音箱前面，打開自己的吉他盒，拿出一把流線造型，琴面爲黑色和澄色漸層的電吉他，熟練地將導線接在插座上。

「Fender美廠的電吉他，經典的落日漸層色。」方芷昀彎身看著電吉他的琴面。

「妳怎麼知道？」他一臉訝異地看著她。

「我不知道呀！」方芷昀微微一笑，指著吉他的琴頭，「只是看到琴頭上印有logo和產地，不過倒是知道落日漸層色，因爲這個顏色很美。」

「原來如此！我本來想買Gibson的，不過那把電吉他要十多萬元，實在太貴了。」

「全世界玩電吉他的人，都夢想擁有一把Gibson！」方芷昀微笑。

「正解！Gibson是電吉他界的LV啊！哈哈哈……」高浚韋開懷大笑，眼中閃爍著燦亮的光芒，「我認識的女生裡，妳是第一個可以正確喊出電吉他品牌的。」

「我只是聽吉他老師聊過，其實懂得並沒有很多。」從小到大，只要老師及學生們在櫃台聊天，她都會好奇地豎起耳朵聆聽。

「懂這些已經很厲害了！」高浚韋頗欣賞地看她一眼，接著打開音箱的電源，一邊撥弦試音，一邊旋轉音箱上的旋鈕，調整電吉他的音色。

Fender是知名的吉他名牌，電吉他動輒萬元起跳，一般家長在選購樂器給孩子時，通常都會挑幾千元的練習琴入手，很少一開始就買得那麼好。

調好音色，高浚韋背著電吉他站在麥克風前，鵝黃燈光像是在他身上加了一層柔邊，他右手拿起pick刷弦，清亮的弦音透過音箱在練團室裡繚繞開來。

方芷昀起身往桌緣坐，突然很想聽聽他的歌聲。

待前奏結束，他才剛開口發出第一個音，頭頂的燈光突然閃爍了一下，整間練團室瞬間陷入一片漆黑。

方芷昀錯愕地眨眨眼，竟然停電了……

「啊——啊——啊——啊——」練團室中央傳來高浚韋拉長音的慘叫聲。

「以四分音符爲一拍，一小節有四拍，速度66bpm（註一）。」黑暗中，方芷昀伸手往發聲處摸索，一碰到高浚韋手中的電吉他，趕緊拔掉導線，抓住吉他背帶，拖著他朝門口方向移動。

「啊啊啊啊啊啊啊啊——」

「速度超過200bpm，發瘋的節奏。」她忍不住噗哧一笑。

將高浚韋帶出練團室時，地下室牆角的緊急照明燈已經亮起，四周充斥一片淡綠色的光源。

方芷昀轉頭一瞧，高浚韋頹喪著張臉，原本的帥氣髮型已經被他自己抓成凌亂的鳥窩頭，剛進練團室是小帥哥一枚，出來卻變成了猿人一隻。

「不好意思，我會把錢退給你。」她憋笑道歉。

高浚韋眼神放空了幾秒，才提起精神看著她，笑道：「沒關係啦，停電也不是妳的問題，再說……停電也能唱啊，那就來一首完全『不插電』的演出吧！」

語畢，高浚韋三步併作兩步跳上階梯，站在玻璃門前面，右手快速地刷弦，對著外頭的風雨彈唱起來。

「不插電」的意思，當然不是指樂器不插電，而是指樂曲不加進電子音效或混音，只用最純淨的方式伴奏，去呈現音樂的原始風貌。

因爲沒有接音箱的緣故，電吉他所演奏出來的樂音很小，加上沒有麥克風的修飾，相對地突顯出了高浚韋的清唱能力，他的聲線清澈而明亮，高音高亢有力；中低音圓潤流暢，音準和節奏也非常準確。

他的背影隨著旋律起伏，在光影的掩映下，散發出狂野不羈的瀟灑，方芷昀聽著聽著，心中浮現一股難以言說的情緒。

一曲唱畢，高浚韋從階梯上跳下來，暢然笑道：「眞的好爽！有一種和吉他合而爲一的感覺。」

「你唱的是X Japan（註二）的歌。」她微微一笑，他說的那段話，跟自己剛才彈琴的感覺一模一樣。

「不會吧！連這個妳也知道？」高浚韋又吃了一驚。

「X Japan復出後，曾在二〇〇九年來台灣開唱，當時新聞報得很大，我上網聽了他們的歌，就徹底變成X迷了。」

註一：BPM=Beats Per Minute（每分鐘幾拍），爲音樂速度的單位，66bpm爲每分鐘演奏66個四分音符。

註二：日本重金屬樂團，是日本特有的視覺系文化始祖。

高浚韋雙手握拳，開心地叫道：「我就是聽了他們的歌，才想更進一步學電吉他的！」

看著高浚韋激動的模樣，方芷昀沒想到兩人竟會喜歡相同的樂團，這種默契真是不可思議。

此時，一陣鈴聲響起，高浚韋從口袋裡掏出手機接聽，「奶奶……我在附近的音樂教室，哪有跑去鬼混？」說完，像要證明自己沒說謊般，右手不忘刷弦兩下，「好啦好啦……我馬上回家。」

方芷昀幫他拿出吉他盒，高浚韋將電吉他收進盒子，他們一起走出音樂教室，外頭風雨雖然轉小，但是風勢還是很強勁。

「等我一下，我上樓跟哥哥拿錢退給你。」她指著公寓大門。

「不用，記著吧，等明天電來了，我再過來練習。」高浚韋不在意地笑道，一邊打開雨傘。

「好吧，你住在哪裡？」

「對面巷子的第二家。」

「這麼近？可是我從沒見過你。」

「那是我奶奶家。」

「原來如此，那明天見！」方芷昀揮揮手。

「嗯！明天見。」他輕笑，晃了晃雨傘示意。

目送高浚韋走進對街的小巷，方芷昀不禁開始期待……明天能再和他見面。

方芷昀帶著樂譜回到三樓，因爲颱風天停電的關係，屋內光線顯得有些幽暗。

「那個男生回家了？」方聿翔沖完澡走出浴室，拿著毛巾擦拭溼髮。

「因爲停電不能練習，他說明天會再來。」她拉開窗簾，讓光線照進客廳，室內頓時明亮了一些。

「那就好，我剛才還在想要退錢給他。」

「哥，你土匪啊！租金拉抬到五百元。」

「什麼土匪？我又沒有強迫他，是他自己心甘情願的。」方聿翔瞪她一眼，轉身走進廚房，端出一盤包子和一瓶牛奶，「吃早餐吧，我剛剛先蒸熱了。」

「謝謝哥。」方芷昀在沙發上坐下，拿起包子小口啃著，「對了，他的電吉他牌子是Fender的。」

「是Fender又怎樣？」方聿翔面無表情，倒了一杯牛奶推到她面前，「反正妳不要跟他走得太近。」

「爲什麼？」她疑惑地問。

「我認識不少玩樂團的男生，學吉他的初衷都不是眞心喜歡音樂，只是爲了耍帥和把妹，甚至還有那種屁孩買了很貴的電吉他，只想在同儕間炫耀，彈沒幾個月就不彈了。」

「你也太看得起你妹妹了吧？」

「我的妹妹長得又不差，同學們都說妳很可愛。」

「誰會白目到在哥哥面前說妹妹的壞話？」方芷昀啜了一口牛奶，不認同地反駁：「我倒是覺得高浚韋的吉他彈得很熟練，唱歌也很好聽，看得出來他是眞心喜歡音樂，而不是你說的那種人。」

「妳不了解男生的心態，我看他的穿著和打扮，就是爲了要吸引女生的注意。」方聿翔非常堅持自己的看法。

「你想太多了，他只是暑假來奶奶家玩，說不定過沒多久就回去了。」

「最好是這樣！」

兩人邊吃早餐邊鬥嘴，吃完後，方聿翔回到房間忙自己的事，方芷昀把餐盤和杯子收到廚房洗乾淨。突然間，她想起一件事，回房拿出一本《兒童拜爾上冊》，來到哥哥的房門口，輕輕敲了敲門。

「進來。」

方芷昀打開門走進房間，方聿翔正站在衣櫃前整理衣物。

「哥，你來看看。」她在床邊坐下，臉上笑容神祕，「我昨天整理房間，發現了一個很有趣的東西。」

「什麼東西？」方聿翔疑惑地放下衣服，來到她的身側坐下。

方芷昀翻開《兒童拜爾上冊》其中一頁，琴譜下的空白處有一幅蠟筆的塗鴉，畫著一棵樹，樹上有兩隻大鳥和一個鳥巢，鳥巢裡有兩隻小鳥張著嘴討蟲吃，畫風十分童稚可愛。

「昨天我看到這張畫，想了很久才想起小時候我們住在奶奶家，有天我畫了一棵樹，跟你說我不會畫鳥，你就幫我畫了兩隻，我說這兩隻鳥一隻是爸爸、一隻是媽媽，你又幫我畫了一個鳥窩，裡面還有兩隻小小鳥。」

方聿翔望著那幅畫，眼裡思緒複雜，沉默片刻後說道：「當時……妳根本是隻跟屁蟲，每天早上鬧鐘一響，妳就爬下床，黏著我刷牙、洗臉、吃早餐，一路跟到門口。」

「眞的嗎？我怎麼不記得？」方芷昀偏頭想了幾秒，卻想不起哥哥所說的那段回憶。

「那時候妳才兩、三歲，怎麼可能會記得？」

「喔，也對！」方芷昀笑了笑，指尖輕撫琴譜上的畫，「我印象中最深刻的是，小時候沒有玩伴很無聊，我常常趴在窗台上看著外面，等哥哥放學回來陪我彈琴和畫畫。」

「嗯……」

「我還曾經想過，長大後要當你的新娘子，後來才知道妹妹是不能嫁給哥哥的，這算不算是我的第一次失戀？」

「什麼啊……」方聿翔輕聲失笑，盯著那幅畫又沉默了幾秒，接著伸指輕叩她的額頭，「既然如此，那妳爲什麼不塡新華高中，當我的小學妹呢？」

「你在那間學校那麼有名，全校師生都認識你，我進去一定會被貼上『方聿翔妹妹』的標籤。」方芷昀在國小和國中時就常常被老師拿來和哥哥比較，她怎麼可能再選哥哥就讀的高中？

「眞可惜，我有好多高中的學弟妹都說要搶著照顧妳。」

「我才不要！」方芷昀撇頭，看見擱在牆角的行李箱，心裡實在不捨，「哥哥，你出國讀書後，我會想念你的。」

關於方聿翔高中畢業出國留學這件事，爸爸和媽媽的意見是相左的。

媽媽覺得哥哥有才華，可以繼續深造，但爸爸卻不贊同兒子走音樂這條路，認爲畢業後的出路畢竟有限。

最後，當然是由她這個前世情人出馬，向爸爸撒了好幾天的嬌，說哥哥以後可以協助媽媽，繼承音樂教室的事業，才終於說服爸爸點頭同意。

「芷昀，謝謝妳支持我，我不會讓妳失望的。」方聿翔感激地說道，輕輕拍了拍她的頭，「妳還會在意……沒考上高中音樂班的事嗎？」

方芷昀低頭看著放在腿上的右手，手腕上橫著一道開刀後所留下的淡白色疤痕。那道傷，此時像是劃進胸口般，痛得她皺起眉頭，彷彿看見一片綠色在眼前旋繞……

「芷昀？」

聽到哥哥擔憂的聲音傳來，她連忙抬起頭，裝作無所謂似的扯了個笑，「法律有規定考不上音樂班，就不能學音樂嗎？」

方聿翔愣愣地看著她的笑臉，一時之間不知該如何回應。

「就算沒考上音樂班，我還是會繼續彈琴！」方芷昀雙手抱胸，抬起下巴斜睨著他，

「所以啦……我早上是很認眞在練琴的。」

「好、好，我道歉就是了。」方聿翔朗聲大笑，伸手揉亂她的瀏海，心底暗自鬆了一口氣。

隔天早上八點多，電力終於恢復供電，不少住戶開始忙著收拾颱風帶來的殘局。

由於爸媽還在墾丁渡假，音樂教室今天仍不營業，不過因爲昨天和高浚韋有約，方芷昀還特地帶著樂譜來到教室，打開側門等候他的到來。

坐在鋼琴前反覆練習同一段曲子，就好似在攀爬一座高山，隨著曲目難度越來越高，山路也越來越陡峭難行。

媽媽常告誡她，練琴是自我挑戰的過程，必須承受一個人的寂寞和孤獨，即使是蕭邦、貝多芬和莫扎特這樣的天才也不例外，都曾經走在同樣的道路上。

彈了兩小時後，方芷昀漸覺右手腕有些痠痛，闔上琴蓋坐在櫃台休息，邊用電腦上網看著影片，邊按摩手腕，偶而轉頭望幾眼櫥窗上的電吉他，也接了幾通詢問課程的電話。

可惜等了一天，高浚韋始終沒有出現。

後來連續三天，方芷昀好幾次藉著散步，晃進對街的巷子裡，偷偷觀察第二間屋子。屋裡住著一位身材削瘦的老奶奶，眼神看起來非常親和。她在門前種了一些花草，還養了一隻名叫黑皮的黑狗。

這天，黑皮看她不斷進出巷子，似乎也十分習慣方芷昀的存在，竟然對著她又吐舌頭又搖尾巴，那呆呆傻傻的模樣還挺可愛，惹得方芷昀忍不住走過去想摸摸牠。

沒想到她剛走到廊下，黑皮馬上縮進牆角，啊嗚啊嗚地怪叫起來，彷彿被她毒打過一頓似的委屈模樣，引得老奶奶走出屋子一探究竟。

「小妹妹，妳有什麼事？」老奶奶疑惑地望著她，伸手摸摸黑皮的頭，溫聲安撫。

「奶、奶奶妳好，我、我絕對沒有欺負黑皮，我媽媽在對街開音樂教室，颱風天那天……」方芷昀有點緊張，將颱風天遇到高浚韋的事說明了一遍。

高奶奶聽了一笑，「浚韋那天晚上被他爸爸叫回家，隔天一早就坐車回去了。」

「原來如此，那這五百元就交給奶奶吧。」方芷昀掏出錢遞給高奶奶，得知高浚韋無法赴約的原因後，心情雖說不上失落，卻覺得有些可惜。

「沒關係，」高奶奶搖搖頭，將錢推還給她，「等開學後，浚韋去妳家學吉他，到時候再從學費裡扣掉就好。」

「咦？」她傻住。

「這孩子啊……前陣子和他爸爸處得不好，兩人常常吵得快打起來，所以考試填志願時故意填我這裡的高中，後來放榜後被他爸爸知道了，才會被叫回家罵呀。」

「他考到哪間學校？」

「梅藝高中。」

「和我同校耶！」方芷昀驚訝地指著自己。

「這麼巧啊。」高奶奶輕笑，「浚韋對附近還不熟，看來他以後上學可有伴啦。」

兩天後，方芷昀用音樂教室的電腦，新增了高浚韋的報名資料，內心不禁一陣欣喜。

下午練完琴，她走進對街的巷子，朝著第二間屋子望過去，只見高浚韋身著寬鬆的白色T恤和七分休閒褲，坐在屋簷下幫黑皮洗澡。

黑皮全身覆著一層肥皂泡泡，高浚韋一邊搓揉牠身上的毛，一邊愜意地唱著歌，溼漉漉的地面在陽光的照耀之下映射出如水晶般的光芒。

洗到一半，黑皮突然甩甩身子，牠身上的泡泡頓時像雪片一樣飛散，高浚韋開懷大笑，轉頭閃避四濺的泡泡時，同時發現了她。

「嗨！」他朝她揮揮手。

「黑皮眞幸福，洗澡還有專人唱歌給牠聽，眞是五星級享受。」方芷昀走到高浚韋面前，看到他的頭髮和鼻尖上黏著些許泡泡，那模樣有點憨，有點可愛。

黑皮仰頭看著她，低低叫了一聲，似乎在問：妳嫉妒嗎？

「奶奶說妳有來找我。」高浚韋拉起T恤的衣襬，擦去臉上的泡泡。

「我以為你不來了，想退錢給你，後來聽你奶奶說，你被你爸叫回家？」

「我跨區塡志願選了奶奶這裡的學校，把我爸給氣炸了。」

「為什麼要這麼做？」

「因為……」高浚韋眼中的光芒微微黯下，神色閃過一絲複雜，下一秒隨即以微笑掩飾，「就大人說的，青春期的叛逆。」

「我看不出你哪裡叛逆。」方芷昀明白他不想多談，馬上轉開話題，「你幾歲開始學吉他的？」

「國小五年級。」他拿起水管扭開水龍頭，沖去黑皮身上的泡泡，「那時學校有個老師很會彈吉他，課後開了吉他才藝班，我就跑去報名了，一直彈到國二才改學電吉他。」

「難怪我覺得你彈得很好，歌也唱得很好聽。」她回家後絕對要吐槽哥哥看走眼，高浚韋學了五年的吉他，才不是會半途而廢放棄音樂的人。

「我也這麼覺得！」他沒在謙虛，大方收下方芷昀的讚美，「不過大人都說我的歌聲吵，嫌我唱那什麼鬼，真是沒有眼光！」

「我哥也常常挖苦我，說我是專門攻擊鋼琴的恐怖份子。」她心有戚戚焉，明明自己對鋼琴全心投入，偏偏旁人總是不能理解他們的熱情。

「我們還挺像的嘛。」

「我也這麼覺得。」

兩人相視而笑，有種心有靈犀的微妙感。

「對了，妳有上網看分班表嗎？」高浚韋幫黑皮沖完水，起身輕拍牠的背，牠馬上跑到太陽底下，暢快地將身上的水滴抖落。

「公布了嗎？」方芷昀垂眼看著水光閃爍的地面，心想反正音樂班落榜，不論被編到哪個班級都無所謂了。

「昨天公布了，好巧，又和妳同班了。」

方芷昀不可置信地瞪大雙眼。

高浚韋轉頭望著她，直率地笑道：「我覺得遇見了妳，未來好像會發生很美好的事。」

這段話無預警地撞進她的心上，方芷昀呆愣了幾秒，感到心口觸動了一下。她緩緩抬頭望著他，暖洋洋的陽光灑在高浚韋的笑臉上，他好像整個人都在發光，讓人不捨移開視線。

原來暴風雨中的相遇，只是一場熱鬧的開幕式。

這個夏天，方芷昀音樂班考試落榜，卻認識了一個像是太陽般溫暖的男孩。

而他認爲能遇見她，是一件美好的事！

♪

國中畢業的暑假，方芷昀暫時卸下課業壓力，成天待在音樂教室裡幫忙媽媽整理樂譜、打掃環境，同時還可以自在地盡情彈琴，心情十分愉悅。

八月中旬，藝文特區的「夏日藝術祭」舉辦了一場「制服至上!·高校音樂趴」，活動時間從下午三點到六點，全縣有十五所高中樂團將上台表演。

既然打著「制服至上」的名號，就代表樂團必須穿著高中制服上台演出，觀眾如果穿著制服到場同樂，還可以獲得主辦單位提供的紀念品一份。

下午一點多，公車在藝文特區的站牌旁停下，穿著高中制服的方聿翔帶著方芷昀下車，由於梅藝高中的制服還沒發下，她只能穿著國中制服出席活動。

廣場上架起一座舞台，舞台上擺著爵士鼓組、鍵盤和音箱等設備，幾個工作人員正在排椅子，旁邊有好幾組樂團正等著上台試音。

方芷昀跟著哥哥走到舞台邊，四個新華高中的學長立即靠了過來。

其中一位身材高瘦、戴著眼鏡的男生，滿面感激地說道：「聿翔學長，麻煩你了，因爲鍵盤手吃壞肚子，現在在醫院吊點滴，才會臨時找你代打。」

「阿照，幫助學弟是應該的。」方聿翔笑了笑，從側背包裡抽出一份樂譜，「你傳給我的譜，我早上已經練習過了，彈奏方面應該沒問題，大家來排練一下吧。」

「謝謝學長！」阿照微微鞠了個躬。

「新華的，找到鍵盤代打了呀？」一道嘲諷的笑聲從旁邊傳來。

方芷昀轉頭一瞧，只見四男一女帶著吉他和貝斯坐在花圃邊，身著白色制服配上靛藍色長褲……是梅藝高中的制服，竟然是她的學長姊。

「找到了。」阿照沉著臉應答。

「臨時抱佛腳沒問題嗎？」剛剛發出笑聲的少年坐在中間，毫不客氣地打量他們，神情相當不屑。

「我學長是音樂班的，還是鋼琴比賽的常勝軍，絕對沒問題！」

「哇！你們眞有勇氣，找音樂班的來突顯自己的缺點。」那少年故作驚訝貌，刻意轉頭詢問身邊的伙伴，「你們說，這樣眞的沒問題嗎？」

「傅明哲，講話幹麼那麼難聽？我們樂團有惹到你嗎？」阿照的臉瞬間漲紅，激動得想上前理論。

「社長！冷靜一點，不要被他們影響了。」一旁的團員馬上阻止阿照。

「無論是比賽或表演，千萬不要自亂陣腳，先把該做的事做好，這才是最重要的。」方聿翔用像看笨蛋一樣的眼神橫掃了那五人一眼，隨後拍拍阿照的肩頭，領著一票學弟走向舞台左側。

「他們是梅藝高中的熱音社？」走了一小段距離，方芷昀好奇地小聲問阿照。

「對，剛才那個是新社長，本身是吉他手，聽說他從國中就開始組團了，仗著贏過幾次小比賽，就一副目中無人的樣子，常以嘲笑其他樂團爲樂。」他一臉嫌惡地回答。

「這麼臭屁？」方聿翔斜睨妹妹一眼。

「看我幹麼？」方芷昀回瞪他，有點發窘，沒想到自家高中的學長在外頭風評如此差勁。

方聿翔低笑一聲，拿起自己的帽子往她頭上一戴，「妳的臉都曬紅了，要不要先去展覽館吹冷氣？」

「不用，我想看大家彩排。」她搖搖頭，第一次參與這種和高中樂團有關的活動，看到這麼多音樂同好聚在一起，不免有些亢奮。

因爲他們提早到場，現在觀眾區還沒什麼人，方芷昀占到第一排的左邊位子，可以近距離觀看台上的表演。

不一會兒，彩排開始，每組樂團有五分鐘的試奏時間，可以和PA人員（音控）溝通討論。

「電吉他的聲音再破一點。」

「貝斯的低頻不夠重。」

「主唱的聲音太小了……」

方芷昀坐在台下，一邊玩著手機遊戲，一邊聽其他樂團在台上試音、討論。

時間接近下午三點，舞台開始播放熱音歌曲，主持人每隔幾分鐘就廣播一次活動預告，觀眾陸續聚集，現場還來了很多他校的應援團，每個人臉上都帶著興奮的神情，期待演出開始。

三點一到，來賓致辭完畢，首先由一個著名的地下樂團演唱暖場，結束後接著輪到各校樂團上場，台下一片鼓噪，應援團歡呼和尖叫聲沒有停過。

看著台上熱力四射的演出，方芷昀忍不住跟著觀眾一起尖叫，全身熱血沸騰，心裡隱隱升起一種莫名的渴望。

當第六組樂團表演完畢，下一組輪到五個男生上場，其中一人手拿著小提琴，但方芷昀並沒有在稍早的彩排當中見到他。

那位拉小提琴的少年半低著頭站在她的正前方，頂著一頭帶點頹廢感的及肩中長髮，長長的瀏海遮住了他的眼睛，只露出高挺的鼻尖，他握著小提琴和琴弓的手指相當修長漂亮。

彷彿感受到方芷昀的注視，少年微微抬起頭，雙眸自瀏海髮隙看了她一眼。

這時，主唱拿著麥克風開口報上團名，「我們是松岡高中的Notos，今天帶來的歌曲是……」

少年將小提琴架上肩頭，左手輕按琴弦，右手持弓置於弦上，身姿從容而優雅，不過因爲臉上沒有笑容，渾身散發出一股淡淡的憂傷氣息。

鼓手舉起鼓棒輕敲四下，吉他、貝斯和小提琴的弦音同時奏下。可能是因爲緊張的關係，團員們剛開始有點拍子不齊，主唱的音準也沒拉足，只有小提琴緊抓住鼓點，穩穩地奏著。

方芷昀閉上眼睛仔細聆聽，小提琴的低音婉轉低迴，高音清澈明亮，細膩的顫音更是勾動人心。

聽了幾段旋律之後，方芷昀感覺小提琴和其他樂音正逐漸分離，輕巧的琴音漸漸蓋過了其他樂器，悠揚地迴盪在她的耳邊。

忽而一陣風吹來，微微拂開小提琴手的瀏海，方芷昀望著他的臉，發現他的眼神空洞，不見一絲情緒波瀾。

突然，一道粗獷的嗓音打斷了演奏的進行，「那個拉小提琴的！馬上給我下台！」

方芷昀轉頭朝後方看去，一名長相凶惡的中年男子從人群中跳起來，指著舞台上的小提琴手大吼：「你，就是你！馬上給我下台！」

台上的團員個個神情錯愕，只見那名凶神惡煞的男子賣力擠過人群往台上衝，氣沖沖的樣子像是恨不得一口將小提琴手吞下肚。

拉小提琴的少年不但沒有被嚇住，反而不慌不忙地提起腳邊的琴盒，朝舞台下拋去。

盒子會摔壞！腦中一閃過這個念頭，方芷昀下意識跳了起來，張開雙手接住那只琴盒。

就在那一刻，少年單手抱著小提琴從台上一躍而下，他左手撐著地面，單膝跪地，眸光帶著點銳度，直直地對上她的視線。

「站住！你給我站住！」中年男子繞過觀眾席，從第一排座位的右側直衝而來。

少年本想伸手拿回琴盒，卻不知道爲什麼，忽地改爲攫住方芷昀的手腕，拉著她從觀眾席的左側跑了出去。

「喂！你拉著我幹麼？」方芷昀一臉莫名奇妙，左手還緊抱著小提琴盒，就這麼被他拖著跑離現場。

少年沒有回應，也沒有回頭，只是拉著她在人群裡東轉西繞，最後朝展覽館的方向奔去。

身後的中年男子不死心地拚命追著兩人，但礙於身形較胖，追了一段路後漸感不消，和他們拉開了一段距離。

「琴盒還你，快放開我！」方芷昀舉起琴盒想塞回給少年，但他完全不予理會，反倒更加用力地握緊她的手。

兩人彎過展覽館轉角，跑進後方的小花園裡，她一路被拖著跑，已經快要喘不過氣，少年緩下腳步看了她一眼，揚起脣角，輕輕鬆開她的手。突然之間，他抓住自己的瀏海，從頭上扯下一團頭髮，朝著花園的左側出口拋了出去。

方芷昀驚訝地張大嘴，看著那頂假髮以半圓的弧線掉落在地上，還沒來得及反應過來，少年隨即伸手摟住她的肩，拉著她躲進一旁的小花圃裡，藏身在三棵修剪成圓形的樹叢後面。

樹叢的高度不高，方芷昀抱著提琴盒被他壓在草地上，她不依地掙扎扭動身軀，搞不懂自己怎麼那麼倒楣，竟會蹚進這渾水之中。

「噓……」少年溫熱的鼻息自她耳邊拂過，「再動，我就咬妳的耳朵。」

方芷昀身體一僵，動也不敢動，他的右手環過她的肩膀，將她緊緊護在懷裡；同一時刻，花圃旁邊傳來一陣急促的腳步聲。

中年男子追了過來，四下找尋兩人的身影，看到掉在地上的假髮時，低罵一聲：「氣死我了！竟然給他跑了！」

縮在樹叢下的兩人屏住呼吸，方芷昀聽到腳步聲走近，一顆心緊張地怦怦跳，少年的手臂此時加緊了摟著她的力道，似乎在叫她別擔心。

繞了花園一圈，中年男子因為視線的死角，並沒有發現他們的蹤影，低咒了幾聲終於放棄，十分懊惱地離去。

少年輕笑一聲，起身盤腿往旁邊的草地一坐，方芷昀隨後從地上爬起來，抱著琴盒跪坐，抬眼盯著他的臉。

拿掉假髮後，他一頭清爽短髮襯出俊朗的五官，髮尾微微捲翹，深邃的雙眸中似乎透著點淘氣，直挺的鼻梁下，優美的脣線揚起一道好看的幅度，渾身散發一種音樂家的獨特氣質。

「妳叫方芷昀。」少年的嗓音溫醇，用帶著些興味的眼神在她的制服名牌上掃了一眼。

「嗯。」方芷昀視線移到他的右胸口，只見他制服上繡著「陳曜文」三個字。「剛才那個人是誰？他為什麼要追你？」

「誰？」他偏頭微微一笑，「我也不知道。」

「不知道？那你幹麼要跑？」方芷昀傻眼。

「因為他看起來很凶，一副想殺人的模樣，換成是妳，難道不逃嗎？」他傾身凝視方芷昀，清澈的眼神帶著點無辜。

她有點哭笑不得，「可是……你從舞台左轉右繞跑到這裡，看起來一點都不害怕，也不緊張，簡直像……」

「像什麼？」他朝她挑眉，眼底滿是笑意。

「像在耍人！」方芷昀狠瞪他一眼。

「他毀了我拉琴的興致，我只不過讓他運動一下而已，應該算扯平了吧？」

「那你為什麼要拖我下水？」

「因為……」他望著方芷昀，脣角勾起一抹笑，「我無聊。」

「什麼？」

「一個人跑太孤單了，兩個人跑比較有伴。」

「什麼嘛……」方芷昀皺眉，心底升起一股被戲耍的惱火感，眼前這個人根本是個瘋子，「你難道沒有想到，跑著跑著，萬一跌倒或把琴摔壞了，那該怎麼辦？」

「所以……」他話音一頓，淺淺一笑，「我沒有時間收小提琴，只好找個人幫我拿琴盒，這樣跑起來不是比較省力嗎？」

「省力你個鬼！陳曜文，你眞的很差勁欸！」方芷昀生氣地大吼，抓起琴盒丟向他。

「沒禮貌，我是高中生，妳才國中，應該要尊稱我一聲學長。」他接住琴盒，擱在一旁的草地上，從樹叢下拿出剛才藏起的小提琴和琴弓。

「我今年已經考上梅藝高中了，你是松岡的學生，跟我又不同校，我幹麼要叫你學長？」

「原來是小高一，松岡和梅藝是友校，社團活動也很常往來。」他笑笑地伸出手，在她頭頂揉了一把，「不要計較那麼多，乖，喊一聲學長來聽聽。」

「你……我才不要！」方芷昀用力揮開他的手，抄起地上的琴弓，作勢要朝他的笑臉抽下去。

他沒有閃躲，只是輕輕笑了起來，一陣夏風捎來，斑駁的光影自綠樹葉隙間灑下，細碎的光芒在他的四周盈盈閃動，像是被風的精靈篩濾過的溫暖流光。

方芷昀愣愣地放下琴弓，一時忘了回嘴，看著他打開盒蓋，抽出一條布，輕輕擦拭琴面的灰塵，動作非常溫柔。或許是對喜歡音樂的人存在著一定的好感度，看著他對小提琴輕柔如情人般的舉動，方芷昀的怒氣也逐漸散去。

擦完琴，將琴弓和小提琴收進盒內，他背起琴盒走出花圃，回頭朝她笑道：「妳陪我辛苦跑路，我該怎麼答謝妳？」

「免了！」方芷昀跟著跨出花圃，拍拍衣服上的灰塵，「你突然拉著我跑掉，我哥找不到我，現在一定擔心死了。」

「機會難得喔。」他輕輕挑眉，「只要不超出我的能力範圍，任何要求都可以，真的不要嗎？」

「那要你當我的男朋友，這也可以嗎？」她不屑地冷哼。

「可以。」他神祕地微笑。

「這、這……」方芷昀一時語塞，不知該如何反應。

「方芷昀。」他突然傾身向前，伸指輕點她的額間，「要我當妳的男友嗎？」

她的小腦袋徹底打結，完全停止運轉！

近距離望著他好看的臉龐，此時的他沒了捉弄她的笑意，反而十分認真，態度不像是在說笑，甚至語氣中還帶著一點……期待？

這表示她只要點頭答應，就可以撿到一個顏值一百分，又會拉小提琴的極品男友嗎？

但是……天底下會有這麼好運的事嗎？

「你太隨便了！你可以，但是我不可以。」方芷昀後退一步和他拉開距離，感覺被他碰觸到的額間開始微微發熱，熱度持續竄升，蔓延到雙頰上。

「所以，我被拒絕了？」他微勾脣角，臉上沒有不見一分失望，似乎已猜到結果會是如此。

「我又不喜歡你，爲什麼要你當我的男朋友？」

「那就算了，妳快去找妳哥哥，我也要回家了。」

「陳曜文！」方芷昀突然扯住他的衣角。

「怎麼？反悔了？」他帶笑回頭望著她，「好吧，我再給妳一次機會。」

「我不是那個意思！」方芷昀雙手扠腰，怒目瞪視著他，「你把你們學校的樂團表演搞砸了，不回去道個歉嗎？」

「再說吧，掰掰！」他朝她擺擺手，悠然走出小公園。

望著他背著琴盒遠去的背影，那副事不關己的態度，讓方芷昀忍不住搖頭嘆氣。

眞是怪人一個，女朋友是可以在路上隨便抓的嗎？

雖然說憑他的外在條件，隨便抓應該也可以抓到一大把，可惜他的運氣不好，偏偏抓到她，踢了一個大鐵板。

不過話說回來，他的小提琴眞的拉得很好，到現在只要閉上眼睛，彷彿還能聽到琴音在腦海中繚繞不絕。

只是方芷昀不懂，他看起來是熱愛小提琴的，但爲什麼表演的時候，眼神和表情卻像個沒有靈魂的木偶，一點感情也沒有？

她想不透，也不想再猜，畢竟他們以後也不會再相見。

方芷昀慢慢走回舞台邊，台上的其他樂團表演還在繼續，方聿翔和學弟們已經表演完畢，一群人坐在花台上聊天。

和哥哥一聊，她這才知道自己被陳曜文拉走後，松岡高中的表演中斷了一會兒，後來還是在沒有小提琴手的情況下，繼續完成演奏。

當時方聿翔和學弟們在後台做準備，並沒有看到她被拉走的那一幕，還以爲方芷昀跑去別的地方亂逛；直到表演結束後才聽人談起舞台曾發生一場混亂，但是眾人完全沒想到被拉走的女生就是方芷昀。

「我去找松岡高中的人問問到底是什麼情形。」方聿翔聽完她的敘述，嚷著要去找松岡高中的樂團算帳。

「哥，算了啦，我快熱死了，好想吃剉冰。」方芷昀連忙勾住他的手臂撒嬌。

「託學長的福，表演才能這麼順利，我來請客吧！」阿照開心笑道。

「耶！吃剉冰，社長請客！」其他的團員跟著歡呼。

方聿翔看了看妹妹，無奈一笑，只好就此作罷。

♪

一個星期後，方芷昀和爸媽來到國際機場，送方聿翔前往英國讀書。

「聽說在國外生病很麻煩，哥哥要好好照顧自己。」她慎重叮嚀。

「我會的。」方聿翔摸摸她的頭，不捨地說道：「妳彈琴不要過度勞累，偶而也要適度休息，不要像之前準備音樂班考試那樣，練琴練到右手發炎。」

「我知道。」方芷昀心頭一沉，右手不自覺緊握成拳。

兄妹倆依依不捨地話別後，方芷昀目送方聿翔走進機票檢查口，再也忍不住落下淚水，第一次深刻體悟到了離別的滋味。

回家的路上，方芷昀坐在轎車後座，望著窗外的晴朗藍天，想念起年幼時住在奶奶家的日子。

當時應媽媽的要求，從她三歲開始，就和哥哥由奶奶陪著到山下的音樂教室上課，訓練音感和節奏感。

奶奶的個性嚴謹，有些嚴肅，當時調皮的她常常惹奶奶生氣。

事隔多年，犯了什麼錯方芷昀也不記得了，只記得她每一次被奶奶罵，就會躲在桌子下或衣櫥裡不肯出來。

面對她的無聲抗議，奶奶大致採取「不吃飯就不要吃」、「愛躲衣櫥就永遠別出來」的態度應對。

而哥哥總是很有耐性地溫聲哄她，將方芷昀從桌子底下或衣櫥裡背出來。有幾次她甚至膽子大了，故意往外頭跑，有時是躲進院子裡的花叢，還有一次是躲到奶奶家旁邊的空地。

那塊空地堆著許多廢棄傢俱，方芷昀抱著雙膝躲在一張書桌下，正爲了被奶奶罵而感到難過時，突然聽見草地傳來一陣窸窸窣窣的腳步聲。

沒多久，一雙腳突地出現在她面前，她抬頭一看，原來是哥哥。

他彎身朝她微笑，每次無論她躲在哪裡，哥哥總是一下子就能找到她……

「妹妹，妳在笑什麼？」方父從後照鏡裡看她一眼。

「想起小時候和哥哥住在奶奶家的事，覺得好懷念，好想回奶奶家看看。」方芷昀回神輕笑。爸媽從小到大都叫她妹妹，第二個「妹」字尾音要上揚。

「奶奶去世後，那棟房子由妳叔叔繼承，可惜叔叔嫌房子太老舊，後來就把它賣掉了。」方母感慨地說。

「眞可惜。」方芷昀打從心底覺得惋惜。

思緒飄回小學二年級那個午後，雨停了，她跟著哥哥到後山的樹林玩耍，卻不小心跌進一旁的溝渠裡。

她摔得十分嚴重，全身多處擦傷，右手腕骨折，在醫院昏迷了一天。

醒來時她的意識仍然有些昏昏沉沉，她看到方聿翔趴睡在病床邊，不遠處奶奶和爸媽的對話隱隱飄進耳中。

奶奶說自己老了，已經管不動孩子，語氣充滿對孫女的心疼和自責。

後來，媽媽辭去樂團的工作，把兩個孩子接回家照顧，才開了這間音樂教室。

出院後，她的傷漸漸康復，不過爲了怕爸媽和哥哥自責，方芷昀從此絕口不提那場意外。

沒想到隔年奶奶因急病去世，那棟房子就這樣被賣掉了。

回到家後，晚餐時間獨缺了方聿翔，方芷昀盯著對面空空的位子，不禁又感傷了一會兒。

隔天早上，她坐在音樂教室的櫃台，幫媽媽key in學生資料，電腦忽地傳來「叮」一聲，臉書的視窗閃了閃，跳出了哥哥的聊天訊息對話框。

方聿翔：芷昀在嗎？

方芷昀：哥！你現在在哪？

方聿翔：在寄宿家庭的二樓房間裡。

方芷昀：吃飯了嗎？

方聿翔：剛剛吃了一道菜叫Jellied eels，是水煮鱔魚混著果凍狀的湯汁，酸酸冷冷的，吃完好想吐喔……噁！

訊息視窗跳出一個臉色發青的表情圖示，方芷昀揉揉泛淚的眼眶，在電腦前輕笑了起來。

跟哥哥聊過天，她心情一暢，轉頭望向陽光燦亮的窗外，擦去眼淚，打起精神。

暑假已經接近尾聲了，緊接著迎來的，即是高中新生活了。

♪

新生訓練第一天，天氣相當晴朗，蔚藍的天空萬里無雲。

方芷昀下樓走向公車站，一眼望見高浚韋站在站牌下，他一頭修剪過的利落短髮十分帥氣，身上穿著整齊的高中制服，領口結著領帶，中規中矩的模樣和她第一次看見他的視覺系造型相比，讓她有點難以適應。

「嗨！早安。」高浚韋活力十足地朝她揮手。

「早安！」方芷昀走到他的身側，直盯著他的頭髮。

高浚韋伸手捏住前額的瀏海，「我奶奶昨天拖我去剪頭髮，說學生就該要有學生的樣子。我這樣看起來會很奇怪嗎？」

「一點都不奇怪，看起來滿帥的。」

「哈哈……我也覺得自己滿帥的。」

高浚韋的字典裡真的沒有「謙虛」兩字。

「其實，你給我的感覺就像個小太陽一樣。」方芷昀忍不住笑了。

「真的嗎？」

「真的！」方芷昀點頭強調，「你的笑容有一種感染力，讓人看了心情會變得很好。」

「如果是這樣……那就太好了。」高浚韋靦腆地搔搔頭，眼中的光芒卻微微黯了一下。

方芷昀沒漏看他眼底一閃而逝的落寞，但是他們才沒見幾次面，情誼還沒有深到可以挖掘對方心事的程度。

公車到站後，兩人上車並肩而坐，方芷昀跟他聊起音樂趴上的見聞，聽得高浚韋熱血沸騰，直嚷著現在就想刷兩下電吉他，被他這麼一搧動，她的手也突然好想碰碰琴鍵。

這一股共鳴激盪出一道強大的力量，使方芷昀在音樂趴所感受到的渴望，逐漸在心底凝聚成形，讓她更加肯定了自己的想法。

「浚韋，我彈鍵盤，你彈電吉他，我們再找個鼓手和貝斯手，一起來組團吧！」音樂班落榜後，方芷昀終於找到了新的人生目標。

「好！我們一起玩團吧！」高浚韋爽快地一口答應，明亮的眼神熱忱滿滿。

公車在梅藝高中校門口停下，方芷昀和高浚韋下了公車，朝前方望去，校門邊聚集著一列學長姊，正在引導新生。

「芷昀，替我在校門口拍一張照片。」高浚韋掏出手機。

方芷昀接過手機，幫他以校門爲背景拍了兩張照片，拍完後，他接過手機看著照片，神情突然閃過一絲傷感，很快卻又隨之隱去。

兩人走進校門，沿著中央走道朝中廊移動，方芷昀低頭看著自己身上嶄新的制服，白色襯衫搭配紅藍相間的格紋百褶裙，領口繫著紅色蝴蝶結，心中滿是成為高中新鮮人的感動。

「芷昀，小心！」高浚韋忽然拉住她的手臂。

方芷昀倏地停下腳步，抬頭發現自己差點撞到人，那人一身軍綠色的制服，原來是教官。

「同學，走路不要低著頭呀。」教官盯著她訓誡。

「好的，教官。」方芷昀心一緊，瞄著那張有些凶惡的面孔，小聲地回答。

「趕快去中廊找輔導班長報到。」

「是！教官。」方芷昀拉著高浚韋的衣袖，快步走向中廊。

這是怎麼一回事？

音樂趴那名追著他們跑的中年男子，竟然是梅藝高中的教官！

「芷昀，妳怎麼看起來那麼慌張？」高浚韋不解地皺眉。

「剛才那個教官……」方芷昀正要開口解釋，視線不經意對上他身後的公布欄，隨即詫異地睜大了眼。

「教官怎麼了？」瞧她表情有異，高浚韋疑惑地循著她的目光，轉身望向公布欄。

公布欄上頭貼著一張海報，海報裡是一個看起來溫文儒雅的少年，身穿梅藝高中制服，臉上掛著親和的微笑，手裡握著小提琴。

「梅藝高中第十二屆校園形象大使。」高浚韋念出海報的標題，笑了起來，「芷昀，妳煞到這學長了喔？」

方芷昀沒有答話，只是一臉震驚地走到海報前，垂眼讀著海報下方的簡介：

紀沐恆，就讀高二音樂班。

三歲開始學習小提琴，現爲市立青少年交響樂團首席。

連續六年獲得文化盃音樂比賽小提琴獨奏第一名，連續三年獲得巴洛克音樂比賽全國第一名。

「眞差勁！學長是大騙子！」方芷昀氣得雙手握拳，恨不得一拳揢向海報上的笑臉出氣。

身爲梅藝高中的校園形象大使，卻穿上外校的制服替別校的小提琴手代爲演出，難怪會惹得教官生氣。

原來，他的名字不叫「陳曜文」，而是叫「紀沐恆」！

第二樂章　放學後的九號琴房

「一年級的新生，先找自己的輔導班長報到。」輔導老師在一旁指揮著高一學生。各班的輔導班長手裡高舉著班牌，早在中廊站定。新生們陸續朝他們的方向移動，人影交錯間，方芷昀突然被人絆了一下，腳步一陣踉蹌。

一隻手迅速抓住她的手臂，方芷昀站穩腳步，感激地仰起臉，視線對上一個輔導班長的面孔。

學長戴著眼鏡，長相斯文，看起來卻有些不苟言笑，似乎不是很好相處的人。

「學妹是一年四班的嗎？」學長聲音平靜，讓人感覺有點距離。

「嗯，我是。」方芷昀感覺到他手指粗糙的觸感，好奇地握住學長的手攤開一瞧，只見他右手的拇指外側、食指和中指的指腹覆著一層繭，再翻到手背一看，指甲修得極短，幾乎與指肉切齊。

「學長，你是貝斯手嗎？」她興奮地衝著他直笑，因爲貝斯的弦比吉他粗，不只按弦的左手，連撥弦的右手也會跟著長繭；而且不能留指甲，只要有一點指甲刮到弦，就會出現雜音，使得音色不夠渾厚。

那名學長沒有答話，只是直直地注視著她，眼鏡後的雙眸閃過一絲訝異。

「芷昀，怎麼了？」高浚韋一臉關心地擠過來，順著方芷昀的視線往下移，看到學長手指上的繭，不假思索地問：「學長，你有在彈電吉他嗎？」

學長用力抽回右手，神色厭惡，「我不是那種一天到晚只想跪在音箱前面瘋狂solo的腦殘。」

高浚韋傻愣了三秒，突然理智線綳斷，指著學長的臉哇哇大叫：「你這樣講太過分了！吉他手哪裡惹到你——」

「浚韋，冷靜點！」方芷昀拉住他，將他拖到一旁安撫，「今天是新生訓練，不要和人起衝突。」

高浚韋回神一看，四周同學紛紛往他們這裡注意，輔導老師也對他投以關愛的眼神，他馬上堆起笑容，「不好意思，我不是要找碴打架，只是講話激動了點。」

「還不快去後面排隊。」學長冷哼一聲，伸出拇指指向後方。

「是，學長。」方芷昀拉著高浚韋排到隊伍的後頭。

「那個學長幹麼說話那麼衝？」高浚韋氣呼呼地抱怨，覺得自己很無辜。

「算了啦，搞不好學長今天心情不好。」她安慰地拍拍他的背，瞄了一眼學長的後腦杓，心想他應該很熱愛貝斯，要不是長時間練習，手上的繭也不會那麼厚。

前往教室的路途中，方芷昀望著綠意盎然的中庭，四邊圍著蒼鬱的龍柏，木棉樹排成一列，幾隻蝴蝶在灑滿陽光的草坪上飛舞。

學校的校舍呈「日」字型排列，中央橫著一道空橋，將校舍分成左右兩翼，一年四班就位在右邊校舍的二樓，和空橋平行。

上了樓就要走進教室，方芷昀不經意地瞥了空橋一眼，竟然看見紀沐恆背著小提琴，和幾個拿著樂器的同學悠然談笑地走過空橋。

方芷昀睜大雙眼，心頭一股怒氣上湧，捏著雙頰朝他吐舌扮了個鬼臉。

紀沐恆似乎感應到似的，突然轉頭往她的方向看，一認出是她，停下腳步對她微微一笑，以無聲的嘴型回應：「笨、蛋！」

「你才笨蛋！」方芷昀氣得抬起右腿，朝他空踢一腳。

紀沐恆輕輕笑了笑，隨即和同學轉身離去。

方芷昀瞪著他遠去的背影，要不是身上沒有翅膀，要不是輔導班長叫大家快點坐好，要不是這棟校舍和空橋中間還隔著半個中庭，她早就飛撲過去朝他的脖子咬下去了！

「妳認識校園形象大使？」高浚韋的聲音從背後傳來，好奇地問。

「校園形象大使是什麼東西？可以吃嗎？吃了會不會拉肚子？」她不屑地冷哼一聲。

「妳已經是一臉拉肚子的樣子了。」高浚韋倚在門邊，一臉興味地研究方芷昀氣憤的表情。

「你亂講！」

「不信，妳去照鏡子啊，哈哈……」

兩人邊鬥嘴邊走進教室，輔導班長要大家先按照座號坐下，高浚韋坐在第四排後面，方芷昀則坐到第一排的中間，她的左側坐著一個有著俏麗短髮、長相甜美的女孩，笑起來還有顆小虎牙。

待同學們坐定後，輔導班長在黑板上寫下自己的名字，轉身掃了全班一眼，自我介紹：「我叫范翊廷，是你們這兩天的輔導班長，就讀二年級數理班。」

或許是因爲范翊廷的口氣比較嚴肅，臉上沒什麼笑容，加上同學們彼此間還不熟，眾人只是一聲不吭地望著他，沒人開口說話。

「我現在發下去的這本是學生手冊，學弟妹們回家要仔細閱讀，開學後要抽考校規。」范翊廷拿起一疊冊子開始分發。

「咦——爲什麼要考校規？」全班同學開始騷動，同聲抗議。

「爲了讓大家了解、遵守校規，還有，畢業時要出示學生手冊，才能領畢業證書。」他繼續補充。

「咦——太扯了吧！要放三年欸，萬一弄丟了怎麼辦？」

「丟掉就留級一年。」他面無表情地繼續發著手冊。

「誰規定的？」

同學不服地議論紛紛。

「我。」范翊廷提高了些音量。

全班頓時鴉雀無息。

方芷昀忍不住噗哧一聲笑了出來，心想這學長其實還滿幽默的呀！

范翊廷聽到笑聲，冷冷掃了她一眼，方芷昀馬上收斂起笑意，低頭盯著桌面。

班導隨後走進教室，大家開始進行自我介紹。

輪到坐在她左手邊的短髮女同學上台，她的嗓音帶著點娃娃音，「大家好，我叫林心緹，興趣是打爵士鼓和看漫畫……」

聽到「爵士鼓」這個關鍵字，方芷昀的眼神亮了起來，馬上提筆將她的名字記下。

自我介紹完畢後，再來是遴選班級幹部，班上同學相當踴躍，很多人都自告奮勇提名自己，高浚韋也是其中一個，他自薦當上了體育股長。

班導時間結束，范翊廷帶著全班到禮堂集合，由校長主持開訓典禮，接著是教官教唱校歌，以及各處室的主任輪流上台致辭歡迎新生。

到了放學時間，方芷昀走出教室，高浚韋趴在走廊欄杆上，低頭望著手機發呆，一副心事重重的模樣。

「浚韋，回家了！」她走到他的身側，輕拍了下他的肩頭。

「嗯，我們去搭車吧。」高浚韋收起手機，扯了一抹笑。

「新生訓練好無聊，我下午差點睡著。」

「我也是，明天有社團表演，應該會比較好玩。」

兩人邊走邊聊，方芷昀看著高浚韋臉上掛著笑，眼底卻隱著一絲落寞，很想關心他，卻又不知道從何開口，怕要是問了他卻不願回答，這樣豈不是尷尬？

他們往校門口走去，遠遠看到林心緹獨自走在前方，方芷昀瞄了高浚韋一眼，他也朝她點頭一笑，兩人默契十足，快步上前一左一右包圍攔截她。

「呃，你們有事嗎？」林心緹被兩人突如其來的舉動嚇了一跳，停下了腳步。

「嗨！林心緹，」方芷昀禮貌地朝她頷首，「早上聽妳自我介紹，妳說妳會打爵士鼓。」

「嗯，我學了三年。」

聽到她學鼓的資歷，高浚韋神情一振，連忙詢問：「我和芷昀要組一支樂團，她彈鍵盤，我彈電吉他，現在還欠鼓手和貝斯手，妳有沒有興趣加入？」

林心緹微微皺眉，歉然地說：「對不起，可能沒有辦法。我之前在學校的留言版看到一支樂團在徵鼓手，我非常想加入他們，所以不能和你們組團。」

「沒關係。」方芷昀不在意地搖搖手，「難得我們都有共同興趣，就算不組團，也可以交個朋友，一起交流音樂。」

「說得也是。」林心緹回她一笑，「不好意思，你們的名字是……」

方芷昀燦爛地笑開，「我叫方芷昀，他叫高浚韋，很高興認識妳！」

♪

新訓第二天，偌大的校園顯得安靜無比，這個時候高二、高三年級的學生還在放暑假，只有一年級教室的方向傳來陣陣嘈雜聲。

早自習時間，方芷昀側著身子和林心緹聊天，「心緹，妳要不要來我家的音樂教室玩？」

「好哇！」林心緹一口答應。

「我好想看妳打鼓的樣子。」

「芷昀，妳的眼神看起來有點怪怪的喔。」林心緹的眸光清澈，有一雙很美的眼睛。

「咦？妳、妳說什麼？」方芷昀揉揉雙眼，不懂她在說些什麼。

「開玩笑的啦。」林心緹笑了笑，拍拍方芷昀的手臂。

方芷昀窘著臉陪笑，對林心緹的個性又多了一分了解，雖然她的外表秀氣，看起來有點嬌弱，但其實個性直爽大方，非常好相處。

「學弟妹們對學校有什麼疑問的話，隨時都可以來問我。」身爲輔導班長的范翊廷很早就來到教室，酷酷地坐在老師的位子上幫忙收錢訂便當、發資料，處理一些雜事。

經過昨天的校規開場白後，學長腹黑的形象竟引起一票女同學的好奇，紛紛圍著他問問題，不過學長會選擇性回答，校務方面的事情有問必答，身家調查則是一概不予回應。

「芷昀，可以陪我去問問題嗎？」林心緹覷了范翊廷一眼。

「好啊。」

方芷昀陪林心緹走到講台前，范翊廷停下抄寫資料的動作，抬起頭瞅著兩人。

「學長，我爸媽要我問……怎麼申請教育補助？」林心緹雙頰瞬間泛紅，害羞地低下頭，不敢對上他的視線。

「開學後，學校會統一調查……」范翊廷詳細解釋申請流程。

「謝謝學長。」聽他解釋完畢，林心緹鞠躬道謝，拉著方芷昀走回座位，走沒幾步忽然彎身摀著腹部，表情痛苦，「緊張到胃痛，我先去廁所一下。」

目送林心緹跑出教室，方芷昀臉上滿是困惑，不懂問個問題有什麼好緊張的。她朝座位走了幾步，突然想到什麼似的，又折回辦公桌前。

「妳要問什麼？」范翊廷放下筆，抬頭直直看著她。

「學長，你是熱音社的嗎？」她笑咪咪地問。

「那種都是腦殘吉他手的地方不適合我！」范翊廷皺起眉頭，語氣盡是嫌惡，似乎和熱音社的人有什麼深仇大恨。

方芷昀微微睜大眼，往高浚韋的位子迅速瞥了一眼，就怕他聽到學長的話又要暴走，然而高浚韋並沒有聽見，只是低頭按著手機，心思好似不在教室裡。

「那……我可以再問學長一個問題嗎？」

「妳問。」

「學長對學校熱音社的評價如何？」

「小學妹。」范翊廷突地站起身，一手抵著桌面，低頭望進她的眼底，「跟我講話不要拐彎抹角，妳到底想打探些什麼？」

「學長不囉唆的個性真是讓人欣賞！」方芷昀哈哈一笑，當他好哥們似的，差點就想伸手搭住學長的肩，「我在高校音樂趴見過熱音社的社長，看來他好像是個爭議頗多的人物。」

范翊廷盯著她的笑臉，頓了一會兒才說道：「據我所知，熱音社在選出新社長後，有些社員因爲音樂理念和新社長不合，新學期將會另外分出一個『藍調音樂社』，有一半的社員會跳到藍調去。」

「喔，我懂了。」方芷昀理解地點頭，原來熱音社還有這個祕辛，「那學長有在跟團嗎？」

「沒有。」

「我想組一支樂團，現在還欠鼓手和貝斯手，可以邀你加入嗎？」既然學長討厭拖泥帶水，那她就直接表明來意了。

「團名？」范翊廷雙眼微瞇，直接切入重點。

「呃……我昨天才決定組團，所以還沒有想到。」方芷昀尷尬地笑了笑。

「曲風？」

「呃……還沒決定。」

「練團時間？」

「呃……這個嘛……」

「學妹，我不和沒規則、沒計劃、只想隨便玩玩的人組團。」范翊廷脣角勾起一抹嘲諷的笑。

「謝謝學長指教。」方芷昀嘆了一口氣，轉身走回座位，心想這學長眞不是普通的難搞。

時間接近八點，范翊廷走上講台點名，隨後指示：「各位學弟妹，麻煩將學生基本資料表交給我，體育課健康調查表交給體育股長……」

昨天發了七、八張資料表讓學生帶回家請家長塡寫，今天必須繳回給學校，而體育課健康調查表則是爲了進一步了解學生個人的身體狀況，以防學生上體育課時，因爲生理不適而發生意外。

方芷昀從背包裡拿出調查表，表單上列了幾項重大疾病，選項都勾著「否」，但是方母在最後一項「其他疾病或損傷」上頭打了勾，寫著：

芷昀的右手腕小時候曾經骨折過，留下了一些後遺症，不能做重壓和過度施力的運動，例如伏地挺身或拔河。球類的運動也要適可，麻煩體育老師注意，謝謝。

這些字句對方芷昀來說非常刺眼，讓她有股想直接撕掉單子的衝動，不想繳回。

第一節下課鐘響，方芷昀拿著調查表走出教室。

「芷昀，就差妳一個了，妳的健康調查表呢？」高浚韋從教室追了出來，身爲體育股長的他，必須收齊全班同學的調查表交到體育組建檔。

「那個……我自己交就好。」她馬上把調查表捲起來，不想讓他看到表單上的內容。

「我幫妳交，妳就不用跑這一趟了。」他熱心地表示。

「不用，眞的不用，我自己交。」

「單子裡寫了什麼？」高浚韋拉住她的手，想拿過調查表一探究竟。

「眞的沒什麼！」方芷昀使力掙脫他的手，一陣拉扯抗拒後，那張調查表就這麼被甩到半空中，隨風飄落到一樓的花圃裡。

「芷昀，對不……」

方芷昀沒聽完他的道歉，只擔心調查表被別人撿去，著急地轉身跑下樓梯，衝到一樓的花圃前面。

她雙眼倏地睜大，還隔了一小段距離，就看到紀沐恆正拾起那張表單，低頭看了一下。

「紀沐恆！單子還我。」她衝到他面前，心跳漏了一拍，抽走他手裡的調查表。

「妳的右手，有什麼樣的後遺症？」紀沐恆微笑，輕聲問道。

方芷昀不想回答，狠瞪他一眼，轉身離去。

紀沐恆眼色一沉，快步追上，橫身擋住她的去路。

「這是我個人的隱私，我幹麼跟你講？」方芷昀不悅地反問。

「因爲我好奇。」他秒答。

一股無名火從心頭燃起，方芷昀伸手揪住他胸口的制服，沒想到紀沐恆的反應更快，順勢抓住她的手臂，將她拉向自己。

她的力氣不如紀沐恆，下一秒整個人隨即撲進他的懷裡。

紀沐恆張開雙臂接住方芷昀，隨後蹲下身，雙手環抱住她的大腿，一把將她攔腰扛在肩上，「妳不滿足我的好奇心，我就這樣扛著妳，從一年一班散步到一年二十班。」

「哇啊！」突然被他扛上肩，方芷昀嚇得尖叫連連，一顆心跳得狂亂，「我說、我說，你快點放我下來！」

紀沐恆滿意地揚起脣角，緩緩彎身，將她從肩膀上放下來。

方芷昀連忙撫了撫裙子，緊張地四下張望，幸好現在還沒有開學，一樓教室和中庭空盪盪一片，沒有人看到剛才她被紀沐恆扛起的模樣。

「說吧。」他雙手抱胸，等著她的答案。

方芷昀閉上眼嘆了一口氣，無奈地伸出雙手，握成拳頭，慢慢往下折。

紀沐恆觀察她的手，她的左拳可以正常往下折，但是右拳才下折一點點就已到達極限，還因爲用力而有些微微顫抖，再仔細一瞧，可以看見她右手的手腕上橫著一道淡淡的白色疤痕。

「我的右手小時候骨折過，復原後筋絡變得比較緊繃，雖然不會影響寫字或拿東西，上體育課不用做伏地挺身，我也樂得開心，只差……」方芷昀黯然轉開臉，望著花圃中追逐飛舞的蝴蝶。

「只差什麼？」紀沐恆微微瞇眼，繼續追問。

「彈節奏快的曲目時……會影響按鍵和速度，還有……」

「還有什麼？」

「還有，我不喜歡好奇心重的人，更討厭別人問東問西，我本來還覺得沒考上音樂班很難過，現在倒覺得不用當你這種騙子的同科學妹，其實沒什麼不好！」方芷昀心裡一陣委屈，咬牙忍住眼裡的酸意，憤怒地推開他，朝著行政大樓的方向跑去。

心頭滿溢的酸楚已經到達臨界點，其實她一直掩飾得很好，不曾在爸媽和哥哥面前表現出失落的樣子，卻在剛才被紀沐恆強逼回答的那一刻，像灌飽氣的氣球被針戳了個洞，長久壓抑的情緒瞬間崩潰。

哥哥問過她好幾次，會不會在意沒考上音樂班。

她總是回答哥哥一點都不在意，沒考上也不會影響她對鋼琴的熱愛。

但……實際上卻不是這麼一回事。

因爲方芷昀從小到大的夢想，就是和媽媽一樣，成爲知名的鋼琴演奏家，她堅信只要持續努力不懈，總有一天一定能夠站上夢想的舞台發光發熱。

音樂班落榜後，她終於認清理想和現實的差距，自己受過傷的右手，無論再怎麼努力，都無法達到成爲專業音樂家的標準。

她長久以來的信念和夢想就此破滅，成了一場空。

♪

吃完午飯，還有一點時間才午休，方芷昀獨自走出教室，往中庭走去，想坐在樹下吹吹風。

片刻後，身旁傳來一陣腳步聲，她回過神來，一轉頭就看見高浚韋和林心緹走進花圃，一左一右在她面前坐下。

「芷昀，對不起！」高浚韋滿面懊惱，雙手合十朝她道歉，「當時我只是擔心妳，所以才會動手搶妳的調查表。」

「女生身體有些毛病，是不適合讓男生知道的！」林心緹瞪了高浚韋一眼，語氣帶著點責備。

高浚韋啞了好幾秒，整張臉突然瞬間漲紅，低頭囁嚅道：「我、我眞的沒有想到那麼多……」

看看垂頭喪氣的高浚韋，再瞧瞧神色擔憂的林心緹，方芷昀心頭一暖，微微一笑，「你們都誤會了，我沒有生病，也沒有在生氣，只是想靜一靜而已。」

早上被紀沐恆戳中痛處，宣洩了積壓許久的情緒後，她也沒那麼抗拒讓別人知道了，直接伸出右手，簡單說明自己手腕的狀況。

聽完她的敘述，高浚韋吁了一口氣，笑道：「太好了！幸好不是危及生命的重病！芷昀，以後上體育課時，我會幫忙注意妳的手的。」

「你眞是遲鈍的單細胞生物，到現在還搞不清楚狀況。」林心緹一副儒子不可教的表情，朝著高浚韋搖頭嘆氣，明明那道傷痕還留有後遺症，眞是搞不懂他有什麼好開心的？

高浚韋輕輕握住方芷昀的右手，看著那道傷痕說道：「就算沒辦法當音樂家，但是喜愛音樂的心是不會改變的，就是因爲喜歡彈琴，所以才更應該把手照顧好，這樣才能彈得更久，不是嗎？」

方芷昀望著他真摯的眼神，被他誠懇的一番話所鼓舞，笑顏逐開，「你說得沒錯！只有我一個人彈琴不夠暢快，所以才想組樂團跟大家一起合奏。」

高浚韋直率地回：「對一個樂團來說，主唱和吉他手才是最受注目的焦點，鍵盤手就算彈錯幾個音，也沒人會注意到的。」

「誰說的！鼓才是最重要的。」林心緹明白他沒有惡意，但是用這種話來安慰人，聽了就是有些不服氣，「沒有鼓的鋪底，你的吉他solo就少了節奏感，觀眾聽了會覺得帥嗎？」

「鼓是樂團的根基，當然很重要呀！」高浚韋搔了搔後腦，不明白林心緹在氣什麼，想起昨天范翊廷看扁吉他手的言論，心中仍然有些氣憤，「要說樂團中最沒有存在感的角色，大概就是貝斯手了吧。」

「不對！」林心緹高聲反駁。

「貝斯很重要！」方芷昀搶在林心緹之前替貝斯發聲，「貝斯是連接鼓節奏和吉他旋律的重要橋樑，賦予音樂觸動人心的力量，可說是整個樂團的靈魂。再說，吉他手滿坑滿谷，貝斯手卻十分稀有。」

「就算貝斯手也很重要，不過鍵盤手就顯得可有可無了。」高浚韋攤了攤手。

「高浚韋！你……」這下換方芷昀發火，握拳朝他的肩膀猛搥，「鍵盤有『一人樂團』的稱號，可以模擬很多種樂器的聲音，讓音樂變得更加豐富，你怎麼可以這樣說鍵盤手！」

「好痛啊！」他挨了幾拳，倒在草地上哀哀叫，「我是跟妳開玩笑的，妳怎麼跟我當眞了？」

「每一種樂器都是演奏者心裡的寶，誰能忍受被人拿來開玩笑，活該被打！」林心緹涼涼地取笑高浚韋，看著兩人你來我往地辯駁，也隨之激起心中對音樂的熱情，「芷昀，如果……我沒有被那個樂團錄取，可以加入你們嗎？」

「當然好啊！」方芷昀停下揍高浚韋的動作，面露欣喜，「對了，妳想加入的那個樂團叫什麼名字？」

「團名叫『藍眼天使』。」

「妳爲什麼那麼想加入那個樂團？」高浚韋好奇問道。

「因爲『他』在那個樂團裡。」

「誰？」方芷昀追問。

「他……是高二的學長。」林心緹羞赧地低下頭，雙手絞著裙襬，「我從小學三年級喜歡他到現在，學爵士鼓就是爲了想再接近他一點。」

方芷昀恍然大悟，原來林心緹學鼓的初衷，是爲了追求自己喜歡的男生。

高浚韋從草地上爬起來，微笑著誠心說道：「心緹，雖然很希望妳這個鼓手成爲我們的一員，不過我還是會祝福妳能夠順利加入藍眼天使！」

林心緹用力點點頭，眼神堅定，彷彿在兩人的鼓勵中得到了勇氣。

此時，午休的鐘聲響起，方芷昀起身走出樹下，抬頭做了個深呼吸，沒想到竟看見范翊廷趴在二樓走廊的欄杆上，兩人的視線剛好對了個正著。

范翊廷深深望了她一眼，脣角勾起一抹若有似無的笑意，默默轉身離開。

方芷昀不解地眨眨眼睛，二樓距離他們所在的樹下只隔了一個樓層，不知道他在那裡站了多久，有沒有聽到他們剛剛的對談？畢竟後來他們爭論得還滿大聲的……

不過也無所謂了，既然自己都對高浚韋跟林心緹說出手腕受傷的事，也不差讓范翊廷一個人知道了。

下午是社團博覽會的時間，新生們一邊興奮地期待學長姊的精采表演，一邊熱烈討論著要參加什麼社團。

方芷昀坐在禮堂的台下，看著舞台上的紅色布幕緩緩升起，第一個登場的是由音樂班所組成的管弦樂團，全部團員身著黑色班服，坐在排成扇狀隊形的椅子上。

紀沐恆風采翩翩，拿著小提琴站在指揮的身旁，這個位子同時也象徵他代表的是小提琴首席。

方芷昀想起早上兩人的不愉快，垂頭盯著鞋尖，完全不想看他。

司儀的聲音透過麥克風傳來：「首先，是由音樂班帶來的演奏：柴可夫斯基，〈D大調小提琴協奏曲〉，第三樂章。」

台上的指揮掃了團員一眼，確認大家都預備好之後，朝紀沐恆點了下頭，接著指揮棒用力一揮，澎湃激昂的管樂齊聲奏下。

〈D大調小提琴協奏曲〉是柴可夫斯基唯一創作的小提琴協奏曲，現爲世界四大小提琴協奏曲之一，堪稱是一首小提琴的炫技曲，和方芷昀在音樂趴所聽到的流行歌曲風截然不同。

節奏強烈的快板樂聲中，紀沐恆全神貫注地拉著小提琴，華麗的技巧讓全場新生爲之驚豔，穿透力十足的溫潤琴音時而狂野奔放，時而抒情優美。

方芷昀低頭聽了幾段旋律後，忍不住抬頭往台上望去，只見紀沐恆微微垂臉，表情像凍著一泓寒水，沒有任何情感變化，渾身散發出一股清冷的淡漠氣息。

不對勁！

比起上次在音樂趴的表演，現下的他拉琴更具有氣勢，但是琴音雖然完美，技巧也流利純熟，可是好像就是缺少了點什麼。

突然之間，紀沐恆握著琴弓的右手輕顫一下，掉了幾個音。

「啊！琴弦斷了。」方芷昀低呼一聲，一顆心跟著揪緊。

紀沐恆不慌不忙地轉換把位，把剩下的旋律拉完，接著利用樂音的空檔，轉身和最近的團員交換小提琴。

他眼神一沉，快速拉了幾段音節後，琴弓再一次輕顫，琴弦又是應聲而斷，這次因爲斷在樂曲的中間旋律，指揮立刻平舉雙手，指示演奏暫停。

「哇塞！這學長太強了！」

「竟然拉斷兩把小提琴的弦。」

「身為樂團的首席，這樣應該很糗吧……」

台下響起一片嗡嗡細語，畢竟一般人很少看到小提琴斷弦，更何況是連續拉斷兩把琴弦。

舞台邊的音樂老師趕緊遞上換好弦的小提琴，待紀沐恆架好琴，指揮才再次揮下指揮棒，樂團才繼續演奏下去。

樂曲一結束，台下響起熱烈的掌聲，小提琴的斷弦彷彿是一段特別的插曲。

布幕緩緩降下，管樂團員們陸續從右側出口離開，方芷昀看著紀沐恆走過面前，他臉上神情看來有些懊惱，似乎很不滿意自己剛才的舞台表現。

她的心裡有一種直覺，他在逼迫自己拉得完美無缺，不許有半個音的失誤！

為什麼他要對自己這麼嚴苛？是因為完美主義的個性，還是另有其因？

紀沐恆學小提琴的初衷又是什麼？

一連串的疑問盤旋在方芷昀的腦海中，久久消散不去。

♪

為期兩天的新生訓練結束後，隨著學校開學，暑假也正式劃下句點。

開學的第一週是預備週，對剛入學的方芷昀而言，心情雖然興奮，卻也有些戰戰兢兢，怕自己無法適應新的校園生活。

午休時間，方芷昀拿著湯匙挖了一口飯，正要塞進嘴裡時，一群學長姊突然開門衝了進來，拿著海報站在講台上又唱又跳，嘴裡還大聲呼著口號。

「各位學弟妹，注意！我叫傅明哲，綽號阿哲，是熱音社的社長，負責吉他教學！」帶頭的學長手裡拿著海報，身後跟著六名社員。

欲入口的白飯從湯匙掉進餐盤裡，方芷昀愣愣地張大嘴巴，來者正是音樂趴時見過一面，出言嘲諷哥哥他們的學長。

仔細打量傅明哲，就是個長得痞痞的男生，站姿呈三七步，一副目中無人、驕傲自大的模樣。

其他社員表情豐富，輪流念出宣傳詞：「你想站在舞台上用力刷著電吉他、彈著電貝斯，擊打爵士鼓或彈奏鍵盤，演奏出震撼人心的音樂嗎？不管你會不會樂器，只要你對音樂抱有熱情，想在舞台上盡情釋放音樂魂，歡迎大家加入熱音社，爲青春留下美好的回憶！」

「社長！我要加入熱音社！」高浚韋高舉右手，灼亮的眼神充滿鬥志，果眞被這番話激起了音樂魂。

「眞是單細胞生物，這麼容易受人挑動。」林心緹嘀咕一聲。

「下星期有主唱的考試，歡迎大家來試音。」傅明哲熱情地笑道，雙眼掃過台下的學弟妹，視線定在方芷昀的臉上，「學妹，好像在哪裡見過妳？」

「學長，你應該記錯了吧？」方芷昀徹底裝傻，忽然想起范翊廷批評吉他手的事，難不成……翊廷學長對社長很感冒？

傅明哲眼神閃過一絲疑惑，幸好一旁的社員提醒他還要跑班宣傳，他這才放棄深究。

下課時間，高浚韋拿著熱音社的宣傳單，興沖沖地跑來和方芷昀討論。

方芷昀面有難色地望著高浚韋，又看了眼藍調音樂社的宣傳單，猶豫地開口：「老實說，我對藍調音樂社比較有興趣，他們招收的社員還包括薩克斯風和大小提琴，演奏出來的曲風比較多變。」

「藍調是不錯啦，不過我覺得我的聲線不適合那種曲風。」高浚韋趴在桌沿看她，不斷眨眼暗示她加進熱音社。

「你的聲音的確不適合唱藍調。」方芷昀有些無法抗拒他熱切懇求的目光，馬上妥協，「好吧，那我們就選熱音社吧。」

「YA！太棒了，這樣我們就能夠互相照應了。」高浚韋開心地跳起來，一回頭見林心緹無精打采地趴在桌上，伸手敲敲她的桌子，「心緹，妳怎麼了？」

「我決定加入你們，當你們的鼓手……」林心緹從臂彎裡抬起頭，神情哀怨，一副快哭出來的模樣。

方芷昀和高浚韋對視一眼，明白她沒有被藍眼天使錄取。

「心緹，不要難過，星期六來我家玩鼓，把所有的鬱悶統統敲掉！」方芷昀輕拍她的肩，希望這個提議可以讓她轉換心情。

「對呀！打起精神來，不要這樣就被打敗了。」高浚韋替她打氣，把頭伸到她面前，

「如果妳現在心情不好，我可以免費讓妳打一下，讓妳宣洩一番。」

「白痴！你那麼喜歡挨打啊？」林心緹被他逗笑，伸指戳開他的頭，望了兩人一眼，「好，那就星期六見。」

放學時，三人將熱音社的報名表交了出去，抉擇終於落定。

♪

星期六下午，林心緹依約來到艾爾音樂教室。

方芷昀帶她和媽媽見面，介紹她是新認識的同學，至於高浚韋就不用介紹了，因爲他每晚都會來音樂教室練吉他，活潑外向的個性，早就和媽媽及老師們混熟了，連教室裡的小朋友都很喜歡他。

三個人走進練團室，林心緹一看到爵士鼓，精神立即爲之一振。

「我好想要一組爵士鼓，大小鼓的鼓面全透明的那種，但是我爸媽覺得占空間，加上怕鼓聲吵到鄰居，最後只買了打擊板。」她一臉羨慕，將手裡拿著的黑色提袋放到桌上，拉開拉鍊取出一組踏板，其中一個踏板上連著兩根鼓槌。

「哇！是雙踏！」方芷昀驚呼。

「妳會踩雙踏？」高浚韋同樣詫異。

爵士鼓的踏板分成單踏和雙踏，單踏是指踏板上只有一根鼓槌，用單腳踩踏板擊打大鼓；雙踏則是踏板上有兩根鼓槌，分別用雙腳控制一根鼓槌去擊打大鼓，可以打出比較高速、密集的鼓音。

「喜歡上一個人，就會想要變得更好，希望自己能配得上他，讓他也能欣賞自己。」林心緹淡淡解釋，眼底映出一抹藏不住的落寞。

「心緹喜歡的學長一定很優秀。」方芷昀微微一笑，從她的話意推敲，那個學長應該能力不差，很可能是校內的風雲人物，不過當事人沒有要講，她也不好意思多問。

「如果有女生爲我這麼努力，我一定很容易被就她打動。」高浚韋直率一笑，臉上神情有些嚮往。

林心緹組裝好踏板，坐在椅子上高舉雙手，鼓棒在手指間旋動幾圈，再用力敲打在小鼓上。

震耳的鼓聲瞬間蓋過了一切聲響，她手中的鼓棒時快時慢地擊打著，打了幾段節奏後，再加進左腳的踏板，雙踏的火力全開，鼓點也變得越發密集，整間練團室的地板都隨之震動了起來。

打到情緒激動處，林心緹開始甩動頭髮，高聲大喊：「你們兩個還在發什麼呆？全部照我的節奏來！」

「帥呆了！好像人格轉換，變成另外一個人。」方芷昀的眼神滿是欣賞，沒想到她的外表嬌柔，打鼓的姿態卻如此凶悍。

「殺氣十足的雙踏女暴君！」高浚韋手裡抓著導線，被林心緹打鼓的姿態震住，看得都呆了。

有了鼓聲當樂團的骨架，音樂就有了節奏和速度，高浚韋抱起電吉他，方芷昀站到鍵盤前，三人即興彈奏了一番，直到林心緹發洩完畢停止打擊，他們才跟著停下節奏。

「我們來想個團名吧！」方芷昀提議，將防塵布罩在鍵盤上。

「惡魔之刃。」高浚韋興奮地發言。

「香草可可。」林心緹舉手發表。

「Wing of Wind。」

「草莓天空……」

三人討論了一陣子仍然沒有結論，方芷昀苦惱地撫額，沒想到光團名的意見就一堆，只好抽籤決定。最後，依照抽籤的結果，團名就這樣定案爲「Wing of Wind」。

接著他們開始討論團歌，決定開一首經典歌曲〈Glamorous Sky〉（註）當作練習。

「那下次的練團時間……」說到一半，高浚韋的手機突然響了兩聲，是簡訊提示的音效，他從口袋掏出手機一看，剛開始還一臉驚喜，隨後笑容卻瞬間凝在臉上。

林心緹忙著將踏板收進袋子，並沒有注意到高浚韋的表情變化；只有方芷昀靜靜看著他，將他的悲傷和憤怒絲毫不漏地收進眼底。

「芷昀、心緹，我有事先回去了，下次的練團時間再約吧。」高浚韋微微咬牙，笑容

註：電影〈NANA〉的主題曲，由中島美嘉主唱，電影內容爲描述樂團的故事。

變得有些不自然。

「好，星期一見。」

高浚韋離開後，方芷昀拿了兩杯小朋友家長請的珍珠奶茶，帶著林心緹到教室的後院休息。

後院以圍牆圍了一小塊空地，媽媽在圍牆邊種了一排花草，屋簷下擺了幾張小椅子，牆上還釘著一個小籃球框，小朋友練完琴等家長來接的空檔，就可以來後院玩耍。

「打完鼓發洩一番之後，心情眞的好很多。」林心緹在椅子上坐下，吸了一口珍奶。

方芷昀盯著花圃裡的盆栽發呆，腦海中的畫面都是高浚韋離開時，臉上差點哭出來的表情。

她發現自從開學後，不時都能看到高浚韋在發簡訊或看手機，無論是在學校及音樂教室都一樣。

他倒底和誰在傳簡訊？

爲什麼偶而會露出寂寞的眼神？

感覺高浚韋的心情像是陰雨天，並沒有表面上看起來那麼陽光。

「芷昀，妳和浚韋是情侶嗎？」林心緹突然問道。

「不是，我們是暑假才認識的。」方芷昀被她的問題嚇了一跳，向她提起高浚韋並非住在這裡，而是從暑假才搬來奶奶家住的事。

「眞的嗎？可是我看妳和他的互動，像是認識很久的朋友。」

「我和他是有些想法滿合的。」

「真羨慕妳和浚韋這麼有默契。」林心緹神情黯然，輕輕嘆了口氣，「有些人才剛認識，就像認識了很久似的，但有些人明明就近在咫尺，卻陌生的連一步都靠近不了。」

「學長知道妳喜歡他嗎？」方芷昀忍不住好奇，能讓林心緹喜歡那麼久的學長，究竟是誰？

「當然知道，升上國中之前我跟他告白過兩次，可是都被他一口拒絕，國中也送過他聖誕卡片，沒想到他卻直接撕掉……即使如此，我還是不想放棄，才選擇和他讀了同一所高中。」

「但憑妳的鼓技，沒道理不被錄取啊。」

「其實是錄取了，不過我後來放棄了。」

「為什麼？」方芷昀不可置信地喊道。

「因為我錄取後才知道學長在暑假時退團了，但是團長並沒有把他的名字剔除掉。」

方芷昀點點頭表示了解。

「後來我鼓起勇氣傳訊息給學長，問他現在加入哪個樂團，但是學長只是叫我別再浪費時間在他身上……」說到這裡，林心緹的眼眶瞬間泛紅，淚水浮在眼角搖搖欲墜。

「妳之前說妳是為了學長，才學爵士鼓？」方芷昀看了有些心疼，摟著她的肩膀輕聲安慰。

「嗯。」

「為什麼是學爵士鼓，而不是其他樂器？」

「因為我以前的音樂老師說過：『在一首歌之中，鼓和貝斯是互相緊密結合的，如果能擁有絕佳默契，就會變成超級節奏組合。』」林心緹低下臉，緩緩轉著飲料罐，「我覺得這種說法很浪漫，想著有天也許能和學長一起合奏，所以才會學習爵士鼓。」

「原來學長是貝斯手……」方芷昀沉吟了幾秒，雙眼閃過一道精光，「心緹喜歡的學長，我是不是見過？」

「就是翊廷學長啦。」林心緹沒好氣地推她一下，「我和他國小、國中都同校，我們明明已經見過無數次面，可是妳看他在新訓時對待我的態度，是不是就和陌生人一樣？」

方芷昀偏頭，「他感覺很難相處，不好攻略啊。」

「我知道他很討厭我，以前我曾經好幾次發誓，決定從此不再喜歡學長，但是每次只要在學校看到他，一方面雖然覺得開心，卻又同時感到心痛，總是沒志氣地心想，自己只要遠遠看著他，就很滿足了。」

「這不是輕易就能割捨的啊。」方芷昀嘆了一口氣。

林心緹苦笑，「明知道學長不喜歡我，我還妄想和他合奏，現在他連合奏都拒絕我，我應該要徹底死心了，結果還是安慰自己只要和他在音樂方面有所連結，至少我和學長都熱愛音樂，這樣就夠了。」

「我想，要放棄喜歡的人，真的需要很大的勇氣。」

「很難吧，我大概是那種一旦愛上了，就會付出全部的心意，喜歡對方很久很久。芷昀，妳會不會覺得我很笨？」

「怎麼會呢？」方芷昀抓抓頭，其實自己的戀愛經驗非常貧乏，也不曉得該怎麼開導林心緹想開一點，「如果可以輕易控制自己喜歡一個人的心情，說不愛就不愛，那就不叫喜歡了。」

「說的也是……」林心緹輕輕頷首。

「心緹，其實新訓的時候，我有邀請過翊廷學長當貝斯手。」

「眞的嗎？」林心緹十分訝異。

「可惜被他拒絕了。」方芷昀尷尬地吐吐舌，「我當時什麼都沒有準備，才被翊廷學長的問題考倒，現在我們有團名、有計劃，所以我想再邀請他一次。」

「好啊！我會全力支持妳！」林心緹激動地緊握她的手，水汪汪的大眼散發期待的光采，「如果學長又拒絕妳，我就眞的放棄他。」

「心緹，我不是爲了妳才去邀翊廷學長的，我們是眞的欠一個貝斯手。」方芷昀強調，沒想到她的心境轉換如此迅速，馬上就改變放棄學長的底限。

「我知道啦，只是我們的樂團需要找一個貝斯手而已。」林心緹不停點頭，脣角漾著一絲甜笑。

方芷昀在心底暗暗嘆氣，雖然她嘴上這麼說，但是她的心絕對不是這麼想。找翊廷學長當貝斯手，也許只會讓林心緹更加無法割捨學長。

此時，方芷昀的手機突然響了起來，來電顯示是高浚韋。

「喂，浚韋。」她馬上接聽。

「芷昀，我和奶奶現在要回爸爸家一趟，星期一有事要跟學校請假，麻煩妳這兩天幫我餵黑皮，牠不喜歡喝髒掉的水，每天要換乾淨的水給牠喝。」高浚韋的聲音有些沙啞，似乎剛才哭泣過。

「沒問題，你放心，照顧黑皮就包在我身上。」

「謝謝。」

不一會兒，高浚韋便匆匆掛上電話。

傍晚時分，方芷昀送林心緹去公車站搭車，回家時繞到高浚韋奶奶家，只見黑皮孤零零地趴在屋簷下，看到她走來的時候悶悶地叫了一聲。

「黑皮，吃飯囉！」她拿起鞋櫃上的飼料罐，倒了一些在黑皮的餐碗裡，接著把一旁裝水的碗洗乾淨，再裝滿乾淨的飲水。

黑皮站了起來，低頭開始喝水。

方芷昀怯怯地伸出手，輕輕撫摸牠的頭，發現牠沒有閃避也沒有排斥，隨即開心地微笑，「不管遇到什麼困難，希望你的小主人都能安然度過。」

秋日的傍晚，一個女孩溫柔地摸著一條狗，他們的影子被夕陽拖得長長的，斜斜映在地上。

♪

星期一，高浚韋請假沒來上課。

方芷昀不時轉頭望向他的座位，感覺一天沒看到他的笑臉，自己的心情就像沒有太陽的陰天一樣，怎麼也無法晴朗起來。

下課時間，方芷昀提筆在筆記本上寫著：

團名：Wing of Wind

風格：流行輕搖滾

團員：

主唱兼吉他手——高浚韋

鍵盤手——方芷昀

爵士鼓——林心緹

團務規劃：

短期——能完整cover五到十首歌

中期——嘗試創作

練團時間及地點：星期六下午兩點，艾爾音樂教室。

「如果將來要創作，能有個音樂班學生在旁輔助的話，應該會比較好扒譜（註）……」方芷昀腦海中突然浮現紀沐恆的臉孔，連忙搖頭冷哼，「不要！死也不找他！」

林心緹拿著兩杯奶茶走進教室，看到她寫在筆記本上的資料，吶吶地問：「芷昀，妳今天……要去邀請學長嗎？」

「對，要速戰速決，學長不肯和我們組團的話，我們就要趕快找下一個貝斯手。」方芷昀低頭看著筆記本，不知道該不該寫出組團理由。

他們一個是右手受傷的傷兵，一個是爲男色而學鼓，只有高浚韋似乎是熱愛音樂才學吉他……這些理由，能說服范翊廷加入嗎？

「這杯奶茶請妳喝。」林心緹將奶茶放在她桌上，眼裡盡是滿滿的請求，「我好想跟妳一起去喔。」

「謝謝，不過我自己去就好，妳等我的消息。」方芷昀一口回絕，學長很可能因爲團員有林心緹而拒絕加入，該怎麼說服他呢？

放學後，方芷昀背著書包走到二年級數理班教室，因爲數理班比普通班多一堂課的緣故，會晚一個小時放學，現在是下課時間，幾個學長姊正站在走廊上聊天。

「學長、學姊好，請幫我找范翊廷學長。」方芷昀上前禮貌地表示。

學長姊好奇地打量她，眼神中帶著點曖昧，隨後趴在窗口朝著教室內大喊：「范翊廷，外找！」

等了一下，范翊廷從教室裡走出來，一見到她，眼鏡後的雙眼微微瞇起，雙手抱胸倚在門框上，冷冷地問：「妳有什麼事？」

「學長，謝謝你退了藍眼天使的團，讓我找到一個很棒的鼓手。」方芷昀笑望著他，眼底閃著熱切的光芒，「現在我還差一個貝斯手，學長要不要好人幫到底？」

「學妹，妳太自以爲是了。」范翊廷皺起眉頭，瞪她一眼，「我不是因爲要加入妳才退團的。」

「但我確實是因爲你，才撿到一個鼓手。」方芷昀停頓一下，想了想，繼續說下去：「我記得學長說過，你現在沒有跟團吧？」

「我現在對跟團完全沒興趣。」

「雖然我不知道學長以前經歷過什麼事，與吉他手有什麼過節，我只知道貝斯手如果不跟團，就等於廢了一半。」

「廢？學妹，妳說話很狂妄啊！」范翊廷的語氣瞬間降溫，神色微慍，朝她逼近一步，「貝斯手的價值，不是用跟不跟團來定義的！」

「沒有貝斯的樂曲聽起來確實較爲空虛，我承認貝斯的地位無可取代。」方芷昀一步也不退，強調自己沒有看輕這項樂器，「自嗨當然也能得到樂趣，我彈琴也常自嗨；但是有時候嗨完了，發現旁邊沒有人一同分享，還是會覺得寂寞。學長難道不會嗎？」

註：將他人所創作的歌曲旋律以各種方式記錄下來，稱之爲扒譜。

「不會！」范翊廷堅決否認，眼神卻有些閃爍，「升上二年級後，我會將心思放在課業上，也已經一個月沒彈貝斯了，妳還是放棄吧，別再來煩我。」

「學長。」方芷昀搖搖食指，「我也不想死纏爛打，所以過了今天，我不會再來煩你，相對的學長若想加入我們，也只有這麼一次機會。」

「妳眞的很自大。」范翊廷提高音量。

「哈哈哈……不好意思，頭一次有人這麼說我。」方芷昀抓抓頭，笑得有點尷尬，「可是……明明是學長要我有話直講，不要拐彎抹角的，不是嗎？」

「好！那妳爲什麼一定要找我？」

「學長，你的右手借我看一下。」

范翊廷蹙眉，不解地朝她伸出右手。

方芷昀握住他的手仔細觀察，就算一個月沒彈貝斯，他的指甲還是修得和指肉切齊，一般人根本不會修剪到這種程度。

她翻開書包，本來要將早上寫的樂團簡介拿給范翊廷，忽然想到林心緹曾經說過，范翊廷有撕聖誕卡片的前例，於是轉而從筆袋裡拿出一支原子筆，直接在他的手掌心寫下歌名。

「我找你的理由，就只是想聽聽學長彈貝斯，單純想找你一起玩音樂而已。」方芷昀微微一笑，抬頭直視著他的眼睛，「這是我們的第一首團歌，希望學長能考慮。」

范翊廷無言地注視著她，眼底的思緒令人無法摸透。

上課鐘聲響起，方芷昀朝他輕輕頷首致歉，轉身走向樓梯口，前行幾步，忍不住回望他一眼。

范翊廷依然呆立在教室門口，右拳緊握，似乎在思索著什麼。

方芷昀輕嘆了一口氣，反正該講的都講了，其他的就一切隨緣吧。

放學後的校園顯得一片寧靜，方芷昀走到樓梯口，聽見不遠處隱約傳來一陣小提琴的琴音。

她停下腳步左右張望，循著琴音旋過教室轉角，看到走廊盡頭有一扇白色大門。

她緩步來到門前，只見門頂懸掛著一塊木牌，上頭寫著：音樂班琴房。

門扇上貼著一張警示：非音樂班學生未經允許，不得擅自進入琴房。

方芷昀閉上眼睛，細細傾聽。

是紀沐恆在拉琴。

聽著穿透力十足的流暢琴音，她有一股直覺，篤定就是他在練琴。

方芷昀猶豫了幾秒，最後仍是抵不過好奇心，左右看看四下無人，輕手輕腳推開大門，門內是一條長長的走道，左右兩側有一間間琴房，目測共約有三十間。

她悄聲走進去，只見每間琴房的門上都有編號，還開了一個方形的玻璃窗，可以一眼望見琴房內的擺設。

看著琴房裡的鋼琴，方芷昀的心情格外複雜，這裡曾經是她夢寐以求的地方，但自己卻考不上音樂班，所以無權使用。

跟著小提琴的樂音，她在編號九號的琴房前站定，偷偷探頭從門上的玻璃窗望進去。

金色夕陽從窗戶灑進琴房，將小小的空間染成一片暖澄色，一道挺拔背影面光而立，正專注地拉著小提琴。

紀沐恆微微垂臉看著譜架上的琴譜，頎長身影跟隨每一個推弓和拉弓的旋律輕輕擺動，秋陽光芒在他的白色制服鍍上了一層金黃，光影之中還帶著一點透明感，隱約顯現出他瘦削的腰部線條。

「碰！」

大門突地傳來開門聲，有人進來了。

方芷昀嚇得心臟差點停止，慌亂間反射性地伸手壓下琴房的門把，迅速推門躲了進去，但琴房就這麼一丁點大，裡面還擺著一台鋼琴，根本沒有可以躲藏的地方，她只能縮在門邊的牆角下。

小提琴的琴音戛然而止，紀沐恆聽到開門的聲音，轉身看到方芷昀抱著書包縮在牆角，面色訝異。

「拜託！幫幫我！」方芷昀用嘴型無聲說道，慌張地指著門外，雙手合十求他噤聲。

「紀沐恆，還沒回家啊？」琴房外傳來敲門聲，一道中年男子嗓音響起。

紀沐恆拿著小提琴走向門口，稍稍打開房門，順勢將身體擋在門邊，遮住蹲在地上的方芷昀，朝著班導微笑，「老師，我不想放學時和一堆人擠公車，想把這首曲子練熟點再回去。」

聽紀沐恆願意掩護自己，方芷昀鬆了一口氣，只求老師快離開，千萬別進來。

班導見到學生如此認眞練習，一臉欣慰地拍拍他的肩膀，「看你這麼努力練琴，老師眞的很高興，不過也要適度讓手指休息才好。」

「謝謝老師關心。」紀沐恆頓了一下，突然想到什麼似的說：「對了，我剛好有一段拉得不順，正想請教老師。」

他在搞什麼啊？

方芷昀驚得張大嘴巴，雙手緊揪著書包，一顆心急促地跳起來。

「哪一段？」老師移動腳步，似乎想踏進琴房。

方芷昀心裡一急，馬上伸出手，朝紀沐恆的小腿肚用力擰了下去。

「啊！」紀沐恆低叫一聲。

「怎麼了？」老師疑惑地問。

「有蚊子在叮我。」

「琴房裡有蚊子？」

「嗯，我等一下再打死牠。」

打你個頭！方芷昀暗暗在心中罵道，苦著一張臉，趕緊輕揉他的小腿肚，幫他呼呼。

「老師，我明天再跟你請教，不耽擱你回家的時間了。」紀沐恆的嗓音壓著笑意。

「好吧，那明天我們再討論，別太晚回家了。」

「是。」

聽到琴房外的腳步聲離去，方芷昀才鬆了一口氣，兩腿發軟癱坐在地上。耳邊傳來房門關上的聲音，紀沐恆懷抱著小提琴蹲了下來，她緩緩抬起臉，對上紀沐恆帶著淺淺笑意的臉孔。

「你很故意欸，幹麼一直捉弄我？害我緊張死了。」她氣惱地伸出手，推了他的肩頭一下。

紀沐恆抿脣一笑，慢悠悠地解釋：「只要妳嘴巴甜一點，乖乖喊我一聲學長，我就不會捉弄妳了。」

「我不要！」方芷昀撇頭拒絕。

「爲什麼？」

「你在音樂趴的時候騙我，沒有對我坦白名字和學校，眞是差勁透了！」

「我要騙的人是我自己，又不是針對妳或其他人。」

「什麼意思？」她一愣。

「我只是變裝去轉換拉琴的心境，想像自己不是紀沐恆。」他的表情無辜，將小提琴當成吉他，輕輕撥著琴弦擺玩。

變裝轉換心境，想像自己不是紀沐恆？

他在說什麼呀？

難道他討厭當紀沐恆？

方芷昀沉默了幾秒，心頭滿滿疑惑，接著又問：「那教官後來有找你嗎？」

「當然有。」紀沐恆點點頭，淘氣一笑，「教官很重視學校紀律，不過他那時並沒有當場抓到我，我乾脆來個否認到底，他也拿我沒轍。」

「你拉琴的時候不快樂嗎？」方芷昀想起兩次看他拉琴，他的神色都不是很愉悅。

紀沐恆默默看著她，臉上笑意淡去，心裡不知道在想些什麼。

「你學音樂是爲了什麼？」方芷昀又問。

他半晌沒有答話，隨後站了起來，將小提琴收進琴盒裡。

方芷昀輕嘆，「沒有心的琴音就算技巧再華麗，聽起來的感覺就是差了那麼一點，你不要小看那一點，那很有可能就是決定你能否成爲音樂家的關鍵。」

「沒有心……」紀沐恆喃喃覆誦，無奈地笑了笑，「妳的手受過傷，那妳彈琴的時候快樂嗎？」

「當然快樂啊。」方芷昀豪不猶豫地點頭。

「那妳隨便彈一首曲子，讓我傾聽妳的心，證明妳很快樂。」紀沐恆握住她的手，將她從地上拉起來，輕輕推到鋼琴前面。

「不要。」她拒絕。

「爲什麼不要？」

「我自己彈得快樂就好，爲什麼要彈給你聽？」

「妳怕我聽出妳心口不一嗎？」紀沐恆沉聲，故意激她。

「才不是！彈就彈，誰怕誰！」嚥不下這口氣，方芷昀拉開琴椅坐下，做了個深呼吸，雙手在琴鍵上開始躍動，奏起旋律。

紀沐恆背靠著窗台，雙手抱胸，靜靜聽她彈琴。

她彈奏的樂曲是巴哈的〈G大調前奏曲BWV 860〉，也是今年音樂班考試的指定曲，這首曲子節奏輕快，右手有許多琶音（註）的音形，屬於帶點炫耀技巧，有些難度的曲目。

方芷昀很快地沉浸在旋律之中，隨著節奏快速行進，她右手指的手筋突然緊抽了一下，微微影響到觸鍵，連帶彈錯了幾個音，那種深深的挫折感，讓她心一涼，彷彿墜入雪地般寒冷絕望。

紀沐恆的眸光挾著一股無法忽視的壓迫感，攫著她不放，她開始亂了節奏，雙手忽地用力往琴鍵一拍，無法再彈奏下去。

待震耳的紊亂琴聲平息下來，夕陽此刻也逐漸退出琴房，只留下一些殘餘的微光。

方芷昀垂頭，覺得非常難堪，心想如果剛剛把速度放慢一點，自己應該可以彈得更好。

紀沐恆不發一語走向她，徐徐彎身，溫柔地托起她的臉。

「紀……」她還來不及反應，他好看的臉龐瞬間離自己好近，在這還殘留一點夕陽餘暉的九號琴房裡，紀沐恆很輕很柔地吻住她的唇。

兩唇緊緊相貼，方芷昀瞪大眼睛，腦袋一片空白。

他溫熱的氣息拂在她臉上，柔軟的唇瓣帶著一絲觸電般的異感，輕輕壓著她的唇，麻麻的、暈暈的，讓她有些不能呼吸。

方芷昀曾經幻想過自己的初吻，是會在什麼地點，以及對方會是在怎麼樣的情況下吻她？

想像過各種浪漫場景後，現在答案終於揭曉——她的初吻是被一個見面沒幾次，名字叫紀沐恆的渾蛋學長，在琴房強行奪走。

「紀沐恆！」方芷昀雙頰緋紅，又羞又怒地推開他，「這是我的初吻……你、你怎麼能……」

紀沐恆被她推得倒退兩步，背靠著窗台，笑道：「這不是我的初吻。」

「你——」她被他的話氣昏了腦袋，整個人霍地跳起來，順手抓起放置於鋼琴上方的節拍器，狠狠瞪視著他。

「學妹，妳確定要這麼做嗎？」紀沐恆維持一派的淡定，還好心地提供建議，「一般女生都會賞巴掌的。」

方芷昀一股氣還憋在心頭，放下節拍器走上前，伸手朝他的左臉頰揮下，成全他的願望。

紀沐恆被她打得臉一偏，左頰慢慢浮出紅色的五指印。

註：琶音是指和弦組成音從低到高或從高到低依次奏出，是眾多樂器演奏的一種基本技巧。

「你為什麼要這樣？」她怒瞪著他質問。

「因為妳的神情看起來很難過。」紀沐恆嘆了口氣。

「所以就可以隨便吻人嗎？」

「我沒有想那麼多，只是想安慰妳。」

「安慰？」方芷昀的聲音微微拔高，「所以你只要看到女生心情不好，都會以吻來安慰人嗎？」

紀沐恆微笑，「還真的被妳說中了，我的確會用親吻來安慰人，但也不是每個女生都親，目前在梅藝高中，我只親過妳一個……」

「你真的差勁透了！」方芷昀怒極，氣得打斷他的話。

「要不要右臉再給你打一下？」語畢，紀沐恆隨即將右臉轉過來。

「不要！你給我閃遠點，從現在開始，不管在哪裡遇到你，我都會當作沒認識過你！」她撂下狠話後，抓起書包氣呼呼地離開琴房。

坐上回家的公車，方芷昀失神地看著窗外漸暗的天色，心情一陣沉悶。

開學以來，她在同學間也聽過一些關於紀沐恆的討論：斯文有禮、待人謙和，功課不錯，重點是沒有女朋友，只要上網搜尋他的名字，媒體一概都以「小提琴天才少年」的美稱稱之。

但是實際的他很無賴，什麼斯文有禮、什麼待人謙和，全部都是偽裝出來的！

下了公車，方芷昀背著書包走到高浚韋奶奶家，黑皮歪著頭坐在走廊下，一見到她出現，馬上站起來，用前腳撥了一下水碗。

「是，黑皮大人，我馬上幫你換水。」方芷昀輕笑，馬上幫牠倒飼料、換水，輕撫牠的頭，「你的小主人明天會來上課吧？」

「汪！」黑皮抬起頭朝她吠叫。

「哼，不用你說，我也知道他明天會來上課。」方芷昀輕哼，這隻傲嬌狗竟然回應她了。

「嗷嗚……」似乎在跟她鬥嘴似的，黑皮低聲回應。

「不要講話，趕快吃飯啦！」

看著黑皮喝水吃飯的滿足模樣，方芷昀不經意抬起手，輕輕繪著自己的嘴脣，她的脣上還記憶著紀沐恆親吻時所留下的觸感。

「因爲妳的神情看起來很難過。」

這是他吻她的理由。雖然很不想承認，但紀沐恆說的卻是事實。

關於手腕上的傷，從小到大在家人和朋友的面前，她都可以表現得毫不在意，但是爲什麼自從遇到紀沐恆後，就開始變得那麼脆弱，動不動就情緒崩潰？

方芷昀怎麼想也想不透，也不願再耗神猜想，反正不管原因是什麼，從現在開始，她都不想再理他了。

第三樂章　陽光下的深邃陰影

翌日早上，方芷昀下樓走向公車站，遠遠看見高浚韋戴著耳機站在站牌下，隨著音樂點頭打拍子，心情看來非常愉悅。

她心中一喜，快步走到他的身旁，「早安。」

「早啊！」高浚韋發現方芷昀，拿下耳機掛在脖子上，朝她眨了眨眼，「謝謝妳幫我照顧黑皮。」

「不客氣，舉手之勞。」

公車正好到站，兩人上車選了雙人座位，方芷昀默默觀察著高浚韋的神色，原以為今天會看到他愁著一張臉，沒想到他和往常一樣，看起來並沒有什麼不對勁。

「浚韋，你昨天為什麼請假？」她忍不住問。

高浚韋沉默了幾秒，緩緩開口：「因為我被法官傳喚出庭作證。」

「出、出庭？」方芷昀嚇了一大跳，這答案完全出乎她的意料之外。

「我爸媽在打離婚官司。」

「抱歉，我不知道……」

「沒關係啦。」他不在意地笑了笑。

「為什麼要傳喚你出庭？」她關心道。

「因爲我媽要我在法庭作證，說我爸的態度很冷漠，生氣時會對她暴力相向之類的……」高浚韋伸手搔搔後腦，神情爲難，「但同時我爸也要我幫他作證，說我媽對家務一概不管，只顧自己玩樂，對我的管教也有家暴傾向。」

「你應該很爲難吧？」方芷昀聽了有些心疼，面對父母的離婚官司，不管替哪一方作證，心裡一定都很難受。

「我不知道該幫誰，因爲無論幫了哪一邊，對我來講結果都是一樣的。」高浚韋低下頭，玩弄著書包上的吉他吊飾，不讓她看見自己臉上的脆弱，「看到他們在法庭上，像仇人一樣惡言相向地互相攻擊，我心裡眞的很難過。」

「那結果呢？」

「兩人的離婚條件還是談不攏，往後還有一場拉鋸戰。」他無奈地聳聳肩。

「之前我聽奶奶說，你和你爸爸相處得不好？」

「吉他課是我媽讓我學的，但自從他們鬧離婚後，彈吉他這件事對我爸來講就變得很刺眼，他希望我能認眞讀書，別將注意力放在吉他上，還開始干預我的穿著打扮，認爲不該浪費時間玩樂，甚至停掉我的吉他課，說要把吉他賣掉……」

「換成是我，如果我爸要賣掉我的鋼琴，我一定拚了命跟他抗爭到底。」方芷昀無法想像若她的生活中沒有鋼琴，將是多麼悲慘的事情，她的心一定會因此乾枯而死。

「可惜我爸不能理解，其實每當我心情不好的時候，只要彈彈吉他、唱唱歌，就能振奮起精神，而且同學們也喜歡聽我唱歌，我喜歡被他們圍繞、注視的感覺，聽著觀眾的鼓掌聲，會讓我很有成就感。如果剝奪了我對吉他及歌唱的熱情，我不知道自己究竟還剩下什麼。」高浚韋雙手緊握成拳，激動到指節微微泛白。

「所以你才會搬來奶奶家？」她忍不住伸出手，覆住他緊繃的拳頭。

高浚韋愣怔了一下，慢慢鬆開拳頭，一臉尷尬，「妳說過我像個小太陽，事實上我很懦弱，就是因爲不想面對一切，我才會帶著吉他逃到奶奶家。」

「你當然是小太陽！」方芷昀微笑，有點害羞地收回手，「因爲你藏了這麼多心事，卻從來沒有讓朋友感到不愉快。」

「我不希望把負面情緒帶給朋友。」

「那你搬來奶奶家，會不會覺得寂寞？」

「不會。」高浚韋搖搖頭，凝視她的臉，「我一搬來就遇見妳，和妳很有話聊，加上奶奶也不會禁止我彈吉他，唱歌時還有黑皮這個忠實聽眾，現在在學校裡也認識了不少志同道合的朋友，一點都不會寂寞。」

「可是……我常常看到你在傳訊息。」聽到高浚韋點名自己，她的心一緊，莫名一陣悸動。

高浚韋一愣，「那是我跟我爸爸在傳訊息，我不放心他一個人住，可是我們講話很容易吵架，那些關懷的話又很難對他說出口，所以我才用傳訊息的方式，偶而傳自己的生活照給他看，問候他吃飯沒、回家沒……可是他很少回我訊息。」

「我相信你爸爸一定能體會你的心意。」方芷昀聽了不禁有點感動，原來他是這麼體貼的人，總是對家人和朋友展現出正向的一面，卻總是把自己的負面情緒壓在心底，不透漏讓任何人知道。

「我也這麼希望。」高浚韋揚起脣角，沉默了幾秒，認眞地注視著她，「芷昀，如果妳哪天看到我完全失去笑容，記得要提醒我，別忘了微笑待人的初衷，就算揍我一拳也沒關係。」

「我會的。」方芷昀點頭承諾。

既然和他約定好了，那她會守護著他的笑容，甚至有種雄心壯志，想讓高浚韋的笑容在舞台上綻放，讓更多的掌聲包圍著他。

公車到校，兩人一同走進教室，方芷昀才剛放下書包，馬上被林心緹拖出來，拉到走廊上問話。

「芷昀，妳昨天找翊廷學長，結果怎麼樣？」林心緹吞了吞口水，那副既緊張又期待的表情，像是拿著樂透盯著電視對獎。

方芷昀一臉歉意，簡單解釋了昨天和范翊廷的對話。

得知學長沒有答應，林心緹呆了好幾秒，勉力撐起微笑掩飾失落，「芷昀，還是很謝謝妳，不過我覺得妳好強，竟然敢跟翊廷學長嗆聲。」

「可是我說的是事實呀！因爲貝斯的音域很低，彈奏上比較偏重節奏和跑根音（註），

註：由和弦組成的一級主音。

一般吉他手就算不跟團，也可以自彈自唱，但是妳有看過貝斯手自彈自唱嗎？」方芷昀無奈地攤手。

林心緹忽然瞪大雙眼，一副看到鬼般的表情，直愣愣盯著她的身後。

「誰說貝斯不能自彈自唱？」范翊廷的聲音在方芷昀身後響起。

方芷昀倏地轉身，仰頭對上范翊廷泛著怒氣的面孔。

「學妹，妳的見識這麼少，還敢在這邊誤導人？」他左手握拳朝教室的牆上用力一搥，嚇得林心緹跳了起來，緊張地抱住方芷昀的手臂。

「那學長能示範一下，糾正我的錯誤嗎？」方芷昀沒有退縮，直直迎上他的視線。

「妳都沒有做功課，憑什麼要我示範？」

「什麼功課？」

「看妳這麼無知，我也不用跟妳講〈嗆辣紅椒〉的貝斯手Flea（註），講戴佩妮的〈透氣〉就好，妳回去聽那首歌，練過之後，再來跟我談。」范翊廷命令般丟下這句話，冷冷地撇頭離去。

這什麼神展開啊？

方芷昀傻眼，看著他遠去的背影，心想學長不會沒事經過這裡，所以應該是專程來找她的吧？

「芷昀，妳會練唱嗎？」林心緹輕聲問道。

「我不會唱歌，歌聲也不好聽。」方芷昀挑眉，總覺得她這溫柔似水的嗓音之下藏著一股哀求感。

雖然聽過戴佩妮這位歌手，也在電視上看過她演唱，但是她對戴佩妮的歌曲不是很熟，也不知道〈透氣〉是首什麼樣的歌。

「學長也沒有要刁難妳，他只是要妳唱唱看而已。」林心緹眼裡散發強烈渴求的光芒。

「這……」

「拜託、拜託！」

「好吧……」方芷昀實在無法拒絕她。

「芷昀，我好愛妳！」林心緹忽然一個撲抱，往她的臉頰又親又蹭。

「慢著！」高浚韋高呼一聲。

抱在一團的兩個女孩同時傻住，轉頭看向倚在門邊的高浚韋，心頭閃過一絲不妙的預感。

「芷昀，妳要找范翊廷當貝斯手？」他的嘴角有點抽搐。

「嗯，我昨天已經跑去邀他了。」

「我堅決反對！」高浚韋指著學長離開的方向，嘔氣地哇哇大叫：「有他就沒有我，有我就沒有他！」

註：嗆辣紅椒樂團的貝斯手 Flea，被喻爲全世界最強的貝斯手之一。

方芷昀苦惱地撫著額頭，忘了高浚韋也是阻力之一，如果要找范翊廷進團，這兩人誓必水火不容。

「浚韋，你之前自己說會祝福我追學長的。」林心緹轉而揪住高浚韋的手臂。

「咦？」高浚韋臉色一僵，終於會意過來，「他、他就是妳暗戀的學長？」

「嗯……」林心緹點點頭，雙眸覆上一層水霧。

「妳、妳們女生好詐喔，怎麼可以來這招？」看到林心緹眼角泛淚，高浚韋耳根微微泛紅，慌張得手足無措，「好啦好啦，妳不要哭了……反正早一步找到貝斯手，我們也可以早點開始練團，也沒什麼不好。」

方芷昀吁了口氣，沒想到林心緹只流一滴眼淚，就逼使高浚韋退讓，距離Wing of Wind樂團成形也前進了一大步。

不過……戴佩妮的〈透氣〉到底是什麼樣的歌？

放學回家，方芷昀打開電腦，上網找到這首歌，前奏一下，不禁吃驚地張大了嘴。

聽完以後，她只覺渾身血液沸騰，忍不住讚嘆：「太厲害了！整首歌只有女聲清唱加上貝斯伴奏，後面加進沙鈴和三角鐵，完全沒有鼓、吉他、電子合成樂。」

原來，這是一首在華語歌壇裡非常少有，以純貝斯伴奏的歌曲；雖然對一般聽眾而言只是一首流行歌，但是在貝斯界裡卻堪稱是相當著名的貝斯神曲。

方芷昀心中燃起熊熊鬥志，接下來就是練好這首歌，準備接范翊廷的招了！

社。

♪

開學第二個星期，社團的徵選結果出來了，方芷昀、高浚韋和林心緹都入選了熱音

接著而來的是競爭激烈的主唱考試，高浚韋也是輕鬆過關。他熱心開朗的個性使他在班上的人緣極佳，甚至連在其他班級都有討論度。

晚上，方芷昀坐在音樂教室裡的琴房練琴，因爲找不到〈Glamorous Sky〉的鍵盤譜，她試著自己編譜寫了幾個和弦，琴房外突然傳來一陣敲門聲，她轉頭從玻璃窗望出去，只見高浚韋站在外面朝她揮手。

「浚韋，有事嗎？」方芷昀欣喜地打開門。

「妳左手伸出來。」他一臉神祕笑道。

方芷昀困惑地伸出左手，不明白他想要做什麼。

高浚韋從口袋拿出一條手環，在她的左手腕上纏繞三圈，再扣住扣環。手環是由黑色和褐色的皮繩編織而成，上面結著吉他的pick當裝飾，搖滾風格十足。

「這是我做的，送給妳。」高浚韋握著她的手瞧了一會兒，表情似乎非常滿意。

「你做的？」方芷昀訝異，她第一次收到男生親手做的禮物。

「以前國中家政課有教過編織手環，做這個並不難。」

「手環是很漂亮，可是……你爲什麼要送我這個？」

「因爲奶奶說要我好好答謝妳幫忙照顧黑皮，我想了想，我們的興趣很像，我很喜歡這種龐克風的飾品，就覺得妳應該也會喜歡。」高浚韋解釋完，咧嘴一笑。

「被你料中了，我眞的很喜歡。」方芷昀把玩著手環上的pick，上面還簽了一個筆跡潦草……呃，有點藝術的「韋」字。

「妳喜歡就好。」他笑得靦腆，不好意思地抓抓後腦，「那……我先回家了，數學作業還沒寫。」

「我也是，明天見。」突然想到什麼，方芷昀伸手拉住高浚韋的衣角，雙頰有些發熱，「對了，明天有社團課，要記得帶電吉他。」

「我知道。」他輕輕點頭，微笑著跟她揮手道別。

回房後，方芷昀坐在書桌前寫功課，她邊寫邊看著手環，不時抿脣偷笑，一想到高浚韋爲她戴上手環時，那種心跳微微加速的感覺，忽然又害羞了起來。

高浚韋覺得他們興趣相似，所以每當他做著自己喜歡的事時，就會連帶地想到她……這樣是不是代表，那一瞬間，她就從他的心上走過？

多希望時間能走快一點，明天趕快到來，這樣就能和他一起搭車上學了。

方芷昀雙手托腮傻笑了半晌，她和高浚韋每天早上都會在公車站碰頭，一起搭車上學，晚上他則固定會來音樂教室練吉他。明明在學校都和他相處一整天了，卻還是非常期待每一次與他共處的時刻。

好想了解高浚韋的一切，包括他的過去和心事，只要是有關他的事，她一件都不想錯過。

每當看見他展露笑容，她的心情也會隨之豁然開朗；看到他滿面愁容地盯著手機，自己的心情也跟著煩憂。

她好像……喜歡上高浚韋了。

隔天星期五的下午第七、八節課，是第一次的社團課時間。

高浚韋背著吉他，林心緹帶著鼓棒袋，以及方芷昀，三人來到活動中心地下一樓的社辦，寬敞明亮的空間裡，前半部擺著鼓組、鍵盤和音箱，後半部則排了幾列椅子。

三個人挑了最後一排的三個空位坐下，方芷昀環顧幾乎爆滿的座位區，目測所有社員加總起來，人數應該將近一百人。

「芷昀，妳的手環看起來很特別，在哪裡買的？」坐在左邊的林心緹突然拉起她的手，仔細研究手環的編織和裝飾。

「這不是買的，是浚韋做的。」方芷昀瞥了坐在右邊的高浚韋一眼，他和隔壁的男同學聊起了吉他。

「他那種單細胞生物能做出這麼複雜的東西？」林心緹不可置信地挑眉。

「眞的是他做的。」

「芷昀……」林心緹笑得曖昧，用手肘輕推她一下，「他會做手環送妳，你們是不是在交往？」

「才沒有咧，妳不要亂猜！」方芷昀急著否認，伸手回推她一把。

「猜什麼？」高浚韋好奇地湊過來。

方芷昀心跳了下，不知道該怎麼回答，社長正好拿起麥克風，輕咳一聲：「各位學弟學妹好！我是社長阿哲，現在爲大家獻上我們的社歌，歡迎大家加進熱音社這個大家庭。」

傅明哲領著團員表演完社歌，接著介紹指導老師和幹部，隨後和負責鼓教學及主唱教學的學長姊一搭一唱，臭屁一番自己的經歷：國中開始組團，演奏過無數場熱音表演，曾在比賽拿下「最佳吉他手」獎，更常常應邀到友校演出……

話怎麼那麼多？都不會覺得口渴嗎？

方芷昀忍著打哈欠的衝動，轉頭看看四周，新社員彼此都還不熟，個個聽得一愣一愣的，直到一名綁著馬尾的學姊提醒社長回歸正題，他才開始講解樂團中各個樂手的特性。

再來是每個新社員上台做自我介紹，有帶樂器的就試彈一段。最後開始進行分組，調查大家想學什麼樂器。

「想學電吉他的舉手。」傅明哲問道。

高浚韋馬上舉手，但在同一時刻，前方二、三十隻手也唰唰唰地舉起，數量相當驚人，而且幾乎都是男生，由此看來，彈一手好吉他，是許多男生心中的夢想。

「想學鼓的舉手。」

這次將近有二十人舉手，令人訝異的是女生偏多。

「鼓教學學長有福了。」一個學長輕笑起來。

「想學貝斯的舉手。」

眼下只有十個人舉手，和吉他相比，貝斯實在是較偏冷門的樂器。

「想學鍵盤的……」

方芷昀立刻舉起手，隨即訝異地瞪大眼珠，沒想到……只有五個人！竟然還有比貝斯更冷門的樂器。

不過這也難怪，鍵盤樂器不可能僅花兩、三個月就精通，加上鍵盤手在樂團裡也不一定是必備的要角，再說樂手必須投資自己的樂器，但是好的鍵盤樂器並不便宜。

高浚韋見狀，別開臉竊笑了幾聲。

方芷昀不動聲色，偷偷伸出右腳，朝他的小腿踢了一腳。

「呵。」林心緹也低下頭掩脣偷笑。

方芷昀微惱地扁嘴，又悄悄伸出左腳，輕輕踢了她一下。

傅明哲接著報告這學期的重要活動，「因爲很多人對樂器都還不熟，組團應該要等到下學期了，不過若大家學習進度快的話，年底學校將會舉辦一場聖誕節音樂大賽，只要學弟妹能完整練出兩首歌，還是可以組團上台和學長姊較勁。」

方芷昀偏著頭思考，距離聖誕節只剩下三個月的時間，要練好兩首可以登台比賽的曲子，對初學者來說確實有點困難。

目前高浚韋和林心緹都不算初學者，若能找到實力相當的貝斯手，說不定還能趕上比賽，只可惜那十個願意學貝斯的新社員，是連貝斯都還沒買，摸都沒摸過的新手。

雖然沒聽過范翊廷彈貝斯，但是林心緹爲了和他合奏而學鼓，甚至還進階學習到雙踏，就代表學長的貝斯應該有一定的水準程度；所以，她必須把握這次機會，想辦法把學長拉進來。

分組結束後，中場的休息時間，學長姊準備了茶飲招待大家。

方芷昀、高浚韋及林心緹拿著飲料，和隔壁班兩個男同學一起聊天。

這時傅明哲走向三人，試探般問道：「學弟、學妹，剛才看到你們三人的自我介紹，全部都學過樂器，也有不錯的基礎，不知道有沒有跟團？」

「我們三個已經組團了，就差一個貝斯手。」高浚韋笑道。

「這麼主動不錯呀，你們想參加聖誕音樂大賽嗎？」

「如果趕得及練好兩首歌，應該會參加。」

「你們走什麼曲風？」

「J-Rock日本搖滾、J-Pop日本流行樂和ACG動漫音樂。」

「日搖呀……我都彈歐美系的歌，走Metal金屬風格。」聽到高浚韋講到ACG音樂，傅明哲臉上的神情閃過一絲不屑，「我覺得Metal有吶喊、有嘶吼、有速彈，這才是眞搖滾。」

「我都彈德國和波蘭的。」方芷昀忍不住吐槽，感覺社長有點瞧不起Metal以外的風格。

「德國？波蘭？」傅明哲詫異地打量她一眼，「那是什麼樂團的歌？」

「蕭邦和貝多芬。」

「他們是古典音樂，和搖滾沒有關係吧！」

「古典音樂是現代音樂的始祖。」方芷昀氣定神閒地回道。

「學妹妳眞幽默，哈哈。」傅明哲乾笑兩聲，和三人話不投機，隨即走向別的社員繼續打關係。

高浚韋忍笑望著社長離去的背影，用肩頭輕碰方芷昀的肩頭，她也低笑跟著回敬他一下。

下一堂課開始，身爲活動長的馬尾學姊上台宣布：「各位學弟妹，現在是遊戲時間，待會兒要矇住大家的眼睛，進行一連串的闖關遊戲，身上有手機或重要物品的，請先交給學長姊保管。」

學長姊發下矇眼布，將大家的手機和貴重物品集中保管，方芷昀撇頭看看林心緹和高浚韋，兩人都聳聳肩，表示不明白要玩些什麼。

「接下來我們排成一列，手拉著手，學長姊會引導你們到遊戲地點。」馬尾學姊繼續說明。

大家矇好眼睛，在學長姊的帶領之下，繞過由桌椅組成的障礙物，慢慢走出教室，爬上樓梯，來到一樓的走廊外站定。

負責在走廊接應的一名學長大聲指示：「等等我數到三，大家就可以將矇眼布拿下來了。」

「一、二、三！」

揭開矇眼布的剎那，一盆盆冷水從二樓澆灌下來，還有水管的水柱在左右兩旁來回掃射，全部招呼在這群呆愣愣的小高一身上，眾人尖叫聲四起，瞬間亂成一團。

方芷昀被人撞得倒退幾步，整個人跌坐在地上，一個學長提著一桶水跑來，趁勢從她的頭頂嘩啦淋下，又叫又笑地跑開。

「夠了！不要再潑了！」高浚韋的怒吼聲響起，理智線徹底綳斷。

方芷昀連忙抹去臉上的水，看見高浚韋渾身溼淋淋，快步衝向前方，狠狠揪住一位學長的衣領怒斥：「我叫你們停止潑水，沒聽見嗎？」

幾個學長姊丟下水桶上前拉開兩人，傅明哲滿臉不悅地走來，用力推了高浚韋的胸膛一把，「學弟，這是梅藝熱音社十多年來的傳統，用潑水象徵除舊迎新，每一屆都有這樣的儀式。」

「就算是傳統，你們也應該先告知！」

「告知就沒有驚喜感了。」

「這根本不算驚喜！」

傅明哲無視高浚韋的怒火，冷眼睨著他，「大家都玩得很開心，只有學弟你這麼沒肚量，到底是在不爽什麼？」

方芷昀掃了四周同學一眼，除了少數較活潑外向的人跟著打起水仗，其餘大部分的新生都懾於學長姊的權威，只能邊跑邊躲讓他們潑水。

「我就是不爽！」高浚韋皺起眉頭，伸手指向一旁，「不爽你們丟水桶打到人，叫停不停，還不斷潑水！」

順著高浚韋所指的方向望去，大家只見林心緹雙手抱頭，一動也不動地蹲在地上。

此時，一個學姊從二樓匆匆忙忙跑下來，連聲道歉：「對不起，剛才水桶握把太溼了，突然手滑就掉了下去……」

「心緹，妳有沒有怎樣？」方芷昀一驚，正想起身關心，卻忽然感覺腹部下方緩緩湧出一道暖流，整張臉瞬間刷白。

慘了！今天是生理期第二天，衛生棉都吸飽水了……

就在這一刻，一道溫醇的嗓音從後方傳來：「熱音社的，你們好吵，吵得我沒辦法專心拉琴。」

方芷昀轉頭看去，紀沐恆伸手摀著耳朵站在樓梯口，全部的學長姊看到他，都停止動作靜默下來。

「社長，遊戲不要玩得太過火比較好，忘記園遊會的教訓了嗎？」紀沐恆腳下的黑皮鞋踩著溼漉漉的地面，走到中央橫掃周圍同學一圈，視線落在高浚韋的臉上，「學弟，快帶你的同學去保健室。」

「芷昀，幫我拿吉他。」高浚韋回過神，扶起臉色蒼白的林心緹，她的表情難受，眼眶泛紅。

「好……」方芷昀內心一陣慌亂，不知道該怎麼處理自身的窘狀，只能無助地看著高浚韋扶著林心緹朝保健室的方向離去。

「不是每個人都喜歡被潑水，像我就不喜歡溼衣服黏在身上的感覺。」紀沐恆腳步悠然一轉，走到方芷昀面前，蹲下身定定直視著她，「學妹，妳還好吧？」

方芷昀默默垂下臉，想起前幾天在琴房向他撂下的狠話，說以後無論在哪裡遇到他，自己都會當作沒認識過他。

「啊！我忘了，妳不認識我吧？」

她抬起頭，張大眼睛望著他。

「我叫紀沐恆，二年級音樂班。」他偏頭微笑。

方芷昀傻眼，沒想到他竟然見招拆招來個自我介紹，所以現在他們又等於重新認識了。

「我扶妳起來。」紀沐恆伸手握住她的肩膀。

「不行……裙子……」她小臉漲得通紅，一隻手輕壓腹部，臉色爲難，不想求助於他，但此刻卻別無選擇。

紀沐恆眼神一沉，觀察她不自在的扭捏模樣，恍然會意過來，立刻解開胸前的襯衫鈕釦，脫下音樂班的黑色班服。

方芷昀近距離看他上演脫衣秀，雖然他裡頭還穿著一件背心，但那瘦削好看的身材線條，還是讓她忍不住羞紅了臉。

紀沐恆低頭在她耳邊輕語：「妳慢慢站起來，我會用衣服幫妳遮住後面的裙子。」方芷昀雙手攀著他的肩膀，曲起雙腿慢慢起身，紀沐恆甩開襯衫繞過她的腰，迅速包住她的裙子，接著抓起袖子在她腰間打了個結。他視線掃過方芷昀方才坐著的位置，水漬裡隱隱飄著一層淡淡的血紅。

「你們啊……」紀沐恆眸光犀利地掃向傅明哲，表情透著一絲冷意，「應該跟康輔社好好學習該如何把活動辦得面面兼顧。」

站在附近的學長姊察覺方芷昀的狀況後，也開始關心其他新生的情況，然而身爲社長的傅明哲，卻始終沒有過來慰問或道歉。

「走吧，我帶妳回教室。」紀沐恆回頭瞥向方芷昀，恢復一貫的溫雅淺笑。

「我同學的吉他和鼓棒還在社辦……」

「同學，麻煩妳去拿一下。」他轉頭朝一旁的馬尾學姊說。

馬尾學姊的神情有些慌張，立即轉身跑回社辦，一會兒後拿來吉他和鼓棒袋遞還給他們。

「謝了。」紀沐恆脣角微揚，接過鼓棒袋和吉他背在肩上，帶著方芷昀往一年級教室走去。

紀沐恆右手插在褲袋裡，陪著方芷昀並肩走在走廊上，兩人一路沉默。

除了下腹不適，她的雙腿也不敢夾太緊，就怕沿路滴下血水，因此走路的姿勢有些左搖右晃。

他靜靜看著方芷昀蒼白的面容，她的溼髮黏在額頭和臉頰的兩側，白色制服因溼透而緊貼纖瘦的身子，陣陣微風吹來，她的身軀也因爲寒冷而微微顫抖，一副楚楚可憐的模樣。

「你看什麼看？」方芷昀突然瞪他一眼，口氣不善。

「看妳走路像小企鵝很可愛，只是……是隻有點狼狽的小企鵝。」他溫溫笑道。

「你還取笑我！」她低頭朝自己身上看了一眼，猛力推了紀沐恆一把。

紀沐恆被她推出走廊外，差點一腳踩進水溝裡。

剛才在這麼多人的面前出糗，一想到這起潑水潑出血水的事件，可能會在梅藝高中流傳好一陣子，甚至可能成爲康輔社的活動教學範例，方芷昀就覺得十分難爲情。

瞧她情緒低落，紀沐恆揚起脣角，微笑安慰，「妳不要太糾結這件事，反正事情都發生了，就坦然面對吧，如果有人問起，妳就一笑置之就好。」

「一笑置之又厚臉皮應該是你的專長吧。」

「哈哈，被妳猜中了。」

「你不用上課嗎？爲什麼跑來……哈啾！」一陣風吹來，她發了個冷顫，忍不住打了一個大噴嚏。

「音樂班不用參加社團，我社課都拿來練小提琴，剛好一段旋律拉得很不順，你們又吵得我很煩，就跑下來罵人了。」

「騙鬼！」她才不信。

「妳是鬼嗎？」紀沐恆挑眉反問。

「呃……」

「不是鬼，那我騙妳幹麼？」

方芷昀啞了好幾秒，又使力推開他，「反正……我就覺得你是一隻笑臉貓，只會暗地裡伸出爪子抓人，不可能大吼大叫的罵人。」

紀沐恆輕笑，「小企鵝這麼了解笑臉貓？的確，大吼大叫太累人了，我也懶得做這種事。」

「那你爲什麼跑下來？」

「因爲無聊。」

無聊？這是什麼奇怪的答案？眞搞不懂學長的腦袋在想什麼。

方芷昀明白問了也是白問，也不想和他繼續打啞謎，於是就此打住話題。

兩人踩著樓梯爬到二樓，樓梯間的右側是女生廁所，她停下腳步，心情一陣激動，總算得救了。

「妳有帶備用的衣服嗎？」紀沐恆關心問道。

「沒有，我不知道社團會潑水，今天也沒有體育課……」她盯著衛生棉販賣機，好想馬上解決下腹的不適感……

紀沐恆看她一臉渴求，從口袋掏出一枚硬幣，直接投進販賣機裡。

「快點進去處理吧，我回教室一趟。」語畢，他背著吉他朝音樂班走去。

方芷昀愣愣地望著他的背影，學長不戲弄人的時候，其實還滿體貼的……

不行不行！她怎麼幫紀沐恆講起好話來了？

收回思緒，方芷昀連忙轉動販賣機的旋鈕，帶著衛生棉走進廁所，脫下校裙一看，後面眞的紅了一大片，眼下也沒辦法清洗，只好把裙子擦乾一點再穿上，再繫上學長的襯衫。

走出廁所時，紀沐恆已經在外面候著，他身上套著體育服，手裡拿著運動外套。

「聽說生理期的時候，女生的身體比較虛弱，還是多穿一點比較好。」他把外套輕輕披在方芷昀身上，凝視她的眼神透著一股溫柔，「今天我們體育課打籃球，衣服可能有些汗味，妳將就一點先穿著，千萬別感冒了。」

方芷昀微訝地盯著紀沐恆彎下身，幫她輕輕拉起外套拉鍊。

社團時間快結束了，陸陸續續有學生返回教室，許多人看見兩人親暱的互動，眼神莫不帶著些好奇與曖昧。

方芷昀心頭莫名感動，沒心思理會旁人八卦的眼光，想起被潑水後，高浚韋帶著林心緹離開，沒有發現自己的異狀，那時她的心情是多麼地無助慌亂，幸好……幸好有學長在。

可是，他爲什麼要對她那麼好？

是因爲琴房裡的那個吻，讓紀沐恆對她感到歉疚嗎？

「謝謝……」她微微垂下臉，小聲念道：「學長。」

「妳說什麼？」紀沐恆一怔。

「我只叫你這一次，沒聽見就算了。」

「叫什麼？」

「笑臉貓。」她沒那麼傻，會中計順著他的話再叫他一次。

「小企鵝眞難拐，不好玩。」紀沐恆輕聲失笑。

「謝謝你的衣服，我下星期一會洗好帶來還你，不過……」方芷昀停頓幾秒，輕咬下脣，「你不要以爲這樣，我就會原諒你之前對我做過的事。」

「什麼事？」

「你還裝傻！」

「學妹。」紀沐恆收起微笑，突地朝她進逼一步，「妳要我承認……我吻了妳嗎？」

「你……」方芷昀氣窘地倒退，又氣又羞，「你給我記住！」

「那就如妳所願。」他彎起脣角，低下臉在她耳邊輕喃，「我會永遠記住我在琴房裡吻了妳，我是妳的初吻對象。」

學長很壞！

方芷昀跺腳，小臉被紅暈淹沒，不想再跟他爭辯，用力扯過他肩上的吉他，從他手中拿過鼓棒袋朝教室走去。

紀沐恆輕吁了一口氣，意味深長地望著方芷昀的背影，目送她遠去。

回到教室，方芷昀站在後門，一眼看到林心緹坐在座位上休息，手裡拿著冰袋敷在頭頂上，高浚韋在一旁陪她說話，還溫柔地撥開她黏在臉頰上的髮絲。

見到眼前這幅景象，方芷昀心中突然湧上一股說不清的酸澀感，動作略微僵硬地走向兩人，將鼓棒袋遞給林心緹，「心緹，妳還好嗎？」

林心緹接過鼓棒袋，皺眉嘆氣，「被水桶砸到的那一刻很痛，我頭暈了一下，撞到浚韋，現在頭上腫了一個大包，護士阿姨說晚上如果有噁心想吐的症狀，就要馬上去看醫生。」

「我覺得社長玩得太過火了，那種不肯認錯的態度，真的讓人很生氣！」高浚韋不滿地替林心緹抱屈，起身接過方芷昀肩上的吉他，忽然想起方才潑水現場的情景，「芷昀，剛剛看妳跌坐在地上，有沒有怎樣？」

「沒事沒事！」方芷昀笑著擺擺手。

「妳怎麼包得跟粽子一樣？體育外套是哪來的？」他上下打量她一眼。

「有點冷，學長借我的。」

「剛才那個校園大使學長？」

「嗯。」方芷昀點點頭。

「學長很帥耶！當時很多熱音社的學長姊趴在樓上看好戲，沒有一個人肯替我講話。」高浚韋回想當下被熱音社學長們圍攻，那名學長卻挺身而出制止他們，不禁一臉崇拜地稱讚，「沐恆學長那種淡定的笑容，不怒而威的氣勢，眼神看起來雖然溫和，但是只要被他看一眼，就好像有一種被看透心思的感覺。」

「……你太誇張了吧。」方芷昀吐槽。

「芷昀，幫我們介紹和學長認識一下吧。」高浚韋突然要求。

「紀沐恆是笑臉貓，會暗地裡偷抓人一把，沒有你想得那麼好。」

「沒關係啦，就認識一下嘛！」

實在對高浚韋懇切的眼神沒輒，加上全身又溼又黏，方芷昀只想急著收拾書包趕快回家，只好先行答應高浚韋。

♪

方芷昀星期日把襯衫和外套洗乾淨，心想隔天好還給紀沐恆。

下午，方芷昀到書局買文具，逛到禮品區時，忍不住買了一個可以用來夾樂譜的小黑貓造型木夾子。

星期一早上，方芷昀提著裝有衣服的紙袋，和高浚韋來到二年級音樂班找紀沐恆。

紀沐恆走出教室，接過紙袋打開一看，一股淡淡的洗衣精香氣飄出，同時發現還有個小禮物盒擺在衣服上。

「這是什麼？」他眼光一亮，好奇地拿起盒子端看。

教室窗邊幾個音樂班的學長姊一臉八卦地盯著他們瞧，方芷昀耳根一熱，迅速抽走他手裡的禮物盒，胡亂丟回紙袋當中，小聲說道：「那是……謝謝你借我衣服的禮物，你現在不能拆，回家才可以拆。」

紀沐恆嘴角上揚，「我現在好想知道是什麼禮物，妳卻叫我忍到回家才能打開，會不會太狠心？」

「反正……你不准在我的面前打開！」

「那我會偷偷打開，不讓同學看到。」

「裡面又不是什麼情書或不可見人的東西！」她莫名一陣氣。

「所以打開後，我就可以跟全班同學炫耀了？」紀沐恆笑得瞇起雙眼。

「紀沐恆！」

「好啦，不逗妳。」

「然後……這是我同學。」方芷昀有點虛脫，每次跟紀沐恆對話，腦細胞感覺就會死一堆。她將站在身後的高浚韋拉到自己面前，向紀沐恆介紹，「他叫高浚韋，他說你有寫輪眼，可以一眼看透人心，很想認識你，謝謝你在上次社課潑水時幫他講話。」

「學弟，是這樣嗎？」紀沐恆有些訝異，恬淡眸光轉到高浚韋的臉上。

「不是的！」高浚韋用手肘撞了方芷昀一下，連忙搖手解釋，「學長不要聽芷昀亂講，我沒說你有寫輪眼……」

話還未講完，沒想到紀沐恆突然伸出右手，猛力朝高浚韋的左肩推了一把，高浚韋反應不及，整個人被他推得倒退兩步，貼在教室牆壁上。

「你是吉他手吧？」紀沐恆一手壓制著高浚韋，脣角揚起一抹神祕淺笑，「要不要放學後九號琴房見，你隨便solo一段，讓我見識你的實力？」

高浚韋睜大眼眸，啞了好幾秒，紅暈漸漸從耳根擴散，浮上他的臉龐。

趴在窗台上的幾個學姊見狀，竟然開始拍手起鬨：「在一起、在一起、在一起……」

「如何？」紀沐恆輕輕挑眉。

「這……改天再說……」高浚韋氣弱地回應，像螃蟹走路一樣，僵著身體朝旁邊橫行幾步，紅著臉掙離紀沐恆的掌控，拋下方芷昀，一溜煙跑回教室。

「妳的同學不好玩，這樣就嚇跑了。」紀沐恆惋惜地嘆氣，轉身走到方芷昀身邊，一臉無辜望著高浚韋遠去的背影。

「你好壞，他把你當成偶像崇拜耶！」想到方才高浚韋羞窘的模樣，方芷昀不禁噗哧一笑，看來學長貓爪下的受害者再添一位。

突然一道淡冷嗓音在兩人身後響起：「你們兩個擋到路了。」

「抱歉。」兩人一左一右讓開，方芷昀轉頭一瞧，范翊廷背著書包站在走廊中央。

數理班和音樂班是特殊班級，兩班正好相鄰，一個是一班，一個是二班。

范翊廷微微頷首，默默穿過兩人中間。

「學長！貝斯確實可以自彈自唱，我爲自己之前無知的言論，跟你道歉！」方芷昀快步跑到范翊廷跟前，張開雙手攔住他，深深鞠了個躬，「我現在在學唱〈透氣〉這首歌，學長可以幫我伴奏一次嗎？」

望著她熱切的眼神，范翊廷胸口好像有什麼被觸動似的，眸光閃過一道細微波動。

「范翊廷，看在學妹這麼誠懇的份上，指導她一下吧。」紀沐恆心思快速轉動，順著方芷昀的話意，推敲她大概在邀范翊廷組團。

方芷昀沒料到紀沐恆會幫自己說情，訝異地望了他一眼。

范翊廷沉默了幾秒，瞥了瞥紀沐恆，「好，這是還四月園遊會欠你的人情。」

紀沐恆撫著下巴，歪頭裝傻，「園遊會我什麼都沒做喔。」

范翊廷不理睬他，轉頭問方芷昀：「星期天下午兩點，可以嗎？」

還紀沐恆的人情？

四月的園遊會上發生了什麼事？

方芷昀心裡一陣疑惑，但聽到范翊廷答應指導，忍不住雀躍地跳了起來，「可以！能邀學長來我家的練團室嗎？」

范翊廷點點頭，翻開書包拿出紙筆，讓方芷昀寫下音樂教室的地址，兩人交換手機號碼，隨後頭也不回地走進數理班教室。

紀沐恆瞧她拿著紙條對范翊廷的手機號碼傻笑，不禁莞爾，「學妹，妳真會挑人，數理班的同學天資聰穎，有才藝的更如同怪物一樣。」

「怪物？」

「妳要唱歌，再加上梅藝高中最強的貝斯手幫妳伴奏，那我可以當聽眾嗎？」

「不要！死也不給你聽，作夢吧你！」方芷昀伸出雙手，對著他打了個大叉叉，回身就走。

紀沐恆脣角帶著笑意，望著她遠去的背影，久久才走回教室。

第二節下課，馬尾學姊拖著傅明哲來找林心緹和方芷昀，傅明哲明顯還是拉不下臉，但在學姊的強力要求下，仍然向他們道了歉。

雖然高浚韋覺得事隔兩天才來關心，根本不夠誠意，不過有道歉總比沒道歉來得好。

社長和學姊離開後，方芷昀跟著林心緹要走進教室。

「方芷昀，不要跑！」高浚韋忽然一個箭步追上來，左手從身後輕輕勒住她的脖子，右手在她的髮上用力揉了兩下，「社團潑水的時候，妳發生那樣的事，當時怎麼都不跟我講？」

「那又不重要，心緹的傷比較嚴重。」

「眞是的，什麼叫不重要？」

「如果我講了，那你當下會怎麼做？」方芷昀心頭有點酸酸的，發現自己非常在意他的關懷。

「我會找沐恆學長幫忙，請他把心緹送到保健室，我來幫妳借衣服。」高浚韋一臉認眞，「如果借不到，衛生股長那裡有黑色垃圾袋……」

「你把我當垃圾啊！」方芷昀伸出手肘朝後面頂去，恰巧擊中高浚韋的肋骨。

「好痛……」高浚韋哀叫一聲鬆開手臂，抱著肚子蹲在地上。

方芷昀抿嘴一笑，其實只要知道他是在乎她的，這樣就足夠了。

♪

午休時間，三個人吃完飯，來到走廊上吹吹風。

方芷昀向他們說明了和范翊廷的約定，林心緹聽了興奮得語無倫次，吵著要去撞牆證明自己不是在作夢，方芷昀雖然很想看她撞牆，不過還是盡朋友之責拉住了她。

「沒想到范翊廷是梅藝高中最強的貝斯手。」高浚韋很是訝異，心裡不免好奇，很想聽聽學長彈的貝斯究竟有多麼厲害，「芷昀，星期天我想看妳和學長練團。」

「我也要！學長在我心裡，一直都是最強的！」林心緹語氣期待，突地偏頭問道：「對了，沐恆學長提到四月的園遊會……那時候到底發生了什麼事？」

「不知道，這要問紀沐恆。」方芷昀聳聳肩。

「芷昀，帶我去找沐恆學長，我要跟他問個清楚。」林心緹勾住她的手臂。

「妳們去，我不跟！」高浚韋撇開臉，耳根微微赧紅，「哼！都是他害我被那麼多人取笑。」

「浚韋，紀沐恆只是在跟你開玩笑的啦。」方芷昀憋著笑意安撫他。

「芷昀，走了啦。」林心緹已經等不及，拖著她就往二年級音樂班走去。

兩人來到音樂班門口，方芷昀嘆了一口氣，原本以為還了衣服，應該就和紀沐恆毫無瓜葛了，沒想到現在又有得糾纏了。

紀沐恆面帶微笑走出教室，來到她們面前，低頭在方芷昀耳邊說：「妳送的黑貓夾子很可愛，我很喜歡。」

「我又沒有問你喜不喜歡，你幹麼跟我說？」被他當面一講，方芷昀又是莫名一陣氣，將他推離自己遠一些，「我警告你，不准再捉弄我的朋友！」

「是，學妹。」

方芷昀將林心緹推到紀沐恆面前，「這是我的好友林心緹，她想知道翊廷學長在園遊會上發生了什麼事？」

「這邊人多嘴雜，我們樓下談。」

三個人下了樓梯，走進一樓的花圃裡，林心緹拉著方芷昀坐在樹下的石椅上，紀沐恆雙手插著褲袋，悠然站在兩人的前方。

「這樣可以說了吧！」方芷昀仰頭看著他，一束陽光穿過葉隙刺進她的眼睛，讓她微微皺起眉心。

紀沐恆見狀，身體側移一步，順勢遮住那抹陽光，「范翊廷一年級時是熱音社的成員，因爲一入社就彈得不錯，被當時的社長分配到和傅明哲組團，想訓練他們參與比賽。」

「原來翊廷學長加入過熱音社。」方芷昀大吃一驚，那爲什麼他現在卻不想和熱音社扯上任何關係？

「一年級下學期，范翊廷和傅明哲是同年級中彈得最好的，兩個人都被列進下一屆的社長人選，不過范翊廷的個性比較穩重，上課時會幫忙指導他人，大多數的社員對他比較有好感。反觀個性外向的傅明哲，身邊聚集了不少喜歡打混聊天，將熱音社當成聯誼社的社員，所以聽說社長後來比較屬意讓范翊廷接位。」

紀沐恆頓了一下，繼續說下去：「因爲有了競爭就會暗中較勁，他們各自的擁護者甚至還形成了小團體。那時范翊廷喜歡一個女同學，就是幫妳們帶活動的那個馬尾學姊，後來傅明哲中途殺出，追走了那位女同學。」

林心緹聽到這裡，有些受到打擊，沒想到自己對這件事渾然不知。

方芷昀搖頭嘆氣，「競爭對手加情敵，完全無解！」

紀沐恆同感地點點頭，接著說道：「四月的園遊會有安排社團表演，那時音樂班表演完下台，輪到熱音社演出時，傅明哲和團員沒有等范翊廷上台，就直接開唱。」

「太扯了吧！」方芷昀和林心緹激動地大叫，一支樂團只有一個貝斯手，怎麼可能會粗心忽略？這分明是刻意排擠。

「我站在司令台旁邊看，心想團員的聽力怎麼這麼差，難道聽不出旋律中少了什麼嗎？」紀沐恆無奈地笑了笑，「不過說老實話，台下的觀眾好像也沒有發現少了個貝斯手。」

「貝斯在樂團的表現比較低調，如果沒有仔細聽，眞的比較容易忽略它的存在。」方芷昀想像范翊廷被團員拋下的情景，他的心裡一定很不是滋味。

「那翊廷學長當時人在哪裡？」林心緹只恨自己沒有身處現場，否則一定衝到台上幫范翊廷討個公道。

「他在司令台後面幫一個社員調音，聽到台上開唱時，我看他的臉色都變了，他本來想一走了之，可是走沒幾步又折了回來，默默上台插導線開音箱，跟著他們一起演奏。」

「那些人這麼過分，學長為什麼還要上台？」林心緹氣憤地握拳。

「我覺得他會上台，是出自於對樂團的責任感。」紀沐恆以自己的直覺解釋，「後來我回到班上顧攤位，我們隔壁攤是數理班丟水球的遊戲，可以指定人丟，傅明哲帶了一票熱音社的社員過來，嘻嘻哈哈的指定要丟范翊廷。」

「他們是存心找碴吧！」林心緹緊張大喊。

「我看那一票人都是瞄準范翊廷的頭丟，那種狠勁像在對待仇人一樣。」紀沐恆伸指敲著額頭比擬，眼底的笑意淡去，「水球丟完後，范翊廷默默下場拿起貝斯要走，突然又一顆水球飛來，直接砸在貝斯上，他忍無可忍放下貝斯，衝過去要揍傅明哲。」

「然後呢？」林心緹焦急地問，相當心疼范翊廷的遭遇。

「然後就沒了。」紀沐恆偏頭笑了笑。

「怎麼可能？」方芷昀一陣傻眼，劇情正聽到精彩處耶！

「想知道結局，妳們應該付點報酬吧。」

「紀沐恆你土匪啊！問事情還要收報酬？」方芷昀憤怒地跳起來，指著他的臉大罵，實在不能低估笑臉貓的心機。

「學長想要什麼報酬？」林心緹直接切入重點，不計任何代價就是要聽完。

「我想知道，芷昀學妹的歌聲和范翊廷的貝斯，會擦出什麼樣的火花……」紀沐恆露出無害的笑容，像討不到糖吃的小孩般無辜，「不過有人好小氣，跟我說死也不給我聽。」

「芷昀，唱給學長聽嘛……」林心緹握住方芷昀的手，水汪汪的大眼滿是祈求。

「我唱歌眞的不好聽，這樣很丟臉。」方芷昀縮了縮肩頭，就怕她使出淚眼攻勢。

「要組團就不要怕人聽，上台就必須拋開面子，即使斷弦也要拉到底。」紀沐恆笑著補充。

「隨、隨便你啦！」方芷昀怒沖沖地瞪他一眼，有種被笑臉貓計謀得逞的感覺，「你要來就來，來了不准挑剔我唱不好！」

紀沐恆微微一笑，彎身望著她氣窘的臉，輕拍她的頭，「笨學妹，我怎麼會挑剔妳呢？」

方芷昀傻了半晌，他的神情十分認眞，不像是在嘲笑她。

「學長！然後呢？」林心緹扯扯紀沐恆的手臂，打斷兩人的四目相望。

「然後……」紀沐恆仰望頭頂的樹葉，眼中閃過一絲淘氣笑意，「我那一組的飲料剛好賣完了，桶子裡還剩下半桶的冰塊水，我想把水倒掉，結果沒想到手一滑，就全部潑在傅明哲和他朋友的身上了。」

方芷昀和林心緹一臉呆愣。

「你故意的。」方芷昀唇角抽動一下。

「我手滑。」他正經回答。

「故意的！」

「手滑！」

「學長手滑得好，後來呢？」林心緹興奮地拍手，想到傅明哲一身冰水的狼狽樣，實在是大快人心。

「後來范翊廷表情跟妳們一樣呆傻，傅明哲和他朋友隨即衝向我，揪住我的衣領，質問我爲什麼要潑他們。」紀沐恆微微瞇眼，抬起右手擱在額頭上，遮住一抹穿透葉隙的刺目陽光，「我說……你們那麼多人玩范翊廷一個，他都沒有生氣了，我不小心潑到你們，你們是在氣什麼？」

方芷昀和林心緹聽得專注，一時說不出話。

「氣衣服溼了嗎？」紀沐恆看著方芷昀，嘴角漾著笑，「原來在你們心目中，衣服比樂器還重要，你們連樂器都不尊重，難怪演奏出來的音樂這麼難聽，我身爲聽眾，沒在台下潑水叫你們滾下來，已經對你們很客氣了！」

方芷昀迎上他的目光，紀沐恆雖然看來恬淡悠哉，卻散發一種令人不自覺懾服於他的氣度。

「傅明哲不斷狡辯，說大家玩嗨了，沒注意那麼多。」紀沐恆瞧兩人神色沉重，偏頭笑了笑，語氣輕快地交待最後結局，「這時候數理班和音樂班的同學都圍過來，可惜沒有打起來，不然就更好玩了，然後范翊廷就當眾宣布退出熱音社，園遊會事件就此落幕。後來他離開熱音社和誰組了團又退了團，這方面我就不清楚了。」

方芷昀聽完心情非常複雜，終於明白范翊廷討厭吉他手和熱音社的緣由，以及欠紀沐恆人情的原因——如果范翊廷當時先動手打了傅明哲，學校絕對會記過處分，說不定這就是傅明哲故意激怒他的用意，學校十分重視數理班學生的操行成績，因爲事關大學的推甄，而紀沐恆的插手等於幫助消弭了這場紛爭。

「學長，謝謝你告訴我這件事。」林心緹聽紀沐恆教訓了傅明哲一頓，感到非常過癮。

「不客氣。」紀沐恆朝方芷昀眨眨眼，「那就星期天見了。」

♪

日子轉眼來到星期天，午後的音樂教室交織著各種樂器的樂音，方芷昀、高浚韋和林心緹三人圍著櫃台聊天，一同等待范翊廷的到來。

「我現在只要看到社長，都會跟他保持一小段距離，而且知道翊廷學長曾經喜歡馬尾學姊後，我看到她都覺得怪怪的。」林心緹拎著三角鐵，輕輕敲打把玩。

「我被馬尾學姊教到，她是鍵盤教學。」方芷昀拿著沙鈴在桌面滾動。

高浚韋抱著電吉他，一邊撥弦做手指運動，一邊說：「明哲社長是吉他教學，上星期的社團課，他叫我坐到旁邊自己練習，好像不是很想教我。」
「他在教新社員彈奏電吉他的姿勢，這你還要重頭學嗎？」
「哈哈，那我還是到一旁納涼好了。」
「你們兩個千萬要記住，」林心緹用力敲打三角鐵，打斷兩人的交談，「絕對不可以在翊廷學長面前提起社長和學姊。」
「我們不會啦，不過妳也要克制一下，免得太熱情把學長給嚇跑了。」方芷昀忍不住提醒，就怕林心緹一時失控。
「我知道啦。」林心緹扭扭捏捏地應允。
門口傳來一陣敲門聲，三個人轉頭望去，范翊廷背著貝斯和紀沐恆站在門前。
「我先去練團室。」高浚韋一見到紀沐恆，馬上帶著吉他逃向地下室。
「翊廷學長，歡迎！」方芷昀興奮地打開大門，從鞋櫃裡拿出拖鞋擺在范翊廷的腳邊，仰頭衝著他燦笑，但視線一觸及紀沐恆的臉，立即撇頭冷哼一聲。
「學妹，別嫌棄我啊。」紀沐恆笑得無辜，無奈學妹不服務，只好自己從鞋櫃拎出拖鞋換上。
兩人走進教室，范翊廷一身格紋襯衫搭牛仔褲，看起來穩重內斂；紀沐恆穿著白色的休閒衫，模樣溫雅，兩人並肩一站，整間教室彷彿被點亮了起來。
范翊廷好奇地打量四周的擺設，林心緹被他的視線不經意掃到，趕緊害羞地低下頭，不敢相信他居然離自己這麼近。

「很美的琴。」紀沐恆眸光落在三角鋼琴上，修長指尖輕輕滑過琴箱，低頭看著鋼琴的側面，上頭印了一個金色豎琴的標誌，「眞的是史坦威的鋼琴。」

「這是我媽的嫁妝。」方芷昀想到他主修小提琴，副修一定是鋼琴，不禁好奇他的琴藝，「你要不要彈看看？」

「好啊。」他拉出琴椅坐下，掀開琴蓋，雙手輕輕放在琴鍵上，「彈什麼好呢？」

紀沐恆偏頭想了想，脣角微微揚起，十指在琴鍵上輕柔躍動，輕巧的旋律跟著流瀉開來。

午後陽光斜斜照進走廊，映亮他彈琴的身姿，櫥窗上的音樂藝術品及背後一整牆的樂譜，全部成了他的背景陪襯，那畫面美得像一幅畫。

前奏一下，方芷昀隨即聽出是〈洋娃娃之夢〉，這首曲子的曲風可愛，很多學生都喜歡在音樂會上演奏，她小時候也常常彈給奶奶和哥哥聽。

對紀沐恆這種音樂科班生來講，這首曲子根本是小菜一碟，他輕輕鬆鬆、姿態優雅地彈畢，接著起身闔上琴蓋。

方芷昀噘嘴，「我以爲你會彈像〈土耳其進行曲〉那種程度的曲子，沒想到你卻彈了首兒歌一樣的〈洋娃娃之夢〉。」

「妳要我彈琴，明顯是別有用意……」紀沐恆雙手抱胸，「我才不讓妳打分數。」

「什麼嘛……」被他一語中的，方芷昀又羞又氣，用力撇過頭，「我才不屑聽你彈琴，哼！」

「那妳還問我要不要彈彈看？」

「你——」

「芷昀、芷昀……」林心緹扯扯她的衣擺，小聲喚道。

方芷昀回頭一瞧，林心緹朝她使了個眼色，提醒她別忘了正事。

她趕緊走到范翊廷面前，歉然說道：「學長，對不起，我馬上帶你到練團室。」

范翊廷不發一語，只是默默瞥了紀沐恆一眼。

一行人來到地下室，隱約聽見高浚韋的歌聲從練團室的門後傳來。

「這首是上次我寫在學長掌心的歌，浚韋每天都很認眞練習，他的聲線非常乾淨，很有力量。」方芷昀輕輕壓下門把，推開一道兩、三公分寬的門縫，讓高浚韋自彈自唱的歌聲飄散出來。

眾人站在門外聽了一小段，方芷昀這才推開大門，高浚韋的歌聲頓時停住。

「你們好慢。」他讓出麥克風，抱著吉他坐到旁邊的椅子上。

「因爲剛才在聽笑臉貓抓琴。」方芷昀將沙鈴拋給他。

高浚韋一把抓住沙鈴，眼神複雜地看向紀沐恆。

「學弟，我上次是眞的想聽你彈吉他。」紀沐恆輕笑解釋，從背包裡拿出一本小說，在靠角落的位子坐下，「剛才聽你彈唱了一段，我認爲唱得比熱音社所有的二年級主唱還要好，我很期待你們三人年底的成發結果。」

「眞的嗎？」高浚韋被紀沐恆一誇，馬上把先前的尷尬拋到腦後，不好意思地抓抓後腦，「沒問題，我們會全力以赴的。」

「眞是心思單純……」林心緹翻了個白眼，帶著三角鐵坐到爵士鼓後面就定位。

范翊廷在一旁的椅子上坐下，打開琴包拿出貝斯，插導線、開音箱，試好音後抬頭望著方芷昀。

「大家午安。」方芷昀有些緊張，雙手緊握麥克風，「我要唱的歌是戴佩妮的〈透氣〉，這是我第一次當主唱，將由翊廷學長伴奏。」

范翊廷以Slap的技巧，右手的姆指敲弦，搭配食指和中指的勾弦，彈奏出節奏鮮明和層次豐富的伴奏，讓所有人的眼睛爲之一亮。

方芷昀輕柔的嗓音，透過麥克風傳出：「快不快樂，不是問題，我不過是你的玩具而已……」

第一個音下得很準，沒想到唱了兩段後，拍子竟越來越不穩定；她分神去聽范翊廷的貝斯伴奏，又導致自己的拍子忽快忽慢，無法再接續唱下去。

「等一下，我發誓！我眞的有天天練習！」方芷昀雙手摀住臉，窘到想挖地洞鑽進去，「怎麼和電腦伴唱的感覺不一樣？」

「當然不一樣，這首歌的拍子不好抓，加上妳唱的是現場，前面沒有螢幕顯示歌詞在跑，也沒有小白點引導妳如何進歌，最重要的是，妳還不熟悉我的貝斯伴奏。」范翊廷面無表情，早料到會有這種狀況發生。畢竟方芷昀沒受過專門的主唱訓練，第一次練團不知道該怎麼唱也是情理之中的事。

「原來如此。」方芷昀點點頭。

范翊廷繼續補充：「有很多愛唱KTV的人都夢想當樂團的主唱，但是會唱KTV不代表能勝任主唱，很多人連樂理都不懂，試音的時候一塌糊塗，只顧著自己唱自己的，完全沒用心去聽樂團的伴奏。」

「我懂了，學長，再讓我試一次！」方芷昀做了個深吸呼，伸手握住麥克風，明亮眼神滿是不服輸的堅毅。

第二次練唱，方芷昀試著用腳輕點地面打拍子，沒想到唱了幾段後，又發生抓不住拍子的問題，再次抱頭哀號。

「停！再一次。」范翊廷立即要求重來。

「好！」方芷昀越戰越勇，視線掃過紀沐恆，只見他偷偷抿嘴微笑，不知道是書裡的內容好笑，還是認爲她唱得好笑？

方芷昀再也看不下去，忍不住舉手指著他，「等一下！他好煩，讓我不能專心。」

「我又怎麼了？」紀沐恆一臉無辜，不知道自己哪裡又惹到她？

「在練團室看小說很奇怪。」

「我怕我一直盯著妳，妳會有壓迫感。」

「你這樣只會更礙眼！」

「好吧，那我不看小說了。」紀沐恆側身斜倚在桌子上，單手撐著臉頰看她，「要我認眞聽妳唱歌就直接講，幹麼跟我客氣？」

「我又沒有要你聽我唱歌，只是覺得你在那裡一下子偷笑又一下子皺眉的，真的很礙眼。」方芷昀尷尬地說。

「是，我礙了妳的眼，千錯萬錯都是我的錯。」紀沐恆嘆氣。

兩人合練了幾次之後，方芷昀終於抓到節奏感，中段開始加進高浚韋的沙鈴和林心緹的三角鐵，沒想到簡直變成了一場大災難。

「後面插花的，節奏沒有對到，再一次！」范翊廷語氣嚴肅，嘴角卻隱含一絲細微笑意，不厭其煩地反覆替他們伴奏。

高浚韋沉浸在練習過程裡，和方芷昀一樣充滿鬥志，林心緹則是不時望著范翊廷的背影，雙頰浮著淺淺紅暈。

經過無數次練習，當四人終於將整首曲子從頭跑到尾，沒有任何間斷時，心中的成就感及感動溢於言表。

練習雖然辛苦，成果卻是甜美的，原來在練團的過程中，最珍貴的就是大家相互學習，共同面對錯誤、仔細修正問題；從不協調到協調，一同成長、進步，才能變得更好。

「很棒的演出！」紀沐恆輕輕鼓掌。

范翊廷最後下了一個總結，「貝斯在樂團裡雖然大多是以伴奏為主，但是經過特別的編譜後，也是可以拿來自彈自唱的。」

「謝謝學長的指導。」方芷昀感激地朝他鞠躬。

「學長，你的貝斯彈得超好！」高浚韋拋開先前的不愉快，一臉誠懇說道：「雖然只負責搖沙鈴，不過這是我第一次練團，眞的收獲很多。」

「我也是……」林心緹小聲表示，低著頭貼到方芷昀身側。

范翊廷望著三張熱忱十足的臉孔，在他們熱情的眼神中看見了自己的倒影，他第一次嘗到被需要、被尊重的感覺，心情倍感複雜。

「學長，可以請你繼續指導我們嗎？」方芷昀握緊雙手，再次提出組團要求。

范翊廷默默望著她，掃過她右手腕上的傷疤，眼鏡後的眸光一軟，「數理班的功課很多，我練團的時間有限，非常討厭約好時間卻有人遲到或請假。」

「呀呼！太棒了！」

「翊廷學長萬歲！」

「我們絕對會準時的！」

三個人又叫又跳抱成一團，開心不已。

打鐵趁熱，方芷昀高聲提議：「不如現在來選團長，我覺得翊廷學長……」

「我沒空，你們自己推派。」范翊廷打斷她的話。

「我提議芷昀！」高浚韋舉手。

「贊成！」林心緹附議。

「好吧……」方芷昀無奈垂頭，結果有講跟沒講一樣。

接著四人討論了一陣，除了原本的〈Glamorous Sky〉，再加開一首X Japan的〈Tears〉當練團歌。

「你們在家裡最好先練熟曲子，不要等到來練團室才臨時抱佛腳，浪費大家的時間和金錢。」范翊廷的個性相當嚴謹自律，強調練團必須有效率。

紀沐恆跟著附和：「我在青少年交響樂團裡，專任指揮也非常要求這一點，千萬別因爲自己的功課沒做好，耽誤了大家的練團時間。」

「好！十月中旬要月考，我們就先各自練熟一點，等考完試再來全心練團。」方芷昀揚聲喊道，畢竟大家都有功課要顧，不能爲了玩團而荒廢課業。

討論結束，紀沐恆從背包裡拿出相機，笑道：「我幫你們拍張照留念吧。」

三人以范翊廷爲中心站定，方芷昀將林心緹輕輕推到他的左側，自己站到他的身後，高浚韋則是抱著吉他蹲在右側。

相機閃光燈一閃，Wing of Wind正式成軍！

第四樂章　最遙遠的距離

星期一早上，方芷昀急忙趕在早自習最後一聲鐘響結束前，背著書包衝進教室。

昨晚她還沉浸在組團成功的喜悅情緒當中，腦中盡是和翊廷學長練唱的畫面，興奮到凌晨三點才入睡，沒想到今早不只睡過頭，還發生了一件更悲慘的事。

「芷昀，妳怎麼睡過頭了？」林心緹輕聲關心。

方芷昀沒有回話，只是悶著臉搖搖頭。

因爲沒有睡飽，整個早自習和第一節國文課，老師的聲音像帶有催眠魔力一樣，讓她不斷點頭打瞌睡。

坐在第四排最後座的高淩韋，邊聽課邊分神覷著方芷昀，雖然他們並沒有特別約定要一起上學，不過早上在公車站沒見到她的身影，坐在車裡沒人可以聊天，突然覺得有些不習慣。

好不容易挨到下課，方芷昀只覺頭腦昏沉，正想趴下休息時，高淩韋忽然走了過來，低頭湊近她。

「芷昀，妳的身體不舒服嗎？」高淩韋的臉龐突地在她眼前放大，盯著她的臉仔細研究。

方芷昀無力地搖頭，被他關切的目光直直注視著，雙頰竟微微發熱起來。

「臉頰有些紅，是不是發燒了？」林心緹好奇地走過來，嘴裡還咬著奶茶的吸管。

「有發燒嗎？」高浚韋一手摸摸方芷昀的額頭，另一手摸著自己的額頭，檢查她有沒有發燒。

方芷昀的臉在他的碰觸下更加緋紅，一顆心跳得飛快，張嘴發出沙啞的氣音：「我沒有發燒……」

林心緹一聽，差點把奶茶噴出去。

高浚韋愣了幾秒，隨即指著方芷昀臉大笑：「哈哈哈……妳失聲了啊？」

「你笑屁啊！」方芷昀無聲地掀動嘴唇，握拳在他的肩膀上一陣猛搥。

高浚韋抓住她的手，擋下她的攻擊，「應該是妳昨天唱太久了，加上妳從來沒有受過歌唱訓練，都用喉嚨發聲，嗓子才會啞得這麼嚴重。」

「我只是希望能唱好一點，才不會辜負翊廷學長加入我們的心意。」方芷昀用力擠出聲音回應，不舒服地緊皺眉頭。

「芷昀，謝謝妳。」林心緹握住她的手，感動地說道：「雖然我只負責敲三角鐵，不過能和翊廷學長一起合奏，我就覺得死而無憾了。」

「妳眞的唱得很努力。」高浚韋給方芷昀一個肯定的笑容，起身走回座位，將自己的水壺拿了過來，「這個給妳喝。」

「這是什麼？」

「我奶奶煮的澎大海薄荷茶，她最近每天都要我帶一罐到學校喝，說可以保護嗓子，對喉嚨沙啞也很有效。」

見她愣愣盯著水壺，高浚韋突然意會過來，不好意思地擺擺手，「我今天一口都還沒喝，水壺昨天也有洗乾淨，妳不介意的話再喝吧。」

方芷昀搖頭表示不介意，打開瓶蓋喝了一口，甘甜的滋味透著一縷薄荷清香，喉嚨瞬間舒緩不少，她試著說了幾個字。

「妳說什麼？我聽不清楚，再說一次。」高浚韋彎下身，把耳朵湊到她的脣邊，兩人的距離頓時近到不能再近。

方芷昀的心跳亂了拍，他靠得極近的臉龐彷彿帶著某種吸引力，讓她好想再靠近一點……

發覺內心的渴望讓她十分震驚，同時意識到自己眞的很喜歡高浚韋，很想和他在一起。怔忡了幾秒，她在高浚韋的耳邊用氣音說：「謝謝，你奶奶煮的茶很好喝。」

他朝方芷昀露齒一笑，「那這瓶茶就給妳了，放學時要全部喝完喔。」

「好，我會喝完。」

高浚韋轉身走回座位，方芷昀這才發現兩人親暱的互動，早就引來一堆同學交頭接耳。爲了掩飾自己的尷尬，她撇頭看向窗外，遠遠看見紀沐恆趴在空橋欄杆上，低頭望著下方的花圃，不知道在想些什麼。

「浚韋對妳好好喔，你們眞的沒有在交往嗎？」林心緹用手肘撞了撞方芷昀，笑得一臉曖昧。

收回定在紀沐恆身上的目光，方芷昀對林心緹搖了搖頭。

「你們每天一起上下學，聊天的模樣又那麼親密，很多同學都謠傳你們是一對情侶。」

「我怎麼沒聽說？」

林心緹笑道：「八卦在流傳的時候，當事者不都是最後一個知道的嗎？」

「說的也是。」方芷昀低頭看著高浚韋的藍色水壺，心情有些複雜，原來在同學們的眼裡，她和高浚韋已經是一對了，可惜實際上並不是。

高浚韋對她，究竟有沒有喜歡的成分？

如果對他告白，他卻沒有那個意思的話，兩人會不會從此無法再當朋友？

方芷昀想了想，完全理不出頭緒，只覺得頭好痛，渾身都提不起勁。

午休時間，林心緹從書包拿出一份樂譜，昨晚她花了很多時間在網路上找齊了〈Tears〉的團譜，各印了一份要分給大家。

「芷昀，這是妳的鍵盤譜，吉他譜也交給浚韋了，現在剩下貝斯譜……妳可以陪我去找翊廷學長嗎？」林心緹既期待又不安，很怕被他拒絕。

方芷昀收下鍵盤譜，見她費了不少心思找譜，實在不忍拒絕，只好陪著她來到二年級數理班。

范翊廷走出教室，挑眉詢問兩人，「什麼事？」

「學長，這是貝斯譜。」林心緹怯怯開口，雙手捧著樂譜遞上。

范翊廷沒有動作，只是冷淡地瞥了方芷昀一眼。

「心緹很用心，幫大家印了團譜，我和浚韋也收到譜了。」爲了力挺好友，方芷昀用力擠出如鴨子叫的嗓音。

「妳失聲了？」范翊廷皺眉。

「因爲昨天唱得太嗨了。」方芷昀乾笑一聲，不好意思地摸摸頭。

范翊廷眼中閃過一道細微光芒，伸手接過林心緹的樂譜，翻看了一下，問道：「這譜……妳有沒有跟高浚韋確認過調性？」

「咦？調性？」林心緹不解地眨眼。

「練團不是唱KTV，沒辦法現場升降key，尤其是〈Tears〉這首歌，我聽過的樂團幾乎都要降key演出。」

方芷昀張大嘴，當下理解了范翊廷的意思。

「妳們要先跟高浚韋確認這首歌他要唱什麼key，不要到時候大家練好了，結果他高音唱不上去，全部人都白練了。」語畢，范翊廷將樂譜遞還給林心緹。

林心緹拿回樂譜，神情失望，吶吶解釋：「爵士鼓……是無調性的節奏樂器，我沒想過這個問題……」

「我是團長，也沒想到升降key的問題，因爲我喜歡彈原調。」方芷昀吃力地擠出聲音，替林心緹緩頰。

此時，一道嘲諷的聲音從後頭傳來：「兩位學妹，找到貝斯手了？」

方芷昀和林心緹轉頭一瞧，傅明哲雙手插著褲袋，身後跟著兩名同學，從樓梯口大搖大擺地走來。

傅明哲皮笑肉不笑地走到三人面前，突然用力拍了拍手，「學妹，妳們找范翊廷組團就對了，他的貝斯彈得超級好。」接著，他又在范翊廷面前鼓掌，「范同學，恭喜你找到樂團，這兩個學妹應該不會像藍眼天使一樣，約好練團時間又放你鴿子。」

望著社長虛情假意的笑臉，方芷昀打從心底感到反感，但偏偏他的話裡又沒有任何攻擊字句，也只能氣在心裡不能發作出來。

「謝謝社長稱讚，我們一定會好好練團。」她啞著嗓子回應。

「妳說什麼？」傅明哲故意伸出右手放在耳後，作勢聽不清楚，伸頭靠向方芷昀，「我沒聽見妳說什麼，妳再說一遍。」

「我說……」

「什麼？我還是聽不見耶？」

傅明哲身後的兩個學長看到方芷昀的狀況，紛紛大笑起來。

林心緹見狀十分氣憤，刻意對著傅明哲綻開笑容，用甜美的娃娃音回擊，「社長，我們有翊廷學長的加持，練團一定會事半功倍、進步神速，不用你擔心！社長也要加油，別被我們超越，大家在聖誕音樂大賽上，來一場華麗的PK賽吧！」

「妳說什麼？」

「啊，我忘了社長耳朵不好，要我再說一遍嗎？」

「妳……事情越來越有趣了。」傅明哲臉色一沉，隨即獰笑，「那從現在起，我們就是敵人了！」

林心緹聽了肩頭一縮，沒想到傅明哲如此認眞。

范翊廷冷眼看著他，脣角勾起一絲冷笑，「傅明哲，想不到跳離了熱音社的圈子，我今天才了解，原來你的心這麼恐懼不安。」

「你什麼意思？」傅明哲怒目瞪視著他。

「喜歡虛張聲勢的人，內心都帶點自卑感。」范翊廷意味深長地說。

「自卑感？哈哈哈……你在講什麼鬼話？」彷彿聽見什麼笑話，傅明哲指著范翊廷，笑到直不起腰來，「要PK就來啊，反正憑你們這種程度，我還不放在眼裡。」語畢，他訕笑幾聲，和同伴大步離去。

林心緹肩頭一垮，心情沮喪，剛才是對社長的言行氣不過，才會衝動地跟他嗆聲，沒想到會演變成和傅明哲爲敵的局面。

方芷昀安慰地拍拍林心緹的背，轉頭望著范翊廷，「翊廷學長，在我的團務規劃裡，原本就包含要參加聖誕音樂大賽，只是還沒跟你報告而已。既然現在變成這樣，那我們更要加把勁了。」

方芷昀心想，身爲熱音社的一員，和傅明哲爲敵其實沒有好處；但林心緹是爲了替自己出氣，才會衝動地對社長下戰帖，這點令她十分感動。

范翊廷深深望了她一眼，「都下戰帖了，那就不准輸，快跟高浚韋確定好調性，看看這首歌要不要移調。」

林心緹原本擔心得眼角泛淚，聽范翊廷這麼一說，頓時受到鼓舞而激動起來，趕緊連聲答應。

「謝謝學長。」方芷昀微笑，心裡忽然有種感覺，雖然學長看起來不好相處、個性嚴謹，但是他的心其實是很溫柔的。

♪

連續喝了高奶奶煮的護嗓茶兩天，方芷昀的聲音也逐漸恢復。

午休時間，三個人趴在走廊欄杆上吹風，討論著聖誕音樂大賽的細節。

方芷昀拿出一張表單攤開給兩人看，「昨晚我到學校網站查了資料，聖誕音樂大賽分爲團體組和個人組，團體組即爲『熱音大賽』，個人組是『歌唱大賽』，賽程有兩天，第一天是初賽，第二天是決賽。」

「難怪社長說至少要學會兩首歌。」高浚韋低頭湊近細讀，「去年熱音大賽的第一名是魔幻無邊，那是明哲社長的樂團。」

「團員名單裡有翊廷學長耶！」林心緹一眼望見范翊廷的名字，「哇！學長在決賽拿下最佳貝斯手獎，但得到最佳吉他手獎的不是傅明哲，而是一個叫江少肆的學長。」

「難怪社長會排擠翊廷學長，恐怕他們那時候就種下心結了。」方芷昀揣測道。

高浚韋點點頭，贊同她的說法，「有可能，那個人賽第一名呢？」

「個人賽的第一名是黃姿伶。」

「這名字好耳熟，好像在哪裡聽過……」林心緹偏著頭回想。

高浚韋的視線接著往下移，「當天還有音樂班管弦樂團的小提琴首席甄選。」

方芷昀頷首，「去年的第一名是紀沐恆，他打敗二年級的學長姊，拿下樂團的首席之位，所以我們才會在新訓的樂團表演上看到他演出。」

說人人到，隔壁班走廊傳來幾個女生的興奮尖叫聲。

「看！是沐恆學長耶！」

三個人抬頭朝前方望去，紀沐恆手裡抱著一疊作業簿走過空橋，似乎聽到他們這邊的騷動聲，突然回頭掃了大家一眼，引起隔壁班女生一片尖叫。

「做作的笑臉貓。」方芷昀嘟噥一聲，沒想到一轉頭，只見高浚韋和林心緹也滿面笑容地揮手和紀沐恆打招呼。

紀沐恆停下腳步，微笑朝著他們的方向點點頭，視線轉移到方芷昀身上。

「看什麼看！」方芷昀狠瞪著他，伸出右拳朝空胡亂揮了兩下，「再看……小心我揍你！」

紀沐恆沒轍地搔頭笑了笑，轉身繼續往前走。

「芷昀，妳和學長的交情真好。」高浚韋用手肘輕輕推她一下。

「我和他交情好？」方芷昀瞪大眼睛，不敢置信地指著自己的鼻尖。

「我也覺得挺好的。」林心緹頗有同感地附和。

「亂講！我跟他一點都不好，不好不好不好！」她氣鼓鼓地撇過頭。

林心緹和高浚韋憋笑對視，同聲用唇語說了句：「小傲嬌。」

此時，背後一名同學喚道：「方芷昀，有一群人要找妳。」

一群人？

方芷昀愣了一下，三個人同時轉過頭，頓時嚇了一跳。

他們眼前站著一位明豔動人的學姊，她留著波浪捲髮，身材玲瓏有緻，身後另外跟著二十幾名學長姊，聲勢浩蕩。

「妳就是方芷昀？」學姊雙手抱胸，上下打量方芷昀一番，她的嗓音帶著一點慵懶，聽起來非常特殊。

「呃，請問妳……」方芷昀仔細想了想，確定不認識眼前的這位學姊。

「請問學姊有什麼事？」高浚韋往前跨了一步，將方芷昀護在背後。

那學姊看到兩人警戒的模樣，回頭掃了身後的同學一眼，噗哧笑道：「沒事，你們不要嚇到，我是藍調音樂社的社長，他們全都是我的同學，我們只是下堂課要去視聽教室上課，順路經過你們班教室而已。」

「原來學姊是藍調的社長。」方芷昀了然一笑，視線移到她的右胸口，上頭繡著「黃姿伶」三個字。

「個人賽第一名。」高浚韋也察覺到了，低頭在她耳邊提示。

「啊！」林心緹忽然指著學姊的臉大叫：「我想起來了，我之前去試打樂團時，學姊是裡面的主唱，當時我們曾見過一面。」

「沒錯，我就是藍眼天使的主唱。」黃姿伶輕笑，自信地抬起下巴，「范翊廷退出我的樂團後，聽說最近加入了你們？」

「學姊的消息眞靈通。」方芷昀點頭。

「小四，范翊廷會退團，全是你害的。」黃姿伶語帶責備，往後方瞥去。

身後的學長姊左右散開，現出一個翹腳坐在教室窗台上，染著一頭紅髮的學長，他跳下窗台走到黃姿伶身邊，脣邊勾起一抹斜笑，「沒辦法，誰教你們每次都約早上十點練團，我都設了五個鬧鐘，還是起不了床。」

那學長的制服上繡著江少肆三個字，竟然是去年的最佳吉他手。

原來熱音社因爲社員間彼此音樂理念不合，分裂出藍調音樂社，社內的大部分好手都集中於此。

「我聽說有學弟妹跟傅明哲宣戰，所以才好奇想認識你們一下。」黃姿伶綻開美麗的笑容，朝三人禮貌地伸出手，「藍眼天使的曲風是爵士和藍調，最近在跑Adele（註）的歌，我相信范翊廷挑的樂團絕對不差，很期待在聖誕音樂大賽上和你們交手。」

註：Adele Laurie Blue Adkins，英國創作歌手，二〇一二年曾被美國雜誌《時代周刊》稱爲「世界上最有影響力的人」之一。

「我是Wing of Wind的團長，期待學姊的賜教！」方芷昀大方伸手和黃姿伶一握，接下她的戰帖。

目送一票學長姊離開，林心緹心裡一陣慌亂，緊張叫道：「芷昀、浚韋，情勢不妙！藍眼天使有去年歌唱第一名和最佳吉他手，我們該怎麼辦？」

「浚韋，你覺得呢？」方芷昀一點也不慌張，直直瞅著學長姊們遠去的背影。

「超興奮！」高浚韋緊握雙拳，眼神發亮。

林心緹一愣，看他們一副鬥志高昂的模樣，受不了地撫額，「我眞是服了你們兩個阿呆，看樣子只能拚了！」

♪

時序進入十月，氣候漸漸轉爲乾冷。

隨著段考將至，課業也變重了。

方芷昀從小就習慣每天練琴，只要一天沒練就十分不習慣，內心好像不踏實似的，幸好鋼琴老師好心幫她減掉一首日常練習的曲子，讓她可以空出一些時間練團歌。

這天下午的體育課，高浚韋和值日生抬了兩籃排球到操場上，因爲十月底即將舉行專屬一年級學生的排球比賽。

同學們紛紛圍過去挑球，方芷昀拿起一顆排球按壓了一會兒，想挑顆觸感軟一點的球。

「芷昀，妳的手可以打排球嗎？」高浚韋走到她身側，伸手往球籃裡撈，選了顆觸感較軟的球給她。

「應該可以吧。」她接過他遞來的球，心頭暖暖的，特別喜歡被他關懷的感覺。

「反正妳也沒有要參賽，輕輕打就好。」高浚韋叮囑。

「我知道，我會小心的。」

高浚韋朝她笑了笑，起身吹哨，提醒同學集合。

體育老師講解完排球的比賽流程後，要大家兩兩一組各自散開練習，方芷昀一邊和林心緹練習傳接球，一邊偶而轉頭找尋高浚韋的身影。高浚韋的運動神經發達，球類項目幾乎都十分拿手。

「現在每次練鼓都覺得好開心，我爸還笑我打得跟瘋子一樣。」林心緹開懷笑道，將球輕輕托高拋向對面。

「我們還是先挺過第一次月考，再想練團的事吧。」方芷昀伸手接住她的球，輕輕打回去。自從范翊廷加入樂團後，她每天都有聽不完的學長話題。

「哎呀，妳不要講到考試嘛！」林心緹一時沒有控制好手勁，排球被她用力搥開，高高越過方芷昀的頭頂，往操場飛去，「啊！對不起，我太用力了。」

方芷昀跑去追球，排球一路彈跳著滾到司令台前方，突然被一隻腳輕輕踩住。

范翊廷低頭看著腳下的排球，無法即刻撿起，他兩手正和同學抬著科展用的展示架。

「翊廷學長，幫我們把球丟過來。」方芷昀停下腳步，朝他揮舞雙手。

范翊廷擱下展示架，彎身撿起排球，再拋球一拍，排球隨即以半弧弧線朝她飛了過去。

方芷昀伸手準備接球，林心緹卻突然興奮地跑來頂開她，一把接住排球抱在懷裡，方芷昀被推得跌坐在跑道上，右手撐地壓了一下，手腕關節處傳來一陣刺痛感。

眼看她用左手捧住右手，臉上表情難受，范翊廷皺著眉頭想過去了解狀況，這時高浚韋搶先一步跑上前在方芷昀面前蹲下，范翊廷見有人注意她的不適，又默默抬起展示架，跟著同學走向中廊。

「芷昀，手有沒有怎樣？」高浚韋握住她的右手，仔細檢查有沒有受傷，抬頭輕斥林心緹，「心緹，又不是在搶繡球，急什麼？」

「對不起，我不是故意的，芷昀，妳的手還好嗎？」林心緹慌忙道歉。

「沒事，我先休息一下。」方芷昀忍住疼痛，瞥向司令台，范翊廷已經離開了。

「沒事就好。」高浚韋鬆了一口氣，「不然沒把妳保護好的話，我去音樂教室會不敢面對妳媽媽。」

「我媽沒那麼可怕吧。」

「這是男生的面子問題。」

「什麼嘛……」方芷昀見他十足認真的模樣，忍不住笑了。

三個人回到球場，方芷昀坐在場邊休息，林心緹依舊抱著那顆排球不放，嚷著想在排球上做個記號，下次上體育課還要繼續使用那顆球。

體育課下課，方芷昀和林心緹幫忙高浚韋，將排球抬回體育器材室歸還。

兩人站在器材室門口，方芷昀忍不住問：「心緹，妳看到學長的態度，好像和從前有些不一樣。」

林心緹漾開笑容，「以前的我很單純，只憑著一股傻勁就衝動地跟學長告白，後來被他拒絕之後，我也漸漸失去了自信，在他的面前變得很自卑，不敢說話。」

「那現在呢？」

「自從上次跟社長嗆聲後，翊廷學長拿走我的樂譜，我當下領悟：反正再出糗頂多就是這樣了，我不想一直在他面前展現出沒有自信的一面，那種畏畏縮縮的模樣，連我自己看了都討厭。」

「不管結果如何，我都會陪在妳的身邊，永遠支持妳。」方芷昀聽了不禁有些動容，也同時為她感到心疼。

「我就知道妳最好了！」林心緹輕擁她一下，隨後朝著教室的方向跑去，「我先回教室，妳和浚韋慢慢走。」

「芷昀，我覺得……」高浚韋從體育器材室走出來，「妳不該跟心緹說那種話。」

「咦？」她愣住。

「妳這樣跟她講，等於是鼓勵她繼續喜歡學長，但如果翊廷學長一直不回應她，那不斷付出感情的心緹不是很可憐嗎？」他臉上沒了一貫的笑容，語氣凝重。

方芷昀沉默了一下，緩緩抬起頭，卻在視線即將對上他的眼睛時，忽然垂臉不敢看他。

高浚韋見她低頭，連忙搖手解釋：「我不是在凶妳，只是有感而發而已。」

「我只是在思考你的話，覺得滿有道理的。」方芷昀揚起微笑，輕輕拉住他的手臂，「快上課了，我們回教室吧。」

「嗯，走吧！」他笑著點點頭。

回教室的路途當中，方芷昀不發一語，只覺心情沉悶，一股不安的情緒在心頭逐漸擴散開來。

翌日，方芷昀的右手沒有像昨天那麼痛了，不過手腕關節處還是有一點點痠痛。

這種痠痛只是會有種痠痠軟軟的感覺，自從她小時候受傷後就經常發作，即使給醫生檢查，醫生也頂多開個止痛藥而已，就算不吃藥，熱敷個幾天，也會慢慢好轉。

高浚韋為了十月底的球賽，放學必須留校和同學們練球，方芷昀抱著自己和他的書包，坐在操場邊的台階上看他練球。

球場上同時還有其他班級在練球，場邊圍了不少同學，其中有女同學不時轉頭偷瞄她一眼，窸窸窣窣地交頭接耳。

方芷昀其實大概猜的出來她們在討論些什麼，連她自己也覺得像這樣抱著高浚韋的書包坐在這裡，真的很像在等男朋友練完球一起回家。

方芷昀無聊地打了個哈欠，翻開書包拿出手機和〈Glamorous Sky〉的樂譜，一邊戴上耳機聽音樂，一邊看著自己編的樂譜，研究還有沒有更好的伴奏旋律。

右手忽然一陣痠痛無力，她忍不住甩了幾下，一雙皮鞋突地闖進她的視線。因爲戴著耳機的關係，她不知道那人是什麼時候來的，在那裡站了多久。

方芷昀緩緩仰頭，目光隨著那男生的黑皮鞋沿著長褲往上爬，最後對上紀沐恆帶著淺笑的面孔，他側頭看著她，溫柔的眸光中透著一絲好奇。

「你看什麼看？」她馬上抽掉耳機，朝他做了個鬼臉。

「看妳很認眞在寫譜。」他微笑，彎身在方芷昀的身側坐下。

「等一下，我有允許你坐在我旁邊嗎？」

「不能坐妳旁邊，那要坐在哪裡？」

「這裡台階那麼多，你隨便哪裡都可以坐，就是不能坐在我旁邊。」

「坐太遠不好講話呀。」

「不管，我要跟你劃清界限。」她抱著書包往左邊移開兩個人的距離。

「好吧，如妳所願，我就坐遠一點。」紀沐恆無所謂地笑道，朝右邊挪開五個人的距離。

方芷昀戴上耳機繼續聽歌，忍不住偷偷覷他一眼，發現他拿著一疊照片在搧風，疑惑地問：「紀沐恆，你手上拿著什麼照片？」

「上次幫你們拍的樂團照，妳要嗎？」

「當、當然要啊！」

「那妳坐過來拿。」他脣角微勾，拍拍自己身旁的空位。

「我不要！」她跺腳抗議，要她主動貼過去？門都沒有！

「我想坐過去不行，叫妳坐過來也不要，既然妳那麼討厭我，那我們就劃清界限吧。」紀沐恆嘆了一口氣，沒轍地搖頭，起身作勢離開。

「等一下！」

「不給妳等。」

「那照片……」

「妳說不要的啊。」

「紀沐恆！」方芷昀擱下書包，氣急敗壞地衝向他，揪住他的衣角，「我、我又沒有說不要照片。」

紀沐恆微微抬起下巴，眼裡閃過一絲笑意。

「你……你、你給我過來！」她咬牙命令，轉身走回書包的放置處坐了下來。眼看紀沐恆仍然杵在原地不動，又氣急地拍拍身旁的空位，「你坐這裡啦！」

紀沐恆悠然走到她的身邊坐下，指尖夾著照片遞給她。

方芷昀接過一看，照片裡她和高湲韋綻開笑容，林心緹笑得一臉嬌羞，坐在中間的范翊廷則是一貫酷酷的表情，但是眼神明顯溫和許多，不像他們初次見面那樣冰冷。

紀沐恆默默凝視方芷昀的側臉，見她微笑，嘴角不禁也跟著揚起，接著視線移到她的右手，關心地問：「妳的右手怎麼了？」

「我的手沒事。」方芷昀的笑容凝在臉上，感覺不妙。

「我好想知道……」

「不跟你說！」

「別讓我逼供。」紀沐恆微微瞇眼，傾身朝她逼近。

方芷昀肩頭一縮，瞪著他笑得無害的臉，連忙解釋：「只、只是昨天體育課扭到而已。」

「很痛嗎？」

「不痛，痠痠的而已，這種情況偶而會發作一次，我早就習慣了。」

紀沐恆理解地點頭，順手拿起她擱在書包上的琴譜，看著音符輕輕哼起弦律。

「喂，你不可以看！」方芷昀迅速抽回琴譜。

「小氣鬼。」

「你管我！」

「我就是無聊想管。」紀沐恆又伸手抽走琴譜，「我很好奇，妳爲什麼要自己編譜？」

聽到他竟講出「無聊想管」這種話，她實在懶得同他爭辯了，「因爲原曲沒有鍵盤，我在網路上都找不到琴譜。」

「編譜不容易，不過妳媽媽是音樂老師，妳可以向她請教。」

「我媽雖然沒有阻止我組樂團，不過也不到十足贊同，她比較希望我將心思放在課業上。我想自己先試試看，如果不行，我再跟我的鋼琴老師請教。」

「妳的鋼琴老師不是妳媽媽？」紀沐恆表情訝異。

「不是。」方芷昀搖搖頭。

「那妳哥哥呢？」

「哥哥是媽媽的學生。」

「妳媽媽偏心？」

「才不是！」方芷昀打斷他的話，語氣有些激動，「我媽當然有教過我，她的教法很有耐心，是我自己無法彈得和哥哥一樣好，覺得面對媽媽有壓力，所以才會主動要求更換老師。」

紀沐恆沉默了一陣，將琴譜遞還給她，「關於編譜的問題，如果妳有需要，放學後來九號琴房找我，我可以和妳一起討論。」

「你有什麼企圖？」方芷昀冷哼一聲，不信他會這麼好心。

「暫時還沒有想到……」他緩緩站了起來，望著綴滿夕霞的火紅天空，「不過，音樂是我的第二生命，我不會拿它騙人或開玩笑。」

方芷昀一愣，紀沐恆神情認真，眼神清澈。

她明白他是真心誠意想幫忙自己。

紀沐恆離開不久，高浚韋也結束排球練習，一群男同學接著跑到洗手台洗臉，大剌剌地直接脫下汗溼的運動服，換回乾淨的制服。

方芷昀背著兩個書包站在一邊，看高浚韋撩起運動服的下襬，露出瘦削的腰部線條，不禁耳根一熱，低下臉裝作若無其事地數著腳邊的落葉。

「芷昀，書包很重吧，快給我。」

「還好，沒有很重。」抬頭對上高浚韋爽朗的笑臉，剛換好制服的他，頂著一頭微亂的溼髮，帥氣模樣依然不減。

「走吧，我們回家。」高浚韋接過書包背在肩上，跟其他同學揮手道別。

兩人朝著校門的方向走去，「剛才看到妳和沐恆學長聊得很愉快，在討論些什麼？」

「學長拿上次拍的練團照給我。」原來高浚韋有注意到自己，方芷昀暗自感到開心，邊走邊翻開書包，想拿出照片給他看，「我和學長都在吵架，哪有聊得很開心？」

「沐恆學長好像很喜歡妳，我覺得妳和他滿相配的，湊成一對也不錯。」

方芷昀停下腳步，動作瞬間定格。

思緒空白了幾秒，再倒帶重播他的話，恍然理解出什麼時，心重重地一沉。

「怎麼了？」高浚韋不解地回望著她。

「浚韋，心緹跟我說，很多同學都把我和你……配成一對。」整理好臉上的表情，她抬起頭朝他微笑，將照片遞給他。

「那些同學真的很無聊，沒事就喜歡幫人隨便配對，妳不要放在心上。」高浚韋微微皺眉，一副毫不在意的口氣，伸手接過照片一看，「哇！這張照片很有紀念價值，是我們組團成功的第一張合照，一定要好好保存。」

望著高浚韋單純的笑臉，方芷昀突然一陣鼻酸，一顆心悶悶地抽痛起來。

原來，最心酸的不是自己喜歡的男生不明白自己的心意，而是他還推著自己和別的男生湊成一對。

♪

星期五的社團課，熱音社的高一社員依照樂器分成五個小組，由各組的教學長分別教授彈奏技巧。

「你們三個都不是初學者，就不用浪費時間上基礎課程了，自己去旁邊練習。」傅明哲一見到方芷昀，馬上揮手要三人去一旁練彈。

方芷昀、高浚韋和林心緹被晾在角落，之前對社長下了戰帖，又加上被藍調音樂社下挑戰，風聲早就傳回了熱音社，不少人更是抱著看好戲的心態，等著看他們出糗。

「好無聊喔……」林心緹揮著鼓棒打空氣鼓。

「浚韋有自己的吉他可以玩，我們兩個沒有樂器可以練習，只能在地上畫圈圈了。」方芷昀看著坐在斜前方的高浚韋，他正專心抱著吉他練習指法，完全不受四周的吵雜樂聲干擾。

其實也不能說是被社長冷落，因為熱音社的設備被藍調瓜分掉一半，爵士鼓和鍵盤只剩下一組，加上社員人數眾多，一堂課下來未必能輪到自己練習。

「浚韋。」林心緹突然出聲喚他。

「嗯？」高浚韋抬起頭，臉上帶著靦腆的微笑。

「電吉他借我看看。」

「好。」他把吉他遞給林心緹。

林心緹接過電吉他抱在懷裡，左手隨便壓住幾根弦，右手拿著pick輕輕撥弦，體驗彈吉他的感覺，「弦好細喔，才按一下手指就痛了。」

「只要手指頭長出繭來，按弦就不會痛了。」高浚韋幫她調整左手按弦的位置，讓她可以刷出好聽的和弦，耳根同時微微泛紅。

「貝斯最細的弦都比吉他最粗的弦粗，壓起來一定更痛吧？」林心緹喃喃道。

「大概吧……我沒彈過貝斯，也不太清楚。」

林心緹開始聊起范翊廷，方芷昀將視線從高浚韋臉上轉開，假裝自己在看社長教新社員彈吉他。

仔細想想，和其他女同學相比，高浚韋一直待她很好，和她之間一點距離感也沒有，但是那種好，卻像是完全不避諱旁人的曖昧目光似的，就像……從來沒把她當成女生看待一樣。

而曖昧的美，就是如同隔著一層紗去看待對方，每天和高浚韋一起搭車上學，聊音樂、聊校園生活；只要能見到他，跟在他的身旁，即使是再無趣的小事，都讓方芷昀感到開心無比。

當她揭開那層紗，終於領悟高浚韋只是將她當成好朋友看待時，以往那些開心的回憶全都抽去了甜度，就連看著他的背影，都覺得苦澀。

社課結束後，三人回到教室等放學。

高浚韋背著書包走來，和往常一樣等著方芷昀收拾好書包，準備一起搭車回家。

「浚韋，你先回家吧。」方芷昀輕扯他的衣角。

「咦？妳要去哪？」他好奇地問。

「我要去找紀沐恆，請他幫忙看鍵盤譜。」

「喔，那我先走了，妳不要太晚回家。」

目送高浚韋走出教室，看他一點也不介懷的模樣，方芷昀心酸地嘆了口氣，背起書包走到音樂班琴房，隱約聽到小提琴的聲音從裡頭傳來。

琴音聽起來有些浮躁，不停重覆著同一段旋律，似乎怎麼拉都不滿意。

方芷昀輕輕推開大門，小提琴的樂音瞬間停止，她沿著走道來到第九號琴房前面，探頭朝玻璃窗裡望去。

傍晚的夕陽照得琴房滿地澄橘，紀沐恆抱著小提琴，頹然垂首坐在琴椅上。

「再怎麼拉不好，也不用撕譜出氣吧。」她壓下門把走進去，低頭看著撕碎的樂譜散落一地，「我眞的不懂，你爲什麼要對自己這麼嚴苛？」

「妳出去！這不關妳的事。」紀沐恆沒有抬頭，聲音很冷。

「眞是莫名其妙，是你叫我來九號琴房找你，現在又趕我走，會不會太過分？」

「我現在不想見到妳！」

「哼！我偏不出去。」方芷昀倔然地雙手扠腰，之前都被他鬧著玩，現下難得可以氣氣他，她怎麼會輕易放過這個機會？

「方芷昀，妳要我趕妳走嗎？」紀沐恆倏地抬頭瞪她，眼神透著怒氣。

「紀沐恆，我問你，你是不是被爸媽逼著學小提琴？」不怕他的威脅，她瞥向譜架，剩下的幾張琴譜上，居然夾著她送的小黑貓夾子。

從小就學樂器的孩子，能有幾個是一開始就打從心底喜歡音樂？

或許紀沐恆確實很有音樂天分，但是有天分並不等於有興趣。

「妳什麼都不知道，憑什麼問我這個問題？」

「你不說，又有誰會懂？」

「說了，就能改變現況嗎？」

「你不想當紀沐恆嗎？」

「不想。」他搖頭。

方芷昀一臉同情地望著他，想起媽媽曾經說過的話。

「每個音樂老師都希望能在教學生涯中遇見一個如莫札特的天才，但是像莫札特般獨具天分的神童，又豈是一般老師隨便就能遇見？」

紀沐恆這麼有音樂天分，大概從小到大，沒有一刻不是背負著老師和家人的期許成長的吧？

方芷昀走到他面前，微微一笑，「媽媽曾經告訴我，學小提琴的孩子比學鋼琴的孩子辛苦一點，很多小孩常常練琴練到哭，因爲要站著用脖子夾琴，還要用手一直舉著琴，腳痠、脖子痠，手臂也很痠，但是爲了練琴，又不能把琴放下。」

紀沐恆斂下怒氣，目光複雜，他單手握著小提琴站起身，突然伸出另一隻手抓住她的肩，猛地將她扯進自己的懷裡。

方芷昀被他的舉動嚇了一跳，下意識伸出雙臂用力推開他，沒想到紀沐恆被她推的後退一步，他握在手中的小提琴因此也飛了出去，掉到地上翻滾兩圈。

「對、對不起……」她慌張地蹲下身，顫抖著抱起小提琴，只見小提琴琴橋折斷、琴弦鬆開的慘狀，整個人嚇得不知所措。

紀沐恆看著她手裡的小提琴，原先抑鬱的眼神逐漸散去，隨後拿起放在琴椅上的琴弓，脣角勾起一貫的淡笑，「學妹，這把法國的巴西蘇木弓，價格是二十萬元。」

方芷昀倒抽了一口氣，這把小提琴琴身的紋理細緻，圓潤光澤中透著一點古意，不像是新琴。

「這小提琴是有百年歷史的法國古琴，價值六十萬元，是我爸託朋友從國外帶回來的。」紀沐恆偏頭一笑，「明天跟我去提琴工作室，先估個價維修吧。」

方芷昀思緒一空，驚得跌坐在地，一句話都說不出來。

六十萬？她賠不起啊！

「早知道昨天放學就跟淩韋回家，不要去找紀沐恆了。」方芷昀懊惱地自言自語，臉上掛著兩個黑眼圈，忍痛把過年的紅包錢全部從撲滿掏出來，勉強只湊足六千元，也不知道夠不夠修那把六十萬元的小提琴。

她搭上公車，經過五十分鐘的車程，來到了紀沐恆指定的下車地點，那是鄰近市區的一處高樓住宅區。

下了車，方芷昀環顧四周，只見紀沐恆穿著天藍色襯衫，靜靜坐在大樓前方的花台，手裡拿著一本書正在閱讀，身旁擱著小提琴的琴盒。

十月的秋風拂過他的髮絲，他恬淡的眸光聚精會神地凝在書頁上，修長指尖捻住書頁一角，輕輕翻頁，姿態十分悠然。

車站下聚著幾個國中女學生，不時轉頭偷偷瞄著他竊竊私語。

「做作鬼！」方芷昀大步走向紀沐恆，卻一個沒注意，不小心踢到台階，腳步踉蹌一下，單膝跪倒在他面前，「好痛……」

紀沐恆抬頭放下書，慢悠悠地站起身，「愛妃平身，不必多禮。」

「你……你很無聊欸！」她氣急敗壞地跳起來，握著拳頭想打他，這人小提琴壞了還有興致跟她開玩笑？

他的反應很快，迅速抓起琴盒格擋她的攻擊。

方芷昀一見到琴盒，立即聯想到小提琴六十萬的價格，拳頭都軟了，小臉隨之垮下。

紀沐恆打量著她，方芷昀一身龐克風的黑色長版T恤，雙腿穿著膝上襪；她這身帶點叛逆氣質的打扮，和平常她穿著制服的好學生模樣截然不同，令他眼睛為之一亮。

「你看什麼看！」方芷昀皺眉揉著發疼的膝蓋，忍不住又凶他。

「看妳今天穿得很有個性。」

「虛偽的笑臉貓！」

「我說的是真心話，哪裡虛偽了？」

「明明聽起來就很假。」

「我不會跟妳講假話。」

方芷昀聞言一愣，紀沐恆神情懇切，眼裡沒有一絲揶揄戲弄，他突如其來的坦然使她一時之間不知道該說些什麼才好。

片刻，紀沐恆背上琴盒，指著前方的一條小巷，「走吧，提琴工作室就在巷子裡。」

她微微扁嘴，跟著他走進巷子。

「以前拉不好的時候，我也曾經丟過琴弓出氣。」他閒聊地開口。

「琴弓怎麼跟六十萬元的小提琴相比？」方芷昀語氣苦惱，忍不住嘆氣，「你知道維修費用大概要多少嗎？」

「要給師傅實際看過情況才能估價，不過昨晚我檢查了一下，琴頭、琴頸和琴身都沒有裂開，僅有琴面幾處撞傷要修補，琴內的音柱倒了要扶正，加上更換法國Aubert De

Luxe琴橋，調整提琴音色……費用估計約一萬元吧。」

「一萬……」方芷昀腿軟了一下。

紀沐恆伸手攙住她，微笑解釋：「削琴橋、固定音柱和調整小提琴，好讓它能發出最美的音色，這是要看師傅手藝的，我認識的這位製琴師是從義大利學藝回來，在製琴界裡也算小有名氣。」

「可是我帶的錢不夠，怎麼辦？」她稍稍穩住身子，窘然問道。

「我先借妳，讓妳分期還。」

方芷昀瞧他一副悠哉的模樣，一股氣跟著湧上心頭，「紀沐恆，都是你突然衝向我，我一時緊張才會推開你，你也要負一點責任吧？」

「好吧，那我負責琴身修補的費用，妳負責琴橋更換和調整提琴的費用。」

方芷昀聞言，同意地點點頭。

兩人走到提琴工作室的門口，透過玻璃門一眼望見屋內擺了幾張工作桌，牆上掛著各種製琴用的工具和琴模，天花板吊著一列上漆待乾的提琴，地上也堆放著各式待修和修好的提琴。

工作桌後站著一位身材高壯，年約四十多歲的大叔，他身著格子襯衫和吊帶牛仔褲，臉上蓄著落腮鬍，手裡正拿著刨刀在小提琴形狀的木板上刨削，桌面和地上四處散落著捲捲的細碎木屑。

「老師早安。」紀沐恆推開玻璃門，領著方芷昀走進店內。

鬍子大叔抬起頭，停下手邊的工作，朝兩人爽朗一笑，「沐恆啊，你昨天晚上打電話來，說小提琴怎麼了？」

「小提琴不小心摔到地上了。」紀沐恆走到工作桌前，卸下琴盒打開。

「小提琴是脆弱的樂器，使用時一定要小心保護。」鬍子大叔一邊叮嚀，一邊拿出小提琴擺在桌上仔細檢查，「琴橋斷了、音柱掉了，琴身有幾處刮傷需要修補，這沒辦法馬上修好，要放在店裡幾天。」

「麻煩老師修好再通知我。」

鬍子大叔開了張估價單，方芷昀看到那張接近萬元的帳單時，突然一口氣提不上來，幸好紀沐恆先跟她報過價，心裡也有了個底，否則她可能真的會嚇得心臟停擺。

「從小看你長大，現在總算交女友啦？」鬍子大叔將估價單遞給紀沐恆，瞥了站在旁邊的方芷昀一眼。

「師傅，你看看我的表情，像是他女朋友嗎？」方芷昀指著自己的鼻尖，露出一張苦臉，「他的琴就是被我不小心摔到地上的。」

鬍子大叔一聽，哈哈大笑，「每一段緣分，都是從相欠債開始啊。」

「哼！我才不想欠他。」方芷昀馬上掏出皮夾，抽出六千元，先結掉琴橋、更換音柱和調整提琴的費用。

鬍子大叔隨後和紀沐恆開始閒聊，他拿出一把剛從國外收購回來，過幾天即將轉賣出去的百萬古琴，問紀沐恆要不要試拉，聽聽它的音色。

難得見到這麼名貴的小提琴，紀沐恆興奮地雙眼放光，小心翼翼地將小提琴架在肩頭上拉了一段，驚喜地笑道：「這把琴的音色好美，高音明亮、低音渾厚，共鳴也很好，拉起來的感覺太棒了！」

鬍子大叔聽了非常開心，開始解釋這把小提琴是由哪個製琴家族所製造的，語氣有些感嘆，「每次看到客人提著小提琴走進店裡，我心裡就很期待打開琴盒的剎那，會看見什麼樣的琴；維修完畢送走客人時，又會滿心期待，不知道下次又會遇見什麼樣的琴？」

方芷昀看兩人聊得起勁，不禁跟著微笑，原來製琴師也在追尋一份特別的琴緣。

「老師，眞的很榮幸能拉到這麼棒的琴，我可以跟學妹在這裡合奏一曲嗎？」紀沐恆走到方芷昀身邊，指著擺在工作室一角的鋼琴。

「跟我？」她微訝地指著自己，完全沒有心理準備。

「可以呀。」鬍子大叔頷首同意。

「學妹，我要妳帶的琴譜呢？」昨天約好修琴的時間後，紀沐恆要她加印一份鍵盤譜給他。

「在這裡。」方芷昀從背包裡拿出兩份琴譜，遞了其中一份給他，隨後走到鋼琴前面，拉開琴椅坐下，將琴譜擺在譜架上。

紀沐恆很快地瀏覽一遍琴譜，擺在小提琴的譜架上，抬頭發現方芷昀正帶著困惑的表情看著他，不急不徐地微笑回應：「和古典樂譜比起來，流行歌很簡單的。」

要和梅藝高中最強的小提琴手合奏，方芷昀的心情不免有些興奮，雙手在琴鍵上輕盈躍動，開始彈出伴奏的和弦。

〈Tears〉是一首抒情搖滾歌，鋼琴的前奏結束後，輪到紀沐恆的小提琴主旋律進來，柔美的琴音變化豐富，每個轉折都帶著細膩的情感，雖然少了吉他和貝斯，卻另外別有一番淒美的曲風，深深牽引著她的心。

那是一種微妙的契合感，彷彿和紀沐恆呼吸同步，心跳也跟著同頻。

方芷昀轉頭望著他，發現紀沐恆的神情溫柔，唇角含笑，似乎完全沉浸於樂音之中，這是她第一次看他拉琴時展露開心的表情。

忽然，他抬眼和她四目相交，揚起一抹微笑，她的琴音隨之頓了一下，心跳莫名加速，連忙回頭將注意力拉回譜上。

當漸弱的尾音逸去，鬍子大叔輕輕鼓掌，笑道：「你們兩個配合得眞好，練過很多次了吧？」

「我們是第一次合奏，學妹的節奏非常準確，才能讓我放心拉琴。」紀沐恆深深望進方芷昀眼底，眼瞳盈著星子般的光采，胸臆還留著方才合奏時的感動。

突然被他誇讚，方芷昀有些不好意思，靦腆解釋：「因爲我媽媽是鋼琴老師，開了一間音樂教室，每年的音樂發表會，我都要幫學小提琴和長笛的學生伴奏，所以也累積了一些伴奏經驗。」

鬍子大叔聽了，露出欣賞的笑容。

「老師，可以再借我一首歌的時間嗎？」紀沐恆開口。

「當然，不用客氣。」

紀沐恆謝過鬍子大叔，抽出方芷昀自己編寫的〈Glamorous Sky〉鍵盤譜，兩人合奏了一遍，接著他坐到鋼琴前面，邊看著譜彈奏，邊拿筆修改，刪改了一些音符。

方芷昀站在他身邊，靜靜望著他深邃的眼眉，紀沐恆眸光恬靜，時而拿起筆桿敲著額角沉思，時而輕輕哼起旋律，每當想出更適合的和弦時，脣角便彎成一道好看的弧線。

修改完畢，紀沐恆將樂譜遞給她，「昨晚我聽了很多遍這首歌，鍵盤在樂團裡是配角，如果妳把琴譜編得太花俏，就會和吉他的旋律衝突打架，所以我幫妳修了些音，妳回家再和淩韋合奏看看。」

「謝謝你。」方芷昀接過琴譜，看著譜面認眞的鉛筆寫痕，十分感動。

「不客氣。」

當兩人離開提琴工作室時，時間已經來到了中午十二點。

「好餓喔，我們去吃飯。」他提議。

「可是我……」方芷昀面露尷尬，皮夾只剩下一張公車卡和幾枚銅板。

「陪我吃飯，我請妳。」

「我不要……」

「一個人吃很無聊，兩個人吃比較不孤單，陪我吃飯吧！」不容許她拒絕，紀沐恆輕輕拉住她的手臂，領著她朝大街走去。

方芷昀跟著紀沐恆走進一家店，環顧四周，店內裝潢是歐式的宮廷風格，天花板懸掛著水晶吊燈，牆上嵌著精緻的浮雕壁畫，粉藍色調帶著些許粉嫩的夢幻感，擺飾奢華。

「您好，請問有預約嗎？」櫃台的服務生微笑詢問。

「有，我姓紀。」

「兩位請跟我來。」

原來紀沐恆早有預約，吃飯根本不是臨時起意。

服務生領著兩人在一張空桌坐下，方芷昀翻開菜單，入目的是一張淋著冰淇淋和巧克力的蜜糖土司照片，看得她差點滴下口水。

「這好貴……」看到價格，她只能苦笑，不想多花他的錢。

「甜點我吃不多，我們可以合吃一份。」

兩人合吃一份？這是情侶才會做的事吧？

方芷昀望向隔壁桌，發現蜜糖土司的份量不少，她一個人應該吃不完，再說她身上也已經沒有錢，只好同意甜點合點一份。

點完餐，她好奇地打量周遭客人，幾乎都是情侶檔或姊妹淘，收回視線又對上紀沐恆的雙眸，他靜靜凝望著她，心裡不知道在想什麼，盯得她有點不自在。

「欸，我問你……」她主動打破沉默，提出心裡的疑問，「我弄壞那麼貴的小提琴，難道你一點都不生氣嗎？」

「罵妳能讓小提琴恢復原狀嗎？」紀沐恆垂眼，輕嘆了口氣，「而且當下妳應該很害怕吧？」

方芷昀低頭默認。

「幸好小提琴沒有裂開，也算是不幸中的大幸。」

「你看得眞開。」

此時，服務生端上兩人的餐點，方芷昀點了義大利麵和水果冰沙，紀沐恆則點了焗烤海鮮飯和咖啡冰沙，濃郁的香氣撲鼻而來，挑起了兩人的食欲。

方芷昀拿起叉子捲了一團麵條塞入嘴裡，微微抬眼看紀沐恆拿著湯匙挖起一匙飯，送進嘴裡細嚼慢嚥，吃飯的動作顯得相當優雅，明明都是學音樂的，氣質怎麼相差那麼多？

「你常常來這裡吃嗎？」她喝了口冰沙，不懂他怎麼突然安靜了下來。

「跟我姊姊還有她朋友來過幾次，女生好像很喜歡這種店。」

「是挺喜歡的，就是價格貴了點。你有姊姊？」

「嗯，我和她相差六歲。」他微微瞇起眼睛，不滿地輕哼，「我姊很變態，總愛欺負我，小時候不玩芭比娃娃，把我打扮成小女生的模樣。」

方芷昀噗哧一聲，伸手掩脣，差點噴出麵條，「你自己還不是喜歡捉弄人？」

「總是要找個人欺負回來，平衡被姊姊玩弄的心理創傷。」

「那爲什麼只捉弄我？」

「因爲妳的臉看起來就是個M，讓我很想虐一下。」

「咦？」

紀沐恆一笑，拿起一旁的叉子伸進她的餐盤，迅速捲起一團麵條，塞進自己嘴裡。

「你幹麼吃我的麵？」方芷昀傻眼。

「因爲妳的義大利麵看起來很好吃。」

她不甘示弱地拿起湯匙進攻他的餐點，挖了一大口飯呑入嘴中。

他又伸出叉子，捲走一大團麵條。

方芷昀也馬上回敬他，挖走一大匙飯。

叉子和湯匙來來回回在空中相碰的噹噹聲響，引來隔壁桌客人的側目。

「這是我的，不給你吃！」收回湯匙，方芷昀把餐盤拉近自己，左手臂擋在前方，不給他偷襲的機會。

「小氣鬼。」紀沐恆笑道。

兩人吃完主餐，服務生端來一盤蜜糖土司，堆疊成山型的土司塊上，淋著冰淇淋和香濃巧克力，方芷昀扠了一塊含在嘴裡，甜甜的滋味跟著在舌間化開。

「好好吃喔！」她雙手捧著臉頰，心花怒放。

瞧方芷昀一臉快融化的表情，紀沐恆揚起淡笑，見她拿著叉子瞄準一塊土司，立刻伸出叉子搶先她一步扠走。

「喂！盤子上有那麼多塊，你爲什麼要搶我的？」她抗議。

「因爲搶來的比較好吃。」

方芷昀氣鼓著雙頰，等到他伸出叉子，也迅速扠去他想吃的那一塊，接下來又是一陣妳搶我奪的食物戰爭。

解決掉蜜糖土司後，兩人喝著香甜的冰沙，暫時休兵。

紀沐恆看著她拿著吸管的右手，好奇問道：「妳的手是怎麼受傷的？」

方芷昀咬了咬吸管，過了一會兒才回答：「小學二年級的時候，我和哥哥住在奶奶家，當時和他去後山的樹林玩，不小心跌到旁邊的溝渠裡，右手腕就骨折了。」

「跟妳哥哥？」

「嗯，我們在那個樹林裡有一個祕密基地。」

「受傷後，妳會埋怨他嗎？」

「是我自己跌倒的，怎麼能怪哥哥？」她話音一頓，神色微微黯下，「只是有時候……看到他的琴藝一天天進步，而我不管怎麼練習，都會被手指的阻礙影響時，心裡會覺得有點嫉妒。」

紀沐恆凝視她落寞的表情，沉默了一會兒才問：「那妳跟妳哥哥談過這件事嗎？」

「國小的時候有聊過，當時他露出不知所措的表情，我看了心裡也很難過，因爲他從小就很疼我，總是包容我的任性，我也不想遷怒於他。」

「他對妳很好？」

「對呀！」方芷昀望向遠方回憶道：「小時候，爸爸媽媽工作忙碌不在我們身邊，哥哥常常陪我畫圖、練琴、玩捉迷藏，還一起去祕密基地探險，當我被奶奶責罵時，他也會安慰我、哄我開心。後來轉學到新學校，我被班上的男同學欺負，他放學就去找他們理論，國三要考基測時，我每天都補習到很晚，他每天都會來補習班接我回家……反正哥哥對我的好，很難用三言兩語說完。」

「妹妹果然比較惹人愛，弟弟就只能淪爲姊姊的玩物了。」紀沐恆感慨地嘆了一口氣。

「你扮成女生的模樣，應該不難看吧。」瞧他唇紅齒白的，應該頗有僞娘的潛力。

「老實說我幼稚園的時候，很多大人第一眼看到我，都會問我爸媽：『這孩子是男生還女生？』」

方芷昀聽了忍不住低頭掩笑。

「記得有一次，我姊逼我穿她的芭蕾舞服，我氣得跑出門，還被隔壁鄰居的小孩認成小姊姊，害我氣到哭了出來。」

她笑開，「學長，你有沒有小時候的女裝照，我好想看看。」

「叫我學長也沒用，有照片也不給妳看。」紀沐恆悠悠開口，喝了一口冰沙。

方芷昀愣了一下，沒想到和他聊著聊著，竟不知不覺稱呼起學長來了。

紀沐恆張嘴還想說些什麼，方芷昀的手機卻突然響起。

她放下冰沙，拿起手機接聽：「喂，浚韋。」

「芷昀，妳跑去哪裡了？」高浚韋開朗的聲音傳來。

「我有事和紀沐恆出來，現在在外面吃飯。」

「沐恆學長？」他的聲音有些疑惑。

「嗯。」

「我前幾天只是和妳開玩笑，妳不會當眞要和他湊成一對吧？」

「你很介意嗎？」

「感覺有一點怪……」

方芷昀心一跳，那句話的意思可以解讀成——他有一點吃醋嗎？

因爲高浚韋的語氣，她的心跟著浮現一絲希望，期待未來的某天，他會慢慢喜歡上自己；但是她現在一點都開心不起來，心頭始終縈繞一股心酸的感覺。

「芷昀，妳怎麼不說話？」高浚韋的聲音拉回她的思緒。

「……你找我有什麼事嗎？」

「我想和妳借國文筆記。」

「等我回家再拿給你。」語畢，方芷昀切掉電話，神思恍惚。

紀沐恆單手托著下巴看她，慢悠悠地說：「學妹很壞，利用我在試探高浚韋。」

方芷昀無語，抬頭盯著他。

「我聽到一些關於妳和高浚韋的八卦，妳喜歡他嗎？」

「你的好奇心可以不要那麼重嗎？」她逃避地轉開臉。

「那就是喜歡了。」紀沐恆眼神微微一黯。

「我喜歡誰，跟你沒有關係吧？」被他一語道破，她有些難爲情。

紀沐恆沉默了幾秒，笑著嘆了口氣，「給妳一個建議，樂團裡，最好不要參雜感情事。」

氣氛忽然變得有點尷尬，兩人默默喝完冰沙，紀沐恆結完帳，帶她到公車站等車。

兩人回家的方向是一樣的，不過他會在中途下車，轉搭另一路的公車回家。

上了公車，兩人坐在一起，方芷昀望著窗外發呆，昨晚爲了六十萬的琴失眠到天亮，加上剛剛吃太飽，公車行駛沒多久，她抵擋不住陣陣睡意，開始打起瞌睡。

紀沐恆表情溫柔地默默望著她的睡臉，隨後側轉身體，在她的頭撞上車窗前，將她輕輕勾進自己懷裡。

他伸手輕捏她的鼻尖，再掐掐她的臉，方芷昀已經完全睡死，一點動靜都沒有。

紀沐恆微微低頭，再也忍不住，偷偷吻上她的脣……

再次醒來的時候，方芷昀發覺自己依偎在紀沐恆的懷裡，她的頭枕在他的頸窩，他的臉頰貼在她的頭頂上，難怪她沒有撞到車窗，覺得特別好睡。

她連忙推開他，轉頭朝車窗外的景色探去，發現再兩站就到家了，回頭瞧瞧紀沐恆，他垂臉閉著眼睛，似乎睡得很沉。

「紀沐恆，你坐過頭了，已經快到我家了。」方芷昀伸手用力搖醒他。

紀沐恆揉著眼睛，滿臉倦意，「再坐回去就好了。」

「你怎麼那麼悠哉啊？」方芷昀簡直哭笑不得，掐住他的臉頰，「你中途就該下車了，怎麼還敢睡覺？」

他半瞇著眼，淘氣地挑眉，「因爲被妳的瞌睡蟲傳染了。」

「牽拖！」

公車到站，兩人下車，走向對街的站牌，紀沐恆雙手插著褲袋，頂著一頭微翹的頭髮，雙眼仍然有些迷濛泛睏，像一隻秋日裡犯懶的貓，模樣有點可愛。

「妳不回家嗎？」他的嗓音帶點剛睡醒的沙啞。

「我陪你等車。」丟他一個人在這裡，感覺怪可憐的。

「怎麼這麼好心？」

「你不是怕無聊？」

紀沐恆低笑兩聲，摸摸她的頭髮，「妳越來越了解笑臉貓了。」

「學長。」方芷昀定定望著他的臉。

「嗯？」

「你轉過去背對我，我想問你一個問題。」

「好。」紀沐恆轉過身。

方芷昀支支吾吾地開口：「如果……有個個性活潑的男生，他和另一個女生平常比較沒話聊，相處間也帶著點距離感……那女生常常吐槽他個性上的缺點，但是男生都不會生氣或反駁……甚至會聽進她的話，默默修正自己，也會擔心女生在感情中受到傷害，那這個男生對她的感覺是什麼？」

「可能表示他非常在意這個女生，應該有點喜歡她吧。」

「可是男生和那女生說話時，總是被動式的一問一答……」

「也許是因爲他害羞，不是每個男生面對自己喜歡的女生，都能侃侃而談。」

「但是我和他有很多想法相像，他有什麼心事都會跟我講！」方芷昀著急地脫口而出，抓住他的手臂搖晃。

紀沐恆沒有回身，依然直視著前方，輕嘆一口氣，「男生是不會把自己的缺點和軟弱，曝露在喜歡的人面前的；所以妳對他而言，就好像是心情垃圾桶一樣。」

她睜大眼睛，滿臉不敢置信。

「那個男生，很有可能只把妳當成一般的朋友。」紀沐恆毫不留情地打碎她最後的希望。

方芷昀的心狠狠擰痛，無法接受地搖頭，連句再見都沒說，丟下紀沐恆旋身跑開。

回到家，她走進房間，頹然坐在床上，發了半晌呆，拿出皮夾和手機，下意識打開皮夾一看，裡頭竟然還有六千元！

爲什麼？

難道趁自己在公車上睡著時，紀沐恆偷偷把錢放回她的皮夾了？

方芷昀立刻拿起手機，撥給紀沐恆，「紀沐恆，爲什麼我的皮夾裡還有六千元？」

「我放回去的。」

「爲什麼要這麼做？」

「妳還記得鬍子老師說過的話嗎？」紀沐恆頓了一下，嗓音輕柔，「每一段緣分，都是從相欠債開始，所以我想讓妳欠著我，想要妳記住我。」

「爲什麼？」

「因爲我喜……」

「等一下！」方芷昀迅速打斷他的話，一顆心跳得紊亂，「你不要講，我不想知道原因了。」

紀沐恆沉默片刻，自喉間逸出一聲輕嘆，「好，如妳所願，我不說。」

切掉電話，方芷昀無力地倒在床上，望著左手腕的手環發呆。

原來紀沐恆喜歡她，她喜歡高浚韋，高浚韋暗戀林心緹，林心緹單戀范翊廷……

這是在玩戀愛大亂鬥的遊戲嗎？

忘了從哪裡曾經聽過一句話：「一萬次的感動，都比不上一次的心動。」

不管再怎麼喜歡對方，就算興趣相仿，若不能在千萬次的感動中，找到能夠打動對方的那一分心動，那就永遠跨不進戀人的界線裡。

而屬於高浚韋和她的那一分心動，又在哪裡呢？

第五樂章　單戀的進行曲

隨著月考接近，林心緹也越發情緒緊繃，連下課時間都抱著課本猛讀，看得方芷昀也跟著神經緊張，彷彿沒把握住一分鐘，成績就會少掉一分似的。

「芷昀，等一下考完試，我們就直接殺去數理班找翊廷學長。」林心緹小聲提議，眼底寫滿期待。

「好啊。」方芷昀轉頭看她，眼角餘光瞄到坐在斜後方的高浚韋，他忽然抬起頭，視線朝兩人這裡直直投來。

換成幾天以前，她一定會自我感覺良好，認爲高浚韋在看自己，但是現在卻多了一分不確定，因爲林心緹就坐在她的隔壁。

中午考完最後一科，三人馬上抓起書包衝向二年級數理班，范翊廷背著書包和貝斯走出教室，看到三人列隊迎接的陣仗，好像生怕他後悔加入他們似的，不禁讓他挑了挑眉。

四個人一同走出校門，搭著公車來到音樂教室，今天是第一次團練，暫時不配唱，只排練音樂。眾人插導線、開音箱，一切準備就緒後，心情興奮無比。

林心緹拿著鼓棒輕敲四下，提示節奏和速度，高浚韋的吉他、范翊廷的貝斯、方芷昀的鍵盤同時奏下，輕快的樂音透過音箱在練團室裡擴散開來，他們就這樣一次又一次的練習，只要節奏對不上時，大家就會停下來互相檢討。

「心緹。」高浚韋轉頭看著林心緹，「妳剛才那個咚達、咚達、達達達達、咚鏘的拍子打太快，我的吉他沒有對到，妳可以再重打一次嗎？」

「你說哪裡？」林心緹聽得一頭霧水。

「就是要進副歌的前一段。」

「你講清楚點，咚咚咚達達的誰知道？」

「好嘛，我錯了……」

見高浚韋被林心緹教訓，還笑得一臉赧然的模樣，方芷昀不禁看得有些出神，直到范翊廷輕咳一聲，她才回神指示大家再重練一遍。

眾人繼續排練，這時林心緹不小心打錯了一段節奏，剛好大鼓和貝斯的拍子是相應結合的，范翊廷馬上發現不對，回頭瞄了她一眼。

林心緹一觸及他的目光，沒有察覺自己的失誤，隨即變身成女暴君的狀態，爆錶的鼓音在練團室裡炸開，瞬間掩蓋住其他樂音。

三人停止彈奏，耳膜就要被震破，紛紛將視線移到林心緹身上。

「怎、怎麼了？」林心緹一臉傻愣，停下鼓棒。

「心緹，妳開了加速器啊？」方芷昀微微皺眉。

「對呀，妳的拍子快到我的吉他完全跟不上。」高浚韋喘著氣。

「鼓手嗨過頭，整團自爆，滅團。」范翊廷冷冷說道。

「對不起！」林心緹慌亂地跳起來，彎腰朝大家鞠躬賠不是，結果頭一垂又撞到旁邊的銅鈸，發出鏘地一聲，「哎唷，好痛！」

「心緹，妳在耍什麼寶？」高浚韋哈哈大笑，隨後覺得這樣笑她不妥似的，立即收起笑容，「妳的拍子要打穩一點，不要越打越快。」

「對不起。」

「妳要不要對著節拍器打？」

「節拍器很難對耶，只要一掉拍我就會心慌。」

「那就算了……」

「貝斯和鼓真的是最佳拍檔，學長總是第一個發現心緹打錯。」方芷昀心情複雜，這段話一說出口，好像在提醒高浚韋，林心緹喜歡的人是范翊廷。

林心緹覷了范翊廷一眼，雙頰浮起淡淡紅暈，想到每次只要一打錯，學長總是第一個發現，這就代表他有聽進她的鼓聲，有注意到她。

「大家再排練一次，從第一段間奏開始。」方芷昀話音剛落，對上范翊廷帶點打量的深沉目光，感覺心事被他看穿，心虛了一下。

「團長，我們已經練到第二段間奏了。」他冷冷糾正。

「抱歉，從第二段間奏開始。」她乾笑兩聲，感覺練團室的氣溫瞬間下降了十度。

練團結束，外面天色已是一片昏暗，檢視這次整體練習，排練的成果還算不錯。

高浚韋送范翊廷和林心緹去車站搭車，方芷昀回練團室整理器材，放在桌上的手機突然傳來訊息聲，拿起手機一看，竟然是范翊廷傳來的。

團長，鍵盤手排練時心不在焉，麻煩溝通一下，如果她下次繼續恍神，請直接叫她退團。

討厭，學長非得這樣挖苦人嗎？

彷彿被狠揍一拳，方芷昀一臉難堪，她發現自己越來越介意林心緹的存在，心情容易起伏不定，完全找不到一個平衡點，好像再也無法像過去一樣，自在地和她相處了。

幾天後，第一次段考的成績出來了。

林心緹考了全班第二名，方芷昀和高浚韋並列第二十三和二十四名，兩人連成績排名都很相像。

放學後，三人來到中廊看公布欄上的校排名成績單，看見范翊廷拿下了二年級校排第三名。

「翊廷學長超強！又會玩又會讀書。」高浚韋崇拜地叫道。

「真的。」方芷昀心有同感地點點頭。

「我的校排是第三十九名，和翊廷學長還差了一大截。」林心緹神情有些失落。

「心緹，妳的成績已經很好了，不要和學長比較名次。」方芷昀連忙安慰，看她那麼沮喪，也有點於心不忍。

覺。

「對呀，妳看我，連一百名的邊都沾不上，看到妳考得那麼好，忽然有種被激到的感覺。」高浚韋指指校排單自己的名次位置，笑笑地說道。

「你這種單細胞生物也會受到刺激？」林心緹沒好氣地瞪他一眼。

「成績這種事，多少都會在意的。」

「那就追上來呀！」

「追是會追的，不過要追上妳，那就有些困難了。」高浚韋苦笑。

聽到高浚韋的那句話，方芷昀轉開視線，心裡湧起一股濃濃的酸意。

「芷昀，妳怎麼了？」林心緹發現她的臉色不對勁。

「我沒事。」方芷昀趕緊搖搖頭，壓下心裡的負面情緒。

「最近看妳心情悶悶的，是不是和沐恆學長吵架了？」高浚韋關心問道。

「爲什麼扯到紀沐恆？」方芷昀不解。

「因爲從妳上次和他出去吃飯之後，就看起來怪怪的。」

「和紀沐恆無關。」

「是我讓妳不開心吧……」林心緹不安地絞著衣角，語氣自責，「都是我太衝動了，才會讓妳扛下和社長還有藍調比賽的壓力。」

「這是我個人的問題，請你們再給我一點時間，我會努力調適好心情的。」方芷昀突然厭惡起心思複雜的自己，兩人對自己如此關懷，她卻不斷地懷疑、猜忌他們。

怎麼會這麼彆扭呢？

是不是只要一旦喜歡上一個人，就會開始無止盡的想東想西，再也找不回從前的單純快樂了？

♪

時序進入十二月，寒流一波波來襲，最近還下起了雨，使天氣變得更加陰冷。

第二次月考結束，林心緹終於拿下全班第一名，高浚韋卻跌破眾人眼鏡，擠進第十名，還領了進步獎，方芷昀則同樣維持在二十幾名。

「我的校排只前進了六名，還是離翊廷學長好遠。」林心緹眼圈泛紅，望著公布欄上的成績單嘆氣。

「前面的名次都被數理班和語文班的同學奪去，他們本來實力就很強，妳不要太在意了……」高浚韋輕聲安慰，「我覺得……妳還是別把自己逼得那麼緊比較好。」

「心緹，妳每天熬夜讀書，還要抽出時間練鼓，要多注意身體。」方芷昀凝望著兩人，突然有點同情高浚韋，因為他擔心林心緹的心情，和自己替他擔憂的情形完全一樣。

「謝謝你們的關心，我要去搭車了……」林心緹勉強撐起微笑，落寞轉身走向公車站。

目送林心緹的背影遠去，方芷昀回頭看看校榜單，范翊廷的名字高掛在二年級的校排第一名，看來如此遙不可及。范翊廷是林心緹的全部，她只注視著他，卻無法察覺旁人的守候。

「芷昀，我這次成績進步，我爸很高興。」高浚韋興奮地朝她說道。

「你是爲了你爸爸，才那麼認眞讀書的？」她詫異，難道他不是爲了追上林心緹？

「笨蛋！」高浚韋伸指在她額頭上戳了一下，「我是爲了妳才認眞讀書的。」

「爲什麼？」

「因爲成績不能太差，這樣我爸才會讓我繼續住在奶奶家，跟妳一起玩樂團啊！」

方芷昀聽了非常感動，內心責怪自己，實在不該胡亂揣測他的心思。

紀沐恆曾經說樂團裡，最好不要參雜感情事。

因爲感情會矇蔽許多事，造成人心的猜忌和懷疑，進而影響到團員間的信任；而有時候只要不去向下挖掘愛情裡的眞相，反而能保持平和的局面，不是嗎？

現在的她，決定把這分情愫藏在心底，去保有和高浚韋及林心緹之間的友情，換取樂團裡的協和與穩定。

♪

十二月底，終於迎來梅藝高中一年一度的聖誕音樂大賽。

團名：Wing of Wind

主唱兼吉他手：一年四班　高浚韋
貝斯手：二年一班　范翊廷
鼓手：一年四班　林心緹
鍵盤手：一年四班　方芷昀
初賽歌曲：〈Tears〉
決賽歌曲：〈Glamorous Sky〉

經過兩個多月的排練，原本以爲一切已經準備就緒，沒想到在初賽的前一天，范翊廷突然跑來找方芷昀，要求將初賽和決賽的歌曲對調。

「都已經報名了，爲什麼要對調歌曲？」方芷昀不解地問。

「可是〈Glamorous Sky〉是節奏強烈的快歌，比較適合在決賽演出。」高浚韋同樣想不透。

畢竟快歌彈唱起來，容易得到觀眾熱列的回應，舞台演出效果也比較好。

其實林心緹心裡也有諸多疑問，不過她當然是無條件支持范翊廷。

「比賽的選歌很重要，交換歌曲對我們較爲有利。」范翊廷簡單地說明，似乎礙於某些因素，不方便在賽前解釋換歌的原因。

方芷昀和高浚韋討論了一下，畢竟大家都沒有比賽經驗，那就不妨相信學長一次。

隨後她去活動組找老師，將兩首參賽歌曲對調。

氣候乾冷的十二月二十四日下午，迎來了聖誕音樂大賽的初賽。

比賽的地點位於禮堂，參賽的樂團共有二十支，包含了熱音社、藍調音樂社、吉他社、流行K歌社……等其他社團自組的樂團。

等了一陣子，終於輪到Wing of Wind上台，方芷昀從小的表演經驗不少，當下並不怎麼緊張；高浚韋喜歡被注視的感覺，見台下坐著許多觀眾，心情反倒興奮；范翊廷則和平常一樣淡定，彷彿對台下的一切視若無睹。

相較之下，林心緹就沒那麼冷靜了，她看到整個禮堂坐滿黑壓壓的人群，不禁緊張到手腳發軟，後來在演奏的過程中，因爲打鼓的速度不穩，進而影響整團的節奏，讓大家一陣心驚膽顫。

「對不起，我上台表演容易緊張。」下台後，她不斷鞠躬向眾人道歉。

「其實大家都會緊張，表演經驗是靠累積來的。」方芷昀微笑安慰。

初賽結果宣布，晉級決賽的有八支樂團，魔幻無邊獲得初賽第一名，藍眼天使爲第二名，Wing of Wind是第六名。

這樣的成績差距，無疑又加重了林心緹的心理壓力，使她不敢對上其他人的視線，就怕他們責怪自己。

翌日，到了聖誕節音樂大賽的決賽。

「我們是七號！」方芷昀抽完籤回到休息區坐下，隔壁依序坐著范翊廷、高浚韋和林心緹，四個人一起看著台上其他樂團的演出。

藍眼天使是二號，表演曲風融合了爵士和藍調，黃姿伶以獨特的低沉嗓音和驚人的肺活量，完美詮釋了Adele的歌，台風非常穩健。

「學姊的唱功好強，應該會拿下最佳主唱獎。」方芷昀驚嘆。

范翊廷雙眼直視台上，自言自語般說道：「藍調的唱腔很特殊，黃姿伶對自己的聲音過於自信，常常爲了做轉音和抖音，不自覺拖到了拍子。浚韋的節奏感比她好，聲線也不輸給她，團長不要長他人志氣，滅自己威風。」

「是，學長。」被范翊廷冷劈了一下，方芷昀閉上眼睛仔細聆聽，果眞聽到學姊有些尾音會拖拍，影響到下一句的進音。

范翊廷惋惜地搖頭，「江少肆的吉他彈得很好，可惜藍眼天使主唱開的歌永遠以自己爲主，沒有顧慮其他樂手，我覺得這首歌並沒有讓他們團員有發揮的地方。」

方芷昀望向去年的最佳吉他手，號稱「點弦王子」的江少肆，他昨天在初賽上秀了一段吉他點弦的solo，現在卻只跟著默默刷節奏，直到整首歌唱完，都沒有個人表現的機會。

過了一會兒，輪到傅明哲領軍的魔幻無邊上場，他們的風格走速度感和破壞感十足的金屬搖滾曲風；吉他手和貝斯手不斷彎腰甩頭、激動彈奏，肢體表現十分激烈，主唱更以吶喊和嘶吼的歌聲，將全場氣氛炒熱了起來。

「好吵！」聽慣了古典樂，方芷昀不太能接受金屬風格，「翊廷學長，社長的樂團有缺點嗎？」

「傅明哲和主唱、鼓手從國中就組團了，妳說他欠缺什麼？」

「啊！欠了一個最佳貝斯手。」

「熱音社很缺貝斯手，傅明哲後來找不到人，就叫一個吉他手轉當貝斯手。」

「原來如此。」方芷昀點點頭，突然聽到什麼似的噗哧一笑，「學長，原來貝斯手彈錯音的時候，整首曲調的旋律會歪掉一下。」

范翊廷斜斜瞥她一眼，嘴角提起一絲微乎其微的笑意。

此時，台上的傅明哲突然秀了一段背後刷吉他的solo，引得台下觀眾尖叫連連。

「社長竟然來這招！這個應該會加分吧？」方芷昀一臉不妙地叫道。

等魔幻無邊表演完畢，輪到下一組樂團上台表演，方芷昀也帶著團員起身走到舞台右側預備。

林心緹神色蒼白，雙手緊緊握著鼓棒，想到Wing of Wind很難打敗魔幻無邊和藍眼天使兩團強敵，忍不住一陣顫抖，但畢竟是她先對社長提出PK要求的，不能因爲自己的節拍不穩，讓大家承擔輸了比賽的後果。

「心緹，妳別緊張，照平常練習的方式打就好，就算輸了也沒關係。」方芷昀一邊鼓勵她，一邊做手指的伸展操。

「對呀！不管結果如何，我們都將榮辱與共，不會丟妳一個人承擔的。」高浚韋微笑附和，拍了拍林心緹的肩膀。

范翊廷走到林心緹面前，「等一下妳戴上耳機打鼓，〈Tears〉這首歌以鋼琴伴奏爲主，我會請PA大哥把團長的鍵盤音送到妳的耳機裡，妳聽著方芷昀的節奏穩穩地打，就沒什麼好怕的了。」

「好。」林心緹一臉受寵若驚，不敢相信范翊廷會主動和她說話。

不一會兒，Wing of Wind上台，方芷昀站到鍵盤後面，調好音量、音色，左右轉頭檢視其他團員的準備狀況。

林心緹戴上耳機，范翊廷和音控人員溝通，好讓她能監聽鍵盤手和主唱的聲音，降低其他樂器和觀眾尖叫聲的干擾。

高浚韋站在主唱麥克風前，回頭望著方芷昀，眼裡滿是信任，因爲她的伴奏很穩，和林心緹隨著情緒起伏的鼓音截然不同。

方芷昀微微點頭，回給他一記自信微笑，眼看大家準備就緒，雙手接著開始在鍵盤上輕柔躍動，彈出優美的弦樂旋律。

前奏的弦樂結束，在柔美琴音的鋪底下，高浚韋以高昂的明亮嗓音，緩緩唱出帶點悲傷曲風的歌曲。

「何處に行けばいい　貴方と離れて
今は過ぎ去った　時間に問い掛けて……」

偌大的禮堂漸漸安靜下來，觀眾原本被前面樂團所撩撥起的躁動情緒漸趨平復，越來越多的目光凝聚在高浚韋身上，大家似乎沒想到一年級之中會有歌喉這麼好的學生。

當高浚韋唱到第一段間奏時，吉他、貝斯和鼓音同時奏入，整首樂曲的旋律瞬間更加活躍，台下響起一片熱烈掌聲。

Loneliness your silent whisper
Fills a river of tears through the night
Memory you never let me cry
And you, you never said good-bye……

（〈TEARS〉詞：白鳥瞳&YOSHIKI 曲：YOSHIKI）

方芷昀貫穿全曲的琴音，穩固了整個樂團的節奏，凝聚起所有樂器的樂音，使旋律更爲緊密。

林心緹有了耳機隔離觀眾的嘈雜，鼓音穩了下來，樂曲行進到第二段間奏，在范翊廷渾厚的貝斯低音襯托下，高浚韋秀了一段帥氣的吉他solo，四人迎著觀眾的目光，契合的樂聲在廣闊的禮堂迴響，所有人盡情沉浸其中，陶醉不已。

當樂音歇止，台下即刻爆出如雷掌聲及歡呼聲，眾人鞠躬下台，朝著座位走去。

「芷昀，妳剛才的伴奏太棒了！」高浚韋伸手揉亂她的頭髮。

「你也唱得很好！」方芷昀深深望進他的眼底，好想為他伴奏更多歌曲，讓更多人聽到他好聽的歌聲。

「翊廷學長和心緹加進合奏時，我有一種被大家向前推動的感覺。」

「我當下的心情也好感動。」

范翊廷走在後面，若有所思望著兩人的背影，身旁的林心緹低頭盯著地板，心裡不知道在想些什麼。

四個人回到座位，繼續觀賞台上的演出，直到比賽結束。

評審們經過一連串的討論後，終於到了緊張的頒獎時刻。

「希望可以打敗社長。」林心緹雙手交握，嘴裡不斷喃喃禱告。

頒了優等獎之後，緊接著是前三名的頒獎，校長拿著麥克風宣布：「現在頒發第三名——藍眼天使。」

黃姿伶帶著團員上台領獎，美麗的臉龐帶有一絲不甘，不過她還是撐起微笑，接過校長遞來的獎盃。

「現在頒發第二名。」校長的聲音再次傳來。

方芷昀的心跳加速，放在腿上的雙手緩緩握緊。

「第二名是——Wing of Wind。」四周響起熱烈掌聲。

林心緹的眼圈瞬間泛紅，明明拿了第二名，她卻看起來沒有任何開心的感覺。

「從第六名升到第二名耶！太棒了！」方芷昀相當興奮。

「我們演奏得很好，怎麼可能不得獎？」高浚韋開懷大笑。

范翊廷斜睨兩人一眼，心想這兩人還真容易滿足。

四人上台領完獎，校長接著頒發第一名，得獎的正是由傅明哲領軍的魔幻無邊。

最後是頒發個人獎，共計有最佳吉他手、貝斯手、鍵盤手、鼓手、主唱等五個獎。

校長一個個宣布：「最佳吉他手，傅明哲；最佳貝斯手，趙偉勳；最佳鼓手，莊家慶；最佳鍵盤手，方芷昀；最佳主唱，高浚韋。」

「剛才有念到我嗎？」方芷昀指著自己的鼻尖。

「好像聽到我的名字。」高浚韋一臉呆愣。

「對啦！你們兩個阿呆，還不快點上台領獎。」林心緹拿著鼓棒，輕輕戳了兩人的手臂一下。

方芷昀和高浚韋在觀眾的歡呼中走上舞台，不敢相信自己竟會拿下個人獎。

林心緹落寞地坐在台下拍手，看著兩人接過校長遞上的獎盃，內心十分自責，自己身爲樂團中最重要的鼓手，卻扯了整個樂團的後腿。

頒獎結束，聖誕音樂大賽也圓滿落幕，學生們陸續離開禮堂，等待放學回家。

方芷開心地看著手裡的獎盃，笑道：「雖然沒有打敗社長，不過能拿到第二名，還是覺得很興奮。」

范翊廷背著貝斯走到她身邊，撇開個人恩怨，客觀地分析：「魔幻無邊在整體的音色表現上非常協調，樂手的技巧也不錯，第一名拿得當之無愧。」

「社長的吉他彈得很好，確實有兩把刷子。」高浚韋心有同感，隨後轉頭望著范翊廷問：「對了，學長，我們爲什麼要對調參賽歌曲？」

「是紀沐恆的建議。」范翊廷緩緩回答，比賽前怕影響大家的心情，才會先隱瞞不講。

「紀沐恆的建議？爲什麼？」方芷昀滿面震驚。

「你們以後還要參加比賽嗎？還是只想開心玩團就好？」

「當然還要參加比賽！」

「既然還想參賽，那就必須檢討我們樂團的問題了。」

三人互看一眼，同意地點了點頭。

范翊廷眸光一沉，低聲解釋：「兩個星期前，紀沐恆突然跑來找我，要我錄我們的練團歌曲給他聽，他聽完之後說鼓手的拍子很不穩，打十次有十種不同的速度，這種情況下用快歌參加決賽很危險，所以他才建議把兩首歌對調。」

林心緹臉色瞬間刷白，雖然是紀沐恆的個人感想，但是經由范翊廷親口說出，只會讓她的心情更加受傷。

方芷昀和高浚韋四目對望，明白紀沐恆的話沒錯，回想大家練團的情形，林心緹的情緒一嗨起來，打鼓就像開了加速器，經常讓大家無法跟上。

此時，傅明哲領著團員走來，臉上帶著不可一世的傲氣高聲挖苦，「學妹，妳們不是說有范翊廷的加持，練團會事半功倍，一定可以打敗我嗎？」

「社長，你贏了，我輸得心服口服。」方芷昀朝他點頭致意。

見方芷昀落落大方地認輸，讓傅明哲有些傻住，一時不知道要講些什麼，只好嘲笑林心緹，「學妹，妳兩個同學都得獎了，只有妳最厲害，什麼都沒有耶！」

林心緹身子晃了一下，這句話完全刺中她脆弱的心，使她難堪地無地自容。

高浚韋聽了十分火大，激動地想上前理論：「社長，你……」

范翊廷用力按住高浚韋的肩頭，「傅明哲，你這樣誇讚我的團員，是要我誇你的團員更厲害的意思嗎？」

方芷昀憋笑，學長言下之意即是：魔幻無邊只有傅明哲拿下個人獎，其他團員什麼都沒有得到，豈不是比林心緹更「厲害」嗎？

傅明哲聽出他的話意，一張笑臉變得扭曲，咬牙說道：「范翊廷，你也退步了，今年沒拿到最佳貝斯手獎。」

「那個獎去年拿過了，今年想讓學弟妹拿。」范翊廷滿不在乎地說，他從來就不是只重視自己名利的人。

「拿到兩項個人獎很厲害嗎？結果還不是只有第二名，你們全部都是我的手下敗將，想打敗我，回去再練個十年吧，哈哈哈……」傅明哲低笑幾聲，以一副勝利者的傲然姿態，領著團員走出禮堂。

「對不起，都是我太衝動向社長下戰帖，才會害大家落得被取笑的地步。」林心緹的眼淚不斷滾落，彎腰朝著三人鞠躬道歉，隨即轉身往禮堂大門跑去。

「心緹！」方芷昀正想追過去，沒想到高浚韋快了一步，他拔腿衝向大門，兩道身影一前一後消失在門口。

「團長不追嗎？」范翊廷出聲。

「學長會在意社長的話嗎？」她黯然搖頭。

「我不會把那種人的話放在心上，只是覺得他很可憐。」

「爲什麼？」

「彈吉他是傅明哲唯一的才能，他的內心其實是很恐懼的，擔心這項才能被別人超越，才會用貶低他人的方式，鞏固自己的自信心。」

「這樣太累了，與其害怕被超越，不如給自己一個目標努力，這樣達到目標之後，才會更有成就感。」方芷昀看著手裡得來不易的獎盃，忘不了上台領獎時的那份激動。

「團長有新目標了嗎？」

「當然有。」方芷昀仰頭望著他，笑眯了眼，「明年暑假由縣政府舉辦的第六屆校際熱音大賽，我們參加定了，學長不會中途退團吧？」

「除非你們解散，否則我不隨便退團。」范翊廷別開臉，迴避她炙熱明亮的眸光。

這個時候，一道低沉女聲從他們背後傳來：「范翊廷！方芷昀！」

方芷昀轉頭，只見黃姿伶雙臂抱胸走來，表情冷若冰霜。

「你們……不錯嘛！」黃姿伶斜睨了兩人一眼，有些不是滋味地稱讚，「小四說我們會輸給你們，我本來還不信，沒想到眞的被他料中。」

「我們的樂手表現比較好。」范翊廷淡淡表示。

「沒錯！」江少肆雙手插在口袋，背著吉他大步走來，脣角斜斜一撇，「我們主唱在決賽挑的歌，因爲沒辦法讓樂手有發揮空間，才會輸給你們。」

「我很喜歡那首歌，就是想唱那首歌！」黃姿伶固執地喊道，不肯承認自己選歌失誤，「我以爲只要唱得好，樂團能平順演奏，就穩拿最佳主唱獎，沒想到……你們家主唱的吉他solo那麼猛。」

原來高浚韋能拿下最佳主唱獎，是因爲兼任樂團吉他手而加分，畢竟自彈自唱的難度更加高上一籌。

江少肆望著方芷昀，銳利的眸光透著一絲興味，「學妹，妳的團只有一支吉他，音樂的層次感不夠。」

方芷昀直視這名染著一頭紅髮、外表叛逆的學長，他說得沒錯，一般樂團都會配備兩個吉他手，一個負責主奏，一個負責節奏，所以學長講這句話的用意是什麼？

「學長要不要來我們的樂團玩玩？」她試探性地問。

「妳不怕我把范翊廷給氣跑嗎？」江少肆挑眉反問。

「我的練團時間是下午兩點，學長可以睡到自然醒。」

「方芷昀，妳公然挖角啊？」黃姿伶美麗的臉孔滿是不悅。

「學姊，這不是挖角，只是團員互相交流而已，我也可以借我家的主唱和學姊對唱。」方芷昀笑咪咪地說，想要借學長過來，那就必須先說服他的團長，「再說……少肆學長應該不是我說挖，就挖得動的吧？」

「哈哈哈……」江少肆低笑，用力拍了一下方芷昀的肩膀，「學妹反應很快啊。」

「還好還好。」她輕咳一聲，這一掌可眞不輕。

「對唱……你們家主唱的聲音不錯，這個條件我可以接受。」黃姿伶微微一笑，方芷昀的提議一擊打動她的心，目前在梅藝高中裡，她還找不到可以與她對唱的男聲，「好！我們就來『交流』團員吧。」

方芷昀和黃姿伶伸手一握，馬上把高浚韋半賣半送給藍眼天使，同時也獲得了一個梅藝高中的風雲人物——點弦王子江少肆。

音樂的交流、碰撞有很多種形式，而比賽只是其中一個媒介，比賽過程之中除了會遇到勁敵之外，也會遇到相互吸引的知音，因爲大家都不甘獨奏。

和范翊廷在中廊分開後，方芷昀看著手中的紙條，上面寫了兩組手機號碼，一組是黃姿伶的，一組是江少肆的。

「少肆學長的手機號碼，應該可以賣到不少錢。」她呵呵笑道。

刻意放空心思，她將負面的情緒壓下，一個人慢慢踱回教室，林心緹還坐在位子上啜泣，高浚韋在她身旁乾焦急，一臉束手無策的模樣。

眼前這一幕讓方芷昀看得又心酸又好笑，忍不住白了高浚韋一眼，「你眞是的！有安慰跟沒安慰一樣。」

「我已經很努力在安慰了，哪知道妳們女生內心的小劇場那麼多，不管我怎麼講都沒有用。」高浚韋小聲抱怨，不知道該怎麼哄女生開心。

方芷昀故意板起臉孔，「心緹！不要再哭了！」

林心緹被她一吼，一時愣住。

方芷昀輕輕擁她一下，柔聲安慰，「翊廷學長沒有罵妳，他只是在確認樂團的未來方向，如果我們想再參加比賽，那就必須檢討缺點；如果只想單純玩團，繼續保持原樣就好。」

「芷昀，不管將來要不要參加比賽，我都想要改變自己，想變得更好。」林心緹哽咽。

「那問題就簡單了，節奏感是可以訓練的。」方芷昀微笑，輕輕擦去她眼角的淚水。

高浚韋高聲附和，「只要妳耐心跟著節拍器練習，漸漸就會越打越穩，這樣下去也不怕變身成女暴君了。」

「好。」林心緹毅然點頭，眼神堅毅地看向高浚韋，「浚韋，你剛才說要陪我去買節拍器對吧？」

「對呀！放學後馬上去買。」高浚韋笑容燦爛，接著問一旁的方芷昀：「芷昀，妳要不要一起去？」

「不了，你們兩個去吧，我想回家休息。」

不知道是逃避還是自尊心作祟，她就是不想看到兩人在一起的情景，雖然當下拒絕和他們同行，但放學時站在走廊上目送高浚韋和林心緹離開的背影，心中又是一陣後悔。

心思難解的人，其實是自己吧？

方芷昀趴在走廊欄杆上，望著冬季景色蕭條的中庭發呆，任由寒風一陣陣吹過身子，嘆了一口長氣。

過沒多久，方芷昀一抬眼，望見紀沐恆背著書包和琴盒，站在空橋中央。

她靜靜注視著他，心情有些愁悵，自從和他去維修小提琴後，感覺已經很久沒有見到他了。

紀沐恆揚起唇角，朝她無聲說了句恭喜，隨即轉身走向行政大樓。

瞧他頭也不回地離去，方芷昀一急，對著空橋的方向大喊：「紀沐恆，等一下！我有話跟你說！」

背著書包繞過L形的走廊，她小跑步到空橋的左端出口，左右張望卻不見紀沐恆的身影，急忙快步走下樓梯，才要踏上一樓的地面，一道身影忽然從牆角閃出來，她躲避不及，直接撞進那人的懷裡。

方芷昀倒抽了一口氣，發現自己整個人貼在紀沐恆的身上，他溫熱的體溫使她有些失去思考能力。

「學妹，走路要小心。」紀沐恆扶住她的肩膀，讓她站穩身軀。

「到底是誰要小心？」方芷昀氣極地推開他，踢了他一腳，「明明是你突然衝出來，還怪到我身上，有沒有搞錯？」

紀沐恆不閃不躲，當她又要踢上他的左腿，他忽然伸手抓住她的腳踝，方芷昀臉上閃過一絲慌意，沒想到會被他抓住，導致她全身重量只能用左腳支撐，身體不穩地左右搖晃，就要跌倒。

「喂，放開我的腳！」方芷昀緊張地四下張望，怕被教官或老師看到。

「妳不踢人，我就放開。」

「我保證不踢。」

紀沐恆輕輕放下她的右腳，方芷昀雖然嘴上說不踢，卻馬上握拳對準他身上猛搥，他卻早有預料，一個旋身避開她的攻擊，指著她的右拳命令：「換手，不准用這隻。」

方芷昀輕愣一下，明白他擔心她的右手，瞬間氣消，「算了，看在你建議我們換歌，我們才能拿到聖誕音樂大賽第二名的份上，我就不跟你計較了。」

他輕笑，「也恭喜妳拿到最佳鍵盤手獎。」

「我才要跟你道謝……」

「不用謝，這只是小事。」

「但是對我來說是大事！」方芷昀加重語氣，「身爲團長，我應該代表我的樂團向你表示謝意，我該怎麼感謝你？」

聽到她主動提議想答謝自己，紀沐恆偏頭想了想，「今天是聖誕節，我有點無聊，不如妳陪我走走，請我吃頓飯吧。」

「你想去哪裡吃？」

「藝文特區有聖誕燈會，我們去那裡逛逛，順便吃晚餐。」

「好。」方芷昀點頭，最近心情有點沉悶，去燈會走走應該會好一些。

跟媽媽電話報備後，方芷昀和紀沐恆走出校門，搭上通往藝文特區的公車。

兩人坐在一起，望著天色漸暗的窗外景緻，街上不少店家紛紛點起耶誕燈飾，節日氣氛相當濃厚。

「最近……都沒看到你經過空橋。」她收回視線，看向紀沐恆。

「我都繞遠路。」

「爲什麼？」

「因爲妳在躲我，但我不想看到妳躲我，所以只好先躲著妳，這樣心裡就不會那麼受傷了。」他繞口令般說道。

「我、我又沒有躲你。」方芷昀聲調微微提高，似乎有點心虛，眼神游移了一下，「如果我在躲你，現在怎麼會和你坐在這裡？」

「也對，應該是我想太多了，那……我就不繞遠路了，直接走空橋去行政大樓，跟以前一樣。」

「當然和以前一樣，我又沒有禁止你走那邊。」方芷昀扁嘴，視線落在他的琴盒上，連忙轉開話題，「可以看看你的小提琴嗎？」

「可以。」紀沐恆打開琴盒，拿出小提琴遞給她。

方芷昀輕輕捧著小提琴，仔細檢查琴身，鬍子老師的手藝很好，之前刮傷的地方都修補好了，而且漆色補得非常均勻，幾乎看不出曾經刮傷過。

「妳不要小看修補刮傷，這可是要經過二、三十次的研磨和上漆，才能修補成這樣。」

「怪不得收費會那麼貴了。」看到小提琴修補完好，她一顆懸著的心總算放下，「那你的樂團首席甄選有通過嗎？」

「當然通過了，過了才去看你們的比賽。」紀沐恆將小提琴收回琴盒裡，翻開書包拿出一台相機，「我幫你們錄了比賽的影片，還拍了很多照片。」

「謝謝。」方芷昀開心地接過相機，有些感動。

「不客氣。」紀沐恆幫她打開電源，調出相機裡的照片給她看。

方芷昀一張張看完，突然想起什麼似的好奇問道：「學長，你爲什麼要叫翊廷學長錄我們的團歌？」

「因爲無聊，所以想聽看看。」

「怎麼可能？」

「不然妳想聽另一個答案嗎？」

方芷昀愣住，深怕他又要說出什麼喜歡自己的話，趕緊搖了搖頭。

「那答案就是無聊了。」他揚起微笑。

「聽了我們的團歌，學長的感想是什麼？」她繼續追問，想深入了解紀沐恆的看法。

紀沐恆緩緩解釋：「我覺得林心緹的鼓技很華麗，可惜打快歌的拍子不穩，你們一沒對到她的節奏時，音樂聽起來就顯得有點凌亂，加上上台比賽多少都會比較緊張，能發揮出來的實力大概是練習時的七成，以這種狀況來說，快歌要承擔的風險會來得較高。」

「練團的時候，大家都彈得很盡興，我自己也樂在其中，完全沒有深入探討這個問題。」身爲團長的她，沒幫忙督促林心緹的拍子問題，也要負上一些責任。

「再來是個人獎，高浚韋的對手有江少肆和傅明哲，要拿最佳吉他手獎有點困難，反倒是主唱這一塊比較有勝算，前提是他自彈自唱不能亂。這首歌我之前和妳合奏過一次，妳的伴奏非常準確，可以讓主唱放心發揮，這樣也相對的提高了高浚韋拿到最佳主唱的得獎機會。」

方芷昀回想初賽的狀況，林心緹因爲過度緊張而節奏不穩，高浚韋一邊彈唱，還一邊擔心跟不上拍子，的確唱得有些吃力；如果沒有換歌，以那種狀態參加決賽，大家鐵定什麼獎都拿不到。

紀沐恆停頓一下，理了理思緒，接著再說：「我看過初賽的報名資料，參賽的二十支樂團裡，鍵盤手加總只有十二個，這代表在五項個人獎裡，妳拿到最佳鍵盤手的機會最大，所以和范翊廷討論後，才決定把兩首歌曲對調。」

「不過……我這個獎拿的實在有點心虛。」

「爲什麼？」

「因爲晉級決賽的八支樂團裡，只有四個鍵盤手，不然我只要參加鋼琴比賽，幾乎很少得獎的。」方芷昀神色一黯。

紀沐恆靜靜凝視她的側臉，一陣無語。

「學長，謝謝你的分析，我……」方芷昀垂下臉，有點難以啟齒。

「怎麼了？」他柔聲問。

「我……不太會當團長，聽音樂不如你敏銳……」她的頭低得不能再低，雙手握拳，壓下內心不斷反抗的自尊，「可不可以邀你……加入我的樂團？」

紀沐恆聞言，眼瞳閃過一抹詫異。

「當我的樂團顧問就好，我知道你很忙，假日都在青少年交響樂團排練……」話未說完，一隻手忽地溫柔托住她的下巴，輕輕推高她低垂的頭，她心跳漏了幾拍，對上紀沐恆的臉。

「我願意加入。」紀沐恆鄭重答允，漾開微笑。

♪

公車停靠在藝文特區的站牌旁，兩人下車站在路邊，天黑後的氣溫又降了幾度，陣陣寒風令路上的行人拉緊外衣，縮起身子。

「學長，你想吃什麼？」方芷昀環顧四周，研究附近有什麼店家。

「吃魯肉飯就好。」紀沐恆怕她帶不夠錢。

「吃魯肉飯太隨便了，感覺誠意不夠。」

「那吃日式拉麵可以嗎？」

「可以。」方芷昀笑著點頭。

兩人走進路邊的一間日式拉麵店，找了張餐桌坐下，服務生隨後遞上菜單。

「學長，你要吃哪一種？」方芷昀看著菜單上的照片。

「豚骨拉麵。」紀沐恆瞥了一眼菜單，直接挑價格最便宜的點。

「兩碗豚骨拉麵。」她抬頭向服務生點餐。

「妳怎麼不點別的口味？」他好奇地問。

「因爲……」方芷昀得意一笑，「跟你吃一樣的，你就不會再搶我的吃了。」

「小氣鬼。」

方芷昀露出勝利的笑容。

服務生送上餐點後，兩人邊吃邊聊起比賽和練團的事，方芷昀提了一些練團問題，紀沐恆依自己在交響樂團裡的經驗，給了她一些心得和建議，用餐的氣氛難得融洽。

吃了四分之三後，方芷昀擱下筷子和湯匙，呼了一口氣，「好飽，這拉麵太大碗，我吃不下了。」

隔了片刻，紀沐恆喝完最後一口湯，指著她的碗說道：「妳的食量好小，可是我還沒吃飽。」

「要再叫一碗嗎？」她有些傻眼，一碗拉麵的份量不少，他的食量有那麼大嗎？

「不用。」他直接拉過方芷昀的碗，拿起筷子開始吃她吃不下的麵。

「紀沐恆，你不覺得……吃別人吃過的東西，很不衛生嗎？」她愣愣地盯著他，男生吃掉女生不喜歡或吃不完的東西，這應該是情侶之間才會做的事吧？

「我真的還沒吃飽。」紀沐恆再次強調，抬眸看她，「我不曾吃別人吃剩的食物，只吃過妳吃不下的。」

方芷昀不知道該回什麼，瞧著他津津有味吃完那碗麵，抽了張面紙擦嘴，這才起身走到櫃台結帳。

結完帳，兩人走出拉麵店，沒多久即走到了藝文廣場。

放眼望去，廣場上的樹木、花草、欄杆和柱子都披著聖誕燈飾，中央豎立了一棵大聖誕樹，四周點綴著雪花、雪人、麋鹿和聖誕老人等造景，絢爛的燈光閃爍，交織成一片夢幻氛圍，人來人往好不熱鬧。

「好漂亮……我第一次來這裡參觀燈會。」走進燈會區，方芷昀看著美如童話的場景，原先壓抑在心頭的沉悶頓時輕盈了許多。

「我國二和姊姊來過一次。」紀沐恆指著不遠處的一棵小聖誕樹，樹上掛著琳琅滿目的吊飾，旁邊還有一個戴著紅帽子的發光雪人，「妳看，那邊的聖誕樹和雪人很可愛。」

「真的好可愛！好想整組搬回家。」

「那裡還有雪橇和麋鹿。」

「哇！這個做的好精緻。」方芷昀一臉興奮地跑到雪橇前，欣賞了一下，突然扯住他的衣袖，「學長，那邊有灰姑娘的南瓜馬車！」

「我們過去看看。」紀沐恆領著她走向一座閃耀著銀白色光芒的南瓜馬車，旁邊還搭著白玫瑰花籠，宛如將童話場景搬到了現實世界。

望著唯美的燈飾造景，方芷昀一臉嚮往，「好想上去坐坐，可惜它禁止乘坐。」

紀沐恆的視線在馬車上暫留幾秒，隨即移到她的臉上，嘴角輕揚，「要不要去旋轉木馬那裡看看？」

「好啊！」

途中方芷昀突然停下腳步，望著一座沒有亮燈的舞台，「今年暑假的時候，我就是在這裡遇見你的。」

紀沐恆微笑，「其實陳曜文是我的國中同學，當天他臨時有事找我代打小提琴手，我覺得似乎會很好玩，所以就來了。」

「可是彩排的時候，我沒有看到你。」

「我是活動開始才來的，直到松岡高中要上台時，我才去和他們會合。」

「所以他們也不認識你？」

「是啊。」

「他們還眞倒楣。」

「沒辦法，誰教教官就藏在人群之中。」他無奈地聳肩。

「那你當時爲什麼要拉著我跑？」

紀沐恆輕笑一聲，「因爲舞台很高，我擔心一手抱著小提琴，一手提著琴盒跳下去，萬一跌倒會臉貼地，所以才會先把琴盒抛下台，雖然有些擔心摔壞，但卻沒想到會有個女生突然接住它。那一刻我覺得我們之間的緣分很微妙，直覺如果沒有抓著妳跑，再回頭可能就找不到妳了。」

「緣分微妙？眞不像男生會說出的話。」方芷昀皺眉。

紀沐恆沒再多說什麼，將書包放在腳邊的地上，獨自提著琴盒走上舞台，打開盒蓋，取出小提琴架在肩頭上，披著一身黑暗站在舞台正中央。

「今晚爲學妹帶來一首義大利音樂家帕格尼尼所作的〈B小調第二號小提琴協奏曲〉，第三樂章〈鐘〉。據說鋼琴家李斯特因爲非常欣賞帕格尼尼，還將帕格尼尼的〈鐘〉，改編成爲鋼琴版的〈鐘〉。」他的聲音帶著點回聲，從空盪盪的舞台場上傳來。

方芷昀聽了有些受寵若驚，趕緊鼓掌期待他的演出。

清亮的小提琴琴音在台上響起，紀沐恆以斷奏和抛弓的技巧，流利地演奏出活潑輕快的樂音，吸引不少路人佇足聆聽。

因爲沒有光線，方芷昀看不見他的表情，卻可以感受到紀沐恆的目光，定定地直視著自己，讓她的心感到一股微微的悸動。

琴聲一止，紀沐恆右手持著琴弓，朝空劃了個半弧，優雅地向人群行了個禮，現場響起一片掌聲。

有人大喊「安可」，他又應景地拉了一首聖誕歌，隨後才收起小提琴，走下舞台來到她身側。

「學長，這首曲子拉得眞好！」方芷昀由衷稱讚，他剛才的演奏比前幾次表演好上太多了，這次可能是融入了感情的原因，拉出的琴音也不像之前一樣空洞貧乏。

「眞的嗎？」

「眞的！」方芷昀大力點頭。

紀沐恆微笑，「我很久沒有這種心口滿滿的感覺了，有種衝動想把心中的情緒一股腦地釋放出來。」

「可惜沒有伴奏，不然一定會更動聽。」

「妳要幫我鋼琴伴奏嗎？」

「好啊！」方芷昀欣喜地點頭，畢竟能跟這麼強的小提琴手合奏，機會相當難得，「就怕你覺得我彈不好。」

「笨蛋。」紀沐恆伸指輕彈她的額頭，「我怎麼會嫌棄妳呢？」

「你才笨蛋呢！」方芷昀用肩頭頂他一下，心房暖暖的，「突然好渴，你想喝飲料嗎？」

「我想吃冰淇淋。」

「咦？天氣這麼冷，你還想吃冰淇淋？」

「冬天吃冰淇淋，比較不會那麼快融化。」紀沐恆一副這又沒什麼的表情，指著旋轉木馬的方向，「妳看，那裡有冰淇淋車，這就代表冬天吃冰的，還是大有人在。」

兩人來到冰淇淋車前面，方芷昀買了一杯熱可可和一支香草冰淇淋，紀沐恆接過冰淇淋，臉色一喜，清澈的眼眸透著一絲孩子氣。

方芷昀一邊喝著熱可可，發現不遠處有一座星光走廊，連忙拉住紀沐恆的手臂，「學長，我們過去那裡看看！」兩人走進走廊，只見上方鋪著一層燈網，燈網下垂綴著星星形狀的吊飾，細細碎碎的光點灑落地面，宛如身處宇宙星空當中，美得令人屏息。

「哇！眞的好漂亮……」方芷昀仰頭望著燈網，踩著光點往裡面走去，發現越是往裡邊走，越是聚集不少情侶檔。回頭看看紀沐恆，他正盯著冰淇淋發愣，一口都沒吃。

方芷昀見狀，忍不住問：「你幹麼不吃？」

紀沐恆舉起冰淇淋微笑，「我覺得冰淇淋的形狀很可愛，小時候我常看著上面的尖角發呆，捨不得一口咬下去……」

他話還未說完，方芷昀突地張嘴朝冰淇淋的尖端咬下去，紀沐恆的笑臉一秒垮下，雙眼睜大，瞪著被咬了一口的冰淇淋。

「看到太完美的冰淇淋，我就好想破壞它。」她一手撫著臉頰，牙齒冰得發疼。

「妳怎麼可以把我最愛的尖角吃掉？」紀沐恆指著她的臉，氣沖沖地質問。

「因爲要氣死你！」方芷昀笑得直不起腰，終於成功讓笑臉貓變臉了。

「把我的冰淇淋尖角還來！」

「我吐給你啊！」方芷昀微微噘脣。

說時遲那時快，紀沐恆忽地抓住她的手臂，將她用力拉向自己，方芷昀的身子一旋，整個人被他帶進懷裡。

在漫天的星光下，他低下臉，很輕地吻上她的脣。

那是帶著一絲香草氣息的吻，方芷昀再次傻住，不太清楚自己究竟怎麼了，既沒有生氣地賞他巴掌，也沒有對他的舉動感到厭惡，只覺得有一抹淡淡的憂傷，緩緩流過心頭。

她知道，紀沐恆眞的很喜歡她。

因爲不想看到她爲難，他不惜繞路不走空橋；她不小心弄壞他的小提琴，他也不願讓她賠錢，甚至還幫她改譜。

後來紀沐恆甚至請翊廷學長錄下團歌，分析他們樂團演奏上的問題，建議她調換比賽的曲目；放學見她心情不好，邀她來聖誕燈會散心，剛才還站上舞台，爲她演奏小提琴……

紀沐恆冰涼的吻在她脣上停留幾秒才退開，低聲問道：「妳不生氣，不打我嗎？」

「學長，對不起……」方芷昀歉然垂下眼簾，有點不知所措，「我承認我也有錯，不應該跟你這樣打鬧，但是我對你……眞的沒有那種心思，以後……請不要再這樣了。」

紀沐恆深深望了她一眼，沉默許久才點頭答應，「如妳所願，這是最後一次，我不會再爲難妳了。」

♪

經過一夜的心情沉澱，方芷昀不得不承認自己有些擔心，不時想像高浚韋和林心緹去買節拍器時，兩人會不會擦出什麼火花，就怕隔了一夜之後，她的世界會就此風雲變色。

然而，早上在公車站見到高浚韋，她忍不住好奇詢問，得知昨天他們才買好節拍器，林心緹就說要回家練鼓，兩人走出店門就分開了。

高浚韋眞的很呆。

明明他在班上的人緣極佳，抱著吉他彈唱時那麼陽光帥氣，卻不怎麼會表達內心深處的感情。

經過聖誕音樂大賽一戰，Wing of Wind一舉奪下第二名的佳績，由於是一年級生所組成的樂團，同時也在梅藝高中掀起一陣熱烈討論。

下課時間，三人走出教室，趴在走廊欄杆上聊天，方芷昀趁機宣布兩件重要大事：江少肆加入Wing of Wind成爲支援樂手，紀沐恆則是插花小提琴手兼音樂顧問。

「什麼？」高浚韋一臉震驚，嘴巴張得老大，「妳拉了江少肆和紀沐恆進團？」

「這種樂團規模，簡直是開了外掛。」林心緹開心地笑，樂見其成。

「那時大家聊著聊著，莫名就組出一支極品樂團了。」方芷昀傻笑。

「芷昀，江少肆是吉他手欸，妳是要我練團前先跟他打一架嗎？」高浚韋不服，誓死不讓出吉他手的位置。

「浚韋，你回想比賽的情景，哪個樂團不是把主唱獨立出來，哪個主唱不是滿場跑，負責帶動現場氣氛？」

「我就是想彈吉他，不想單純當主唱啊！」高浚韋非常堅持，絲毫不肯讓步。

方芷昀搬出范翊廷的話，努力說服他，「翊廷學長後來跟我說，主唱很少兼主奏吉他，一般大多是兼節奏吉他，如果主唱要唱歌帶動氣氛，還要分神展現難度很高的技巧，很有可能兩者無法兼顧。」

「可是我還是想彈吉他solo……」

「浚韋！」林心緹不耐煩地打斷他，一聽范翊廷提出建議，當然是力挺學長到底，「你想要定在主唱麥克風前面，卻又無法隨便跑跳，這樣根本是占著茅坑不拉屎，還不如讓少肆學長去發揮主奏吉他的魅力比較好吧？」

「妳……這……」高浚韋一陣氣結，囁嚅了半晌才垂頭妥協，「好吧。」

果然，高浚韋比較能聽進林心緹的話。

方芷昀沉默了一下，壓下心裡的淡淡酸意，「接下來，我們要挑戰明年暑假由縣政府舉辦的第六屆校際熱音大賽，目標是拿下冠軍！」

「芷昀，妳的目標這麼大？」高浚韋和林心緹訝異地張大眼睛，滿臉不可置信地看著她。

「我們是Wing of Wind，不該飛得更高更遠嗎？」方芷昀提高音量。

「贊成，我支持妳！」高浚韋馬上被她說服，燃起熊熊鬥志。

一提到比賽，林心緹面有難色，當初她學鼓和加入樂團的目的，只是爲了接近范翊廷，想和他一起合奏而已；從來沒想過要參加比賽，甚至是一路打進大規模的校際熱音大賽。

「心緹不想參賽嗎？」方芷昀瞧她一臉爲難，覺得不該逼迫她。

林心緹猶豫了下，想到上次比賽在范翊廷的面前丟臉，暗自下定決心，希望下次能讓他對自己刮目相看，「好吧，我會努力和節拍器成爲好朋友，克服上台時的緊張。」

三人達成共識，方芷昀忽然想起一件事，面向高浚韋說道：「對了，爲了讓少肆學長過來，麻煩你走一趟，去藍眼天使當公關，陪黃姿伶學姊對唱幾首歌。」

「妳太過分了！怎麼可以出賣我？」高浚韋不依地哇哇大叫。

「可以和校花學姊合唱，機會難得，你應該要感謝我。」她笑瞇了眼，轉身就想逃跑。

「方芷昀，我就好好感謝妳！」高浚韋勾住她的脖子，將她的頭髮揉得一團亂。

方芷昀作勢求饒，卻在高浚韋鬆手時，反擊他一掌。

三人又叫又笑，笑鬧成一團。

反正樂團中團長最大，凡事團長說了算，事情就這樣定案，全員抗議無效！

第六樂章　最燦爛的時光

隔了一個寒假，隨著學校開學，寒冷的天氣逐漸回暖，校園裡的木棉花也接著盛開，光禿禿的枝椏上點綴著朵朵朱紅，形成一片美不勝收的風景。

自從紀沐恆加進樂團後，他以自己在音樂班及交響樂團中的經驗，教導大家分析樂句的呼吸、力度和結構，使演奏出來的樂曲更富有層次感，感情也更加豐富。

此外，他還要求林心緹跟著節拍器練鼓，必須循序漸進，由慢打到快，務求鼓點準確、節奏平穩；讓林心緹常嚷著每天睡覺時，耳朵裡全是節拍器的聲響。

團員們經過討論後，開了ONE OK ROCK（註）的〈Re: make〉這首歌當參賽歌，也選了有小提琴伴奏的歌曲，讓紀沐恆能夠加進來合奏，六個人擠在練團室裡練習、切磋，好不熱鬧。

而最美好的時光，就是當練團結束後，大家邊吃著點心邊打屁聊天，因此高浚韋的奶奶家，變成了大家聚會和討論音樂的最佳場所。

「來，你們一定餓了吧。」高奶奶自廚房裡走出來，手裡端著一盤雞塊薯條。

「謝謝奶奶，不好意思，讓妳這麼忙碌。」看到吃的東西，江少肆馬上迎了過去，滿

註：日本搖滾樂團，成立於二〇〇五年。

面笑容地接過盤子擱在茶几上。

「不忙不忙，你們都是浚韋的朋友，大家能夠來這裡玩，我就像多出很多孫子一樣開心啊。」高奶奶和藹笑道，家中平常冷冷清清，看孫子帶了這麼多朋友來玩，也覺得氣氛滿熱鬧的。

「奶奶的腰還痛嗎？」范翊廷發現高奶奶微微弓著身子，想到前兩天聽高浚韋提起奶奶在移動門口的花盆時，不小心閃到腰的事。

「已經好很多，沒那麼痛了。」

「沒那麼痛，就表示還會痛，奶奶先坐下來休息。」范翊廷扶著高奶奶在搖椅上坐下。

「奶奶，下次不管要搬什麼，妳統統留給我們搬就好！」江少肆往嘴裡塞了幾根薯條，隨後拿起一個小盤子，裝了些雞塊遞給高奶奶，「奶奶也一起吃吧！」

「這是要給你們吃的，我很少吃這個，看到你們吃我就開心了。」高奶奶微笑拒絕，將盤子推回給江少肆，「今天怎麼沒有看到那位拉小提琴的……」

「紀沐恆今天沒有來，他在文化中心有樂團表演。」范翊廷回道。

「這麼厲害啊？」

「他目前是我們團裡最強的。」

方芷昀和林心緹端著水果走出廚房，看到兩個大男孩圍著高奶奶說笑，情景非常溫馨。

「大家來喝看看，這是我奶奶泡的蜂蜜檸檬紅茶。」高浚韋隨後走出廚房，手裡端著一壺茶，琥珀色的茶水裡飄著冰塊和檸檬片。

「我要！」江少肆拿起杯子，直直地伸向他。

「小四學長，你只是來支援的，應該練完就直接回家。」高浚韋拉下笑臉，仍惦記著他搶走主奏吉他之恨，但礙於奶奶在場，還是往他的杯子裡倒了一些茶。

「團長，支援樂手也需要和大家聯繫感情吧？」江少肆脣角斜斜一撇，把問題丟給方芷昀。

「呃……對。」方芷昀苦著臉陪笑，馬上感應到高浚韋的殺人目光朝自己掃來。

練了幾次團後，江少肆也和他們逐漸熟了，開始和大家膩在一起聊天，雖然因爲黃姿伶的壓力而無法退出藍眼天使，但以他的參與程度，其實已經和正式團員沒什麼兩樣。

高浚韋的個性坦率，臉上藏不住心事，情緒容易受到挑動；江少肆倒像個無良哥哥，老是喜歡逗得他哇哇叫，結果常是苦了方芷昀，時常要出面調解兩人的爭風吃醋。

至於范翊廷，雖然表面看起來不好親近，但是這些日子相處下來，方芷昀發現他都有默默將大家的閒聊聽進心裡，而且從許多小細節中，就能感受到他的細心體貼。

原本以爲高浚韋和范翊廷會鬧不合，但高浚韋反而卻有點崇拜范翊廷，無論成績或練團方面都將他當成榜樣。方芷昀猜想，或許是林心緹喜歡范翊廷的緣故，所以高浚韋也不敢對學長有所不敬。

「開學後，熱音社跑掉一半的社員，大家都說受不了社長自大強勢的作風。」林心緹講完，用力咬了一口雞塊，彷彿這件事替她報了一箭之仇。

「有時候，這只是拿來推卸的藉口。」范翊廷喝了一口檸檬茶。

「怎麼說？」高浚韋不解。

「因爲不斷地練習，會把很多人對音樂的憧憬與熱情消磨殆盡。」

「沒錯！」江少肆完全贊同，拿著叉子輕揮，「很多人懷抱著音樂夢想進入熱音社，想像自己能在台上發光發熱，但是實際練了吉他後，發現要彈得好，必須下很多的功夫苦練，什麼手太小、手指太短、按弦很痛……退社的藉口一大堆。」

「有沒有心最重要。」范翊廷下了個結論。

林心緹坐在他旁邊，點頭同意他的話。

「對了，我最近有個想法，希望參賽的那首歌，翊廷和小四學長能夠加入和聲。」方芷昀啜了口檸檬茶，滋味酸酸甜甜，相當好喝。

「好呀！」高浚韋握拳表示贊同，直嚷著唱起來一定更有氣勢。

「我沒唱過和聲，感覺很好玩。」江少肆一手摸著下巴，被挑起了興致。

「妳要我像主唱一樣，對著麥克風鬼吼鬼叫嗎？」范翊廷面無表情地瞪著方芷昀。

「是和聲。」方芷昀強調。

「那主唱鬼吼的時候，和聲就不用跟著鬼吼嗎？」

「我哪有鬼吼？」高浚韋不滿地抗議。

「還是會以和聲爲主，例如副歌這裡……」方芷昀馬上從背包掏出樂譜，開始清唱：

「I can't believe in you，I'd see you another day another way……」

「嗷嗚……嗷嗚……」窗外傳來黑皮的叫聲。

方芷昀起身打開窗戶，對著坐在屋簷下的黑皮低罵：「黑皮！我唱得有那麼難聽嗎？」

「汪汪汪汪汪！」黑皮朝她大叫。

「你閉嘴，不要叫！」

「黑皮在幫妳和聲耶，哈哈哈……」身後傳來眾人笑聲。

「討厭，人家是正經的，你們笑什麼笑？」方芷昀雙頰窘紅。

高奶奶坐在一旁的搖椅上，看到大家笑成一團，嘴角也隨之彎起。

♪

時序進入六月，學務處公布了第六屆校際熱音大賽的資訊。

沒想到因爲贊助比賽的廠商更換，比賽規則也跟著變動；爲了縮短賽程，改成一間學校只推派一支樂團參賽，不再像以前採自由報名，再經由初賽刪減。

方芷昀看完比賽規則，心情墜落谷底，下課後立即跑到學務處詢問學校，將會如何推派樂團出賽。

學務主任喝了口茶，慢慢解釋：「校長的意思，是推派聖誕音樂大賽的第一名樂團參賽。」

「可是主任，為了參加這次的比賽，我們從過年就開始練習了。」方芷昀十分著急，積極想為自己的樂團爭取出賽機會。

「比賽規則變動也是沒辦法的事，況且目前其他來詢問的樂團得知校長的決定後都沒有異議，不然……妳可以和傅明哲商量看看。」學務主任一副事不關己的模樣，將問題推還給她。

方芷昀走出學務處，想到大家這些日子以來的辛苦練習，又覺得心有不甘，連忙跑到傅明哲班上，詢問他的參賽意願。

「學妹，這是本縣最大的高校熱音賽，校長取第一名樂團參賽，有什麼不對嗎？」傅明哲訕笑，輕蔑地睨她一眼，「再說，有提早做準備的樂團，不是只有你們，我為什麼要把機會讓給妳？」

「經過聖誕音樂大賽之後，我們這半年一直努力不懈的練習，實力絕對比以前更加進步，學校這樣決定不公平。」

「喂喂喂，什麼叫不公平？」傅明哲不悅地皺眉，「論熱音社的傳統，論學長姊制度，參加比賽當然是我們擁有優先權，等到明年自然是你們的天下，妳去問問其他社團，大家不都照著這規矩走？」

「我覺得應該再重新徵選一次！」方芷昀絲毫沒有退讓的意思。

「誰鳥妳呀！」傅明哲不屑地哼聲，轉身走進教室。

明知道能出賽的機會微乎其微，方芷昀卻還是不想放棄，中午又來到學務處，向學務主任提議再辦一次徵選，就算到時真的輸給魔幻無邊，Wing of Wind也輸得心甘情願。

「這不在校務規劃之中，加上學校要忙新生入學的事宜，不可能再辦徵選比賽。」學務主任見她糾纏不休，神情漸顯不耐。

「主任，這樣眞的很不公平！」她情緒激動起來，稍稍拔高聲量。

「方芷昀，妳用這種態度和師長說話對嗎？」學務主任被她挑起怒氣，板起臉孔教訓，「學校成立社團的目的，是讓大家在讀書之餘能夠放鬆心情，而不是要學生將心思全放在社團活動上。」

「主任，我沒有……」

「妳花那麼多時間搞樂團，還拉著數理班和音樂班的學生入團，數理班是學校升學的重點班級，班導師已經在抱怨范翊廷的月考成績退步了；此外還有紀沐恆，以前放學他都會留校練琴，現在卻玩得不見人影，不說別人，看看妳自己，全部人的成績就妳最差！」

方芷昀詫異地睜大眼睛，愣愣地望著主任。

「主任教學二十多年，看過太多像妳這樣的學生，什麼青春熱血、搖滾不死，最後死的都是自己的成績。」學務主任看她眼圈微微泛紅，嘆了一口氣，「妳有沒有想過，未來要做什麼？」

方芷昀答不出話，一顆心彷彿被尖刀刨削著，難堪地垂下眼簾。

此時，耳邊傳來一陣開門聲。

「醒醒吧！不要滿腦子都是不切實際的幻想，以為自己會成為下一個五月天，不要等到多年後才來後悔現在沒有好好讀書。」學務主任尖銳的嗓音一緩，苦口婆心相勸。

一道身影走到她的身側，范翊廷低低的嗓音響起：「主任，我成績下滑的原因，是因為我媽媽在月考期間生病了，跟玩樂團一點關係都沒有。」

「范翊廷，你……」學務主任視線移到他身上，剛剛完全沒注意到有人走進辦公室。

「我喜歡貝斯，是因為我去世的父親曾經是一名貝斯手，我只是想體驗他走過的路，從來沒有想過要成為第二個五月天。」

學務主任一時無語，臉色一陣青、一陣紅。

范翊廷解釋完，轉頭看著方芷昀，「團長，比賽有比賽的規則，學校有學校的考量，我們就尊重校長的決定吧。」

方芷昀低頭朝主任賠不是，「主任，對不起，剛才是我的態度不好。」

「沒關係，主任不會放在心上，下次開校務會議的時候，主任會幫妳跟校長建議。」

學務主任敷衍了幾句，揮手命兩人離開。

走出學務處，方芷昀的心情非常沮喪，不發一語地跟著范翊廷走進中庭。

「學長，謝謝你幫我解圍。」她停下腳步，在花台坐下。

「妳不要將學務主任的話放在心上，雖然我們這次不能參賽，不過以後還是有機會的。」范翊廷安慰。

感到觸目所及之處覆上一層水霧，方芷昀急忙低頭忍住眼淚，「可是沒有時間了……

過了這個暑假，你、少肆和沐恆學長升上三年級，就要準備明年一月的學測，我知道練團會影響到課業，也知道學長們以後會以課業爲優先……但是因爲大家很努力，我才會這麼看重這次比賽，希望讓更多人能看見我們……」

話講到一半，方芷昀只覺頭頂一沉，愣了愣，緩緩抬眸對上范翊廷深邃的雙眼。

范翊廷在她面前蹲下，伸手拍了拍她的頭，輕聲說道：「跟你們練團很開心，最後能不能出賽眞的不重要，重要的是大家一起成長，以及那些美好的歡樂時光。」

「眞的？」看著范翊廷誠懇的目光，她聽了好感動。

「嗯，所以團長要打起精神。」

方芷昀深吸了口氣，調整好心情，頑皮一笑，「學長笑一個，我就打起精神。」

「妳去撞牆。」范翊廷伸指朝她的額頭戳下去。

「學長好壞，竟然叫學妹去撞牆。」方芷昀揉著額頭，看到范翊廷別開臉，脣角漾著一抹極爲靦腆的笑意，自己也忍不住跟著微笑，「學長，你媽媽的身體好點沒？」

「她前陣子工作太忙，加班累到昏倒，現在已經沒事了。」

「那就好。你剛剛說你父親……」

「我爸爸在我十歲的時候去世，但他有一群大學一起玩樂團的朋友，那些叔叔直到現在都很照顧我。」

「你媽媽一定很辛苦。」

范翊廷點點頭，站起身，臉上恢復一貫的淡漠，直接轉開話題：「無法比賽的事，我會幫妳通知紀沐恆和江少肆，妳負責通知淩韋和心緹。」

「好，謝謝學長。」

范翊廷回身朝中廊的樓梯口離開，方芷昀起身走向教學大樓右側的樓梯口，旋過一個轉角，竟看到林心緹低著頭站在牆邊。

「心緹？」她臉上一訝。

「看妳還沒從學務處回來，我有點擔心。」林心緹抬起頭，笑容有些不自在。

「對不起，我沒有爭取到參賽權……」

「我們回教室再說吧。」

兩人回到教室，高淩韋跑來了解狀況，方芷昀把剛才在學務處發生的事向他說明了一遍。

高淩韋聽完，反而微笑著安慰方芷昀，「芷昀，我覺得翊廷學長說得對，比賽眞的是其次，接下來還有期末成發和新生迎新，我們還是可以上台表演的。」

「嗯。」方芷昀點點頭，有他的鼓勵，心情也不像剛才那麼難過了，「對了，我剛才聽翊廷學長提到，他爸爸已經去世了。」

「這件事我國小就知道了。」林心緹開口表示。

「原來翊廷學長的爸爸是貝斯手。」方芷昀感慨地輕嘆，「我想，他會那麼喜歡貝斯，一定是因爲很懷念他的爸爸。」

「難怪練團的休息時間，學長偶而會看著貝斯發呆。」高淩韋恍然大悟。

「……我完全不知道學長的爸爸曾經是貝斯手，沒想到他會跟妳說……」林心緹盯著方芷昀，微微皺眉，眼神複雜。

「我只是剛好聽到他和主任的對談。」方芷昀連忙解釋，不想讓她誤會。

下午的下課時間，方芷昀懶懶地趴在桌上發呆，失去比賽的目標後，突然有一種做什麼事都提不起勁的無力感。

林心緹不時轉頭焦躁地望著她，握筆在白紙上胡亂塗鴉，腦海浮現方芷昀坐在中庭花台上，范翊廷蹲在她面前，輕聲安慰她的景象。

林心緹第一次看到學長露出那麼溫柔的神情，眼中還帶著些微的不捨。

筆尖畫破紙面，林心緹壓不住心裡的妒意，下了個決定，起身走到高浚韋的身邊，「浚韋，出來一下，我有話要跟你說。」

「什麼事？」高浚韋滿臉困惑，跟著她走出教室，兩人來到走廊上。

「芷昀因爲無法參加比賽，現在的心情很沮喪。」

「妳不用擔心，她過一陣子就會恢復精神了。」高浚韋笑道，瞧她神情凝重，還以爲發生什麼嚴重的事了。

「是嗎……你還眞了解她。」

「我就是有這種直覺。」

「那你有直覺到，芷昀很喜歡你嗎？」林心緹揪緊裙襬。

高浚韋笑容逐漸淡去，只是瞅著林心緹，沒有作聲。

「芷昀花了那麼多的心力在樂團上，有一半的原因是爲了讓你上台唱歌。」

「所以呢？」

「我希望你能喜歡芷昀，回應她的心意。」林心緹堅決地強調。

高浚韋深深望著林心緹一會兒，突然意味深長地說：「心緹，妳太自私了，只顧著自己的感受，完全沒想到他人，難怪翊廷學長對芷昀比較有好感。」

上課鐘聲響起，兩滴淚水從林心緹頰上滑落，她一臉打擊地看著高浚韋走進教室。

以往放學的時候，三個人會在校門口互相道別，但是這一天下課，高浚韋和林心緹卻完全沒有說話，方芷昀因爲身陷低氣壓中，絲毫沒察覺到兩人的不對勁。

♪

翌日早上第二節下課，方芷昀從抽屜裡拿出幾張資料，邊看邊竊笑。

「方芷昀，外找！」

輕愣了下，她轉頭看著窗外，只見紀沐恆、范翊廷和江少肆三大學長，竟然一起出現在教室外，這……會不會太招搖？

剛好她也有重要事情想找他們商量，連忙走出教室，這會兒果眞連隔壁班的女同學都跑了出來，對著三位學長興奮地交頭接耳。

「學長，我昨晚想過了。」方芷昀遞上手中的資料，衝著三人燦爛一笑，「既然不能參加本縣的校際熱音大賽，不如我們直接跨縣市，參加由南區舉辦的『南風盃』全國高校熱音大賽。」

三位學長無言地望著她。

「學妹，妳發燒了嗎？還是被傅明哲氣傻了？」紀沐恆伸手摸摸她的額頭。

「我沒有發燒，也沒有犯傻，」方芷昀輕輕揮開他的手，「我早上問過學務主任，這個比賽目前沒人報名。」

江少肆雙手抱胸，饒富興味地睨著她，「沒人報名是有原因的，南風盃今年邁入第十三屆，是台灣很盛大的高校熱音比賽，水準比本縣的校際熱音大賽高上許多，想參加不僅要有實力，還要有膽識。」

范翊廷接著補充：「我聽上一屆的熱音社社長提過，梅藝高中的熱音社以前曾參加過幾次，可惜都沒有得獎，後來大家都轉攻縣裡的校際熱音大賽，之後就沒有樂團再去參加過了。」

「所以……我們不行嗎？」方芷昀的眼神黯下。

紀沐恆偏頭想了想，「也不是不行，但是參賽的樂團程度都十分優異，演奏歌曲時，絕不能像練團一樣只是呆呆地站在台上。」

「演奏的方式可以設計吧？例如出場的時候，用各種樂器的solo來突顯樂手技巧，我們樂團可以走視覺系風格，看起來一定很帥！」方芷昀雙眼放光，想像學長們穿著黑色緊身衣褲，那頎長的身材抱著吉他和貝斯帥氣地在台上彈奏，那幅畫面光是用想的就要流鼻血了啊！

「范翊廷，你看團長笑得那麼花痴，哪裡需要人安慰？」江少肆指著她的臉笑罵。

「她昨天很沮喪。」范翊廷嘴角抽搐了一下。

「搞Band的，個性多少都帶點瘋狂。」紀沐恆揶揄。

三人無視她的存在，你一言我一語往二年級教室走去。

「喂，你們回來啊！」方芷昀快步衝上前，左手揪住范翊廷，右手拉住江少肆，再伸出右腿擋住紀沐恆，「你們要不要參加？」

他們回頭朝她一笑，「團長說了算，當然要參加！」

「謝謝學長，學長萬歲！」方芷昀拉著三人，興奮地又叫又跳。

不遠處，高淩韋站在教室門邊，面帶微笑地看著四人打鬧；林心緹的視線不離范翊廷，看他望著方芷昀，唇角浮起一絲溫柔笑意，臉上不禁露出難過的表情，轉身走進教室裡。

兩日後，方芷昀將南風盃的報名表寄出，傅明哲知道消息後，拋給她一記「一路好走」的譏笑眼神，認爲他們不自量力。

隨著期末考結束，暑假也來臨了。

八月中旬，六個人背著樂器搭上南下的火車，遠征南風盃全國高校熱音大賽。

在方芷昀死纏爛打的攻勢之下，除了紀沐恆以外，五個人都統一了服裝風格。

高淩韋頂著亞麻色的斜龐克髮型，身著無袖的黑衣黑褲，模樣相當帥氣；范翊廷穿著黑襯衫，胸前垂著領帶，顯得沉靜利落；江少肆頂著紅色刺蝟頭，身穿黑色的搖滾風骷髏T恤，狂野有型；而方芷昀和林心緹穿著黑色龐克風長版T恤，和高瘦的學長們相比，反倒顯得嬌小可愛。

紀沐恆同樣帶了相機，一路上不停幫大家拍照，記下Wing of Wind的每個重要時刻。

經過幾個小時的車程，終於到達承辦比賽的高中，六人走進禮堂，放眼望去，舞台上掛著熱音賽字樣的大型布幕，台下聚集著來自全台二十五所高中的參賽樂團，每一團的服裝風格看得出來都經過精心打扮。

五個人完成報到手續及抽籤後，聽從工作人員的安排上台排練，到了下午一點，由開幕典禮揭開序幕，比賽也正式開始。

禮堂台下擠滿黑壓壓的觀眾，五個評審老師坐在一張長桌後頭，根據主持人的介紹，評審們都是著名的教學老師，有的老師還曾經幫著名歌手伴奏過。

登台的樂團都具有一定的實力，其中也不乏各縣市的名校；台上主唱熱力四射的演唱牽引著觀眾情緒，舞台燈光隨著音樂節奏閃爍旋轉，無論是聲光效果或是樂團水準，規模堪稱比擬一場小型演唱會。

「我們是第十七號，順序剛好位於中間。」看到這樣的陣仗，方芷昀心頭一陣壓力襲來，忽然閃光燈一閃，她轉頭往旁邊望去，發現紀沐恆正拿著相機對準她。

「學妹，妳的臉看起來像便祕。」紀沐恆憋著笑意。

「紀沐恆，你好煩！我現在很緊張，你不要鬧！」方芷昀生氣地搥他一拳。

紀沐恆輕笑，伸手攬住她的肩膀，低頭在她耳邊說：「不要緊張，妳就把台下觀眾的臉，全部想像成我就好。」

不是把觀眾想像成馬鈴薯，而是想像成紀沐恆？方芷昀頓了頓，緊張的情緒瞬間被微微的惱怒感所取代，內心湧起一股想把觀眾一個個踩扁的衝動。

「能在高中畢業前，躍上一次全國大賽的舞台，我的高中生活就沒有任何遺憾了。」江少肆被現場氣氛感染，雙眼直直盯著台上，銳利的眼神充滿鬥志。

「沒錯，不管能不能得獎，我們都要站上全國大賽的舞台一次。」高浚韋的眼光同樣熾熱，不過仍是能從他微顫的語調聽得出來有些緊張。

「高浚韋，你身為主唱要盡責點，儘量耍白痴、炒熱氣氛就對了！」江少肆不忘叮嚀道。

「江少肆，你才白痴咧！麻煩你比賽結束後，馬上滾回藍眼天使！」高浚韋不平地嚷嚷。

「我還不想走呢，不爽你咬我啊！」

「你以為我不敢咬嗎？」

高浚韋和江少肆你一言我一句地鬥了起來，方芷昀苦著臉擠進兩人中間，急忙伸手一邊一個推開他們的胸膛，用力將他們分開。

「兩個腦殘。」范翊廷冷冷地吐槽，雙手在身側緩緩握拳，彷彿想要抓緊些什麼。

這時林心緹卻顯得特別沉默，垂頭盯著地面不發一語。

「心緹，妳還好吧？」方芷昀察覺她的不對勁，連忙握住她緊抓鼓棒的手，她的指尖非常冰冷。

林心緹別開臉，輕輕推開方芷昀的手，沒有多說什麼。

方芷昀了解林心緹容易緊張，拍拍她的肩，柔聲鼓勵，「妳別緊張，想想我們練團的時候，翊廷學長回頭瞪妳的次數是不是減少了？」

「咦？」林心緹不解地轉頭看她。

「這就表示妳現在打得很好！」方芷昀望向范翊廷，朝他眨了眨眼，暗示他給林心緹一點鼓勵，「學長，我說的對不對？」

范翊廷瞥了林心緹一眼，實話實說：「妳現在的節奏很穩，打得非常好。」

聽到范翊廷的稱讚，林心緹一臉受寵若驚，一副快要哭出來的模樣，激動地握住方芷昀的手，「芷昀，我會全力以赴的！」

方芷昀張開雙臂輕擁她，「妳不要想太多，等一下上台，直接開啓女暴君模式就好。」

「好！」林心緹點點頭，提振起精神，全力備戰。

隨著賽程推進，終於輪到Wing of Wind上場，五個人準備就緒，此時舞台燈光轉暗，方芷昀彈出帶點神祕氛圍的旋律，做爲即興的開場。

高浚韋清澈的嗓音帶著幾許笑意，透過麥克風傳出：「大家好！我們是梅藝熱音，Wing of Wind樂團！」

一束燈光從舞台的正中央投映而下，高浚韋淺淺一笑，身前背著電吉他，單手握著麥克風架，主唱架勢十足。

「在我後面的是鼓手，林心緹！」

燈光轉移到鼓手區，林心緹高舉雙手，鼓棒在指尖旋轉幾圈，再用力擊打在鼓面上，秀了一段華麗的solo，挑起現場觀眾熱情的回應。

「吉他手，江少肆！」

江少肆脣角斜勾起一抹笑，紅髮在燈光映照下特別耀眼，他輕鬆地跟著林心緹的鼓音又轉又跳，展露一手吉他點弦的技巧。

「貝斯手，范翊廷！」

舞台燈接著掃向范翊廷，他抬起下巴酷酷地掃視台下，身體隨著鼓音輕輕擺動，右手在琴弦上快速撥動，奏出令人驚嘆的貝斯速彈。

「我們的團長，鍵盤手，方芷昀！」

方芷昀抬起左手橫越右手臂，在雙層鍵盤上快速彈奏，來回滑動。

站在台下錄影的紀沐恆，看到她交叉雙手，彈出極快速的鍵盤solo時，整個人愣怔一下，原本恬靜的面容閃過一絲激動。

「最後是我，最帥氣的主唱，高浚韋！」

各項樂器層層加入，待高浚韋自我介紹完畢，五人同時奏出節奏強烈的開場樂，台上霓虹燈光剎那間全部亮起，將觀眾的情緒推向高點。

開場的即興演奏結束，樂聲戛然而止，只剩下江少肆的吉他破音，像一縷細線在空氣中飄蕩，撓起觀眾心中對主唱的期待。

電吉他的弦音緊緊扣住觀眾的心弦，江少肆緊接著刷出主歌的伴奏；高浚韋從容地對著麥克風，以高亢的嗓音唱出快節奏的歌詞。

You take me back
And show me you're the only one
Reveal the way you got me,
I've got to run……

第一段主歌結束，高浚韋拿著pick刷下吉他節奏，林心緹的鼓、范翊廷的貝斯、方芷昀的鍵盤緊接著一起合奏。

高浚韋唱到激昂的副歌旋律時，范翊廷和江少肆加進和聲，帶動觀眾進入另一波高潮，紛紛舉起雙手，跟著節奏一起在頭頂打著拍子。

I can't believe in you
I'd see you another day another way
Nobody's standing near

There are something you can't see or feel, baby……

（〈Re:make〉詞曲：Taka）

林心緹打得渾然忘我，隨興甩動一頭長髮；范翊廷也拋開平時的嚴謹，跨開兩腳，身體隨音樂大幅度律動；方芷昀在鍵盤前上下跳躍，跟著大聲唱和。

間奏時，江少肆抱著吉他跑到舞台中央，和高浚韋背靠著背，秀了一段吉他solo，引得台下觀眾尖叫連連。

舞台燈光繽紛閃爍，強而有力的樂音撼動了整個禮堂，五個人在台上熱力四射地盡情彈著跳著，彷彿能看見音符在空氣中碰撞，化爲點點星光灑落……

那是他們高中最璀璨的一個夏天。

Wing of Wind在全國高校熱音大賽上，打敗了二十四所學校，奪下團體獎的冠軍，以及最佳主唱和最佳吉他手獎。

比賽結束，一切絢爛歸於平靜，六人走出禮堂時仍然有些恍然，宛如作了一場夢，任何言語也無法形容他們此刻激動的心情。

林心緹突然往地上一蹲，哭出聲來，「幸好……我沒有扯大家的後腿。」

范翊廷在她的面前蹲下，給予她肯定，「這半年來，妳眞的很努力。」

聽到心儀的學長這麼一說，林心緹哭得更凶了。

看到這一幕，方芷昀下意識望向高浚韋，卻只見江少肆一個轉身撲抱住他，一張臉往高浚韋的肩膀狂蹭，故意發出悶悶的假哭聲；高浚韋不斷掙扎，直嚷好噁心，兩個人拉拉扯扯，惹得大家忍不住哈哈大笑。

「學妹，我的衣服是棉質的。」紀沐恆走到方芷昀身側，伸手拉了拉自己的上衣。

「棉質的又怎樣？」她仰頭看他，視線卻已經一片模糊。

「棉質的很吸水。」他輕笑，伸手抹去方芷昀眼角的淚水。

「我才不要用你的衣服擦！」她輕輕揮開紀沐恆的手，自己揉去眼裡的淚水，沒想到卻一發不可收拾，越揉越氾濫。

「團長。」其他人這時也停下動作，定定地看著方芷昀。

方芷昀望向眾人。

「謝謝妳的堅持。」大家齊聲喊道。

她紅著眼圈對上四張臉孔，林心緹提著踏板和鼓棒袋站起來，帶著淚痕的臉顯得楚楚動人；范翊廷背著貝斯，雙手插在褲袋裡，脣角勾著極淺的笑意；江少肆整個人靠在高浚韋的肩膀上，兩人一左一右背著電吉他，笑容一樣燦爛。

澄橘色的夕霞從天灑下，在每個人的臉上鍍上一層金黃，那幅畫面，從此深深刻印在方芷昀的心房，成爲她最珍貴的回憶。

♪

暑假結束，開學日當天，學校的公布欄上貼了兩張紅單；一張是恭賀Wing of Wind奪下全國高校熱音大賽的冠軍，另一張是恭賀魔幻無邊拿到本縣的校際熱音大賽冠軍。

傅明哲依然走路有風，自信心完全沒有受到打擊，逢人就批評：「可惜全國大賽那天我們的團員有事沒辦法參加，不得已才把參賽權讓給Wing of Wind，否則我們一定也能奪下冠軍。」

方芷昀聽了只是一笑置之，其實換個角度想，這也算是一種不屈不撓的另類搖滾精神吧！

升上高二之後，林心緹通過考試遞補進了語文資優班，方芷昀則選擇社會組，被編在第五班，高浚韋選了自然組編在第十班，本來同班的三個人都被打散了。

至於社團方面，傅明哲在暑假前就拍拍屁股走人，將熱音社交接給一名男同學，沒想到後來在開學當天，那男同學又把社長的位置推給高浚韋。

「真懷念，轉眼就過了一年。」傍晚放學，方芷昀背著書包趴在走廊欄杆上，目送一群高一學弟妹走過綠意盎然的中庭。

想起去年剛入學的自己，憑著一股單純傻勁，和高浚韋約定好要組一支樂團；時隔一年的至今，這個願望也實現了，套句少肆學長所說的話，能在高中畢業前躍上一次全國大賽的舞台，高中生活就沒有任何遺憾了。

「芷昀，走了！」

方芷昀收回目光，遠遠看見高浚韋背著吉他，站在十班的教室門口朝她揮手，她小跑步過去和他會合，兩人並肩走向樓梯口，往熱音社走去。

「分班後好麻煩，都不能隨時找妳講話或討論熱音社的事情。」高浚韋皺著眉頭，露出苦惱的神情。

「怎麼了？」其實她也覺得分班後不能常看到他，很不習慣。

「明哲社長把熱音社搞爛了，很多事都要從頭做起，留下來的社員像一盤散沙，沒人會主動幫忙做事，搞得我的頭快要爆炸了！」高浚韋伸手扯著頭髮，臉上盡是懊惱。

「剛開學事情總是比較多，一件一件慢慢來，我和心緹會幫忙你的。」

「心緹已經提出退社申請，本來想找她當鼓教學，現在要另找他人了。」

「那也沒辦法，資優班都很專制，不准學生參加玩樂性質的社團，只能像翊廷學長一樣私下跟團。」

提到范翊廷，高浚韋沉默了一下才接著開口：「心緹和翊廷學長的關係，好像往前邁進了一些，聽她提到學長會主動和她說再見了。」

「大概是比賽之後，學長深受感動，對心緹的印象也跟著有些改觀了吧。」方芷昀若有所思地回應。

回想起當天比賽結束時，她心頭曾經湧上一股衝動想對高浚韋告白，終結自己的單戀，可惜後來和大家哭著鬧著，勇氣褪去後就不敢付諸行動了。

「或許吧……」他低應了聲，不想再討論似的轉開話題，「對了，妳有看到南風盃的網路新聞嗎？」

「有。」她抿脣一笑。

「記者把我拍得好猙獰，嘴巴張得那麼大，好像在呑麥克風。」

「哪個歌手飆高音的時候，表情不是猙獰的？」

「哈哈，也是。」

來到熱音社的社辦，高浚韋掏出鑰匙開門，兩人走進教室，拿著傅明哲交接下來的清單，開始清點和整理器材設備。

方芷昀拉開放在角落的一個紙箱，突地瞥見地上停著某種褐色生物，嚇得一手摀住眼睛，另一手抓起電吉他的導線，朝著地上用力揮打，「啊——噁心死了！臭蟑螂，走開！」

「可憐的蟑螂，都已經被壓成蟑螂乾了，現在還要被妳鞭屍。」高浚韋揶揄，雙手扠腰走到她旁邊，瞧她明明很怕蟑螂，卻不知道哪來的勇氣還敢打蟑螂。

方芷昀一聽高浚韋這麼說，從指縫間朝地上望了眼，看到蟑螂乾扁扁的屍體時，連忙拋下導線，跳起來縮到他旁邊，「乾、乾扁掉的也很噁心。」

「打蟑螂這種事，以後交給我處理就好。」

「那個導線要洗一洗，不然……我以後會不敢拿。」

「好。」高淩韋微微一笑，難得見她示弱，隨後拿了一支掃把過來，將蟑螂乾掃進垃圾桶，「說到這裡，我就會想到國小的時候，我做了很多調皮搗蛋的事，讓老師頭疼透頂，同學都不想理我。」

「像是什麼？」

「掀女生裙子、和男生打架、抓毛毛蟲放進同學的鉛筆盒裡、撿蟑螂乾夾在女同學的課本……」

「你如果和我同班，絕對會被我打死！」方芷昀傻眼，無法想像他小時候竟這麼頑皮，「不過，你爲什麼要做那些事？」

「我爸媽那時開始常常吵架，我每天都很害怕他們會離婚，脾氣連帶受到影響，也變得暴躁起來，很容易被同學的話激怒。」高淩韋打開琴盒，拿出電吉他坐在桌子上，低頭輕輕撥弦，「後來，有個老師跟我說：『如果你害怕寂寞，想要引起同學的注意，想要他們喜歡你、跟你一起玩耍，那就來學吉他吧！』」

「原來這就是你學吉他的初衷。」方芷昀走到課桌的另一邊，和他背對背而坐，「後來呢？學了吉他之後，你的人緣有變好嗎？」

「人緣有沒有變好是其次，最重要的是，我找到了自己最喜歡的興趣。」高淩韋輕聲笑道。

「找到自己喜歡的興趣，就好像找到人生最重要的寶藏一樣。」方芷昀認同一笑。

「後來我爸媽越吵越凶，在國一升國二的暑假，我媽有天突然帶我去逛街，買了很帥的衣服給我，吃了很貴的餐廳，吃完飯她還突然問我想不想學電吉他？我說很想很想，她就帶我到一間樂器行，指著掛在牆上的電吉他，問我喜歡哪一把。」

方芷昀沉默不語，靜靜地聆聽。

高浚韋停止刷弦，改成彈奏單音的旋律，接著說：「我原本挑了一把五千元的電吉他，我媽說不要挑太差的，結果我就看中一把十萬元的Gibson電吉他，但是又覺得太貴，最後才挑了這把五萬多元的電吉他。」

聽著沒有插電的電吉他鋼弦小聲震動，方芷昀忍不住伸出左手，在大腿上無聲地伴奏，解讀高浚韋藏在吉他樂音當中的悲傷情緒。高浚韋的背輕觸她的背，她挺起上身讓他靠著，兩人背靠背而坐。

高浚韋的聲音壓抑著一絲落寞，「天黑的時候，我媽開車載我回家，她臉上的表情看起來很悲傷，我笑笑地跟她說：『我會自己照顧自己，也會照顧爸爸。』後來，我就抱著這把電吉他，看著她開車離去。」

方芷昀聽得心酸，孩子被媽媽狠心丟下，那種創傷應該會一輩子烙印在心裡吧？

「後來我爸媽開始打離婚官司……直到南風盃全國熱音大賽那天，我和小四學長上台領最佳主唱和最佳吉他手獎，下台後接到我媽的電話，她說法院的判決下來了。」

「這麼重要的事，你怎麼都沒有跟我說？」方芷昀回想比賽結束後，少肆學長發神經似的一直鬧高浚韋，應該是以輕鬆詼諧的方式在安慰他。

「我媽責怪我不幫她，可是……明明是她先背叛我爸的……」高浚韋頓了一下，嗓音流露一絲冷意，「原來她買吉他給我只是因爲自己內疚，早知道當時就該買下那把十萬元的電吉他，這樣感覺比較划算。」

「不。」方芷昀聽了心頭一沉，感覺高浚韋的背緊緊靠著她，讓她無法轉身，似乎不想讓她看到自己脆弱的一面。

「爲什麼？」

「如果你拿著那樣的電吉他，我想彈奏出來的音樂，一定沒有心的溫度。」

高浚韋低頭苦笑了一聲。

方芷昀一陣不捨，再也忍不住心中洶湧的情感，衝動地告白：「浚韋……我喜歡你，你不會是孤單一個人的。」

「我知道。」

方芷昀的心跳加快，他知道……她的心意？

「遇見了妳，一直都有美好的事情發生。」他揚起脣角，仰頭凝望遠方，「我知道妳喜歡我，但卻一直不敢回應妳。自從看到我爸媽的婚姻失敗，我再也沒辦法把愛情想得那麼單純簡單，雖然希望妳一直留在我身邊，卻擔心如果我們現在的關係改變了，未來要是有什麼變化，我就會永遠失去妳了。」

「但是對我來說，錯過你只會讓我更加遺憾……」方芷昀雙頰緋紅，雙手緊緊揪著裙擺，坦白說出心裡的想法，「我不知道未來的我們會不會有結果，但我還是想努力追求一次。」

高浚韋沉默了半晌，終於下定決心，輕聲問：「芷昀，妳願意和我交往嗎？」

「我願意。」她的眼眶一熱，心頭不禁泛起一抹淡淡憂傷。

方芷昀知道和自己比起來，他比較喜歡林心緹。

是因爲父母離婚的事落定，高浚韋脆弱的心需要她的支撐，才選擇和她交往的嗎？

還是因爲看林心緹和范翊廷有了進展，他才和她在一起？

諸多疑惑一個個湧上心頭，但是當機會來臨的時候，自己難道眞的捨得不去好好把握嗎？

儘管方芷昀內心仍有疑惑，但是在答應高浚韋的這一刻，那些事就統統成爲過去式了，方芷昀決定要努力開創屬於自己的進行式。

♪

幾天後，紀沐恆在午休時間突然來訪，方芷昀走出教室，心裡同時有了預感紀沐恆想要問她什麼。

「浚韋說妳和他在交往了？」他淡淡開口。

「嗯。」她點頭承認。

「這樣很好啊，可以跟自己喜歡的人在一起。」紀沐恆神色無異，臉上掛著一貫的淺笑，看來沒有任何難過或失落的情緒。

「對不起……」方芷昀的心微微揪疼，心想學長此刻是不是很難過？

「妳這樣跟我道歉，反而很傷人喔。」他微微皺眉，情場戰敗者最怕聽到的，就是「對不起」這三個字。

「我沒有要傷害你的意思。」方芷昀連忙搖手。

紀沐恆輕輕頷首，回歸正題，「其實今天來找妳，是有事要跟妳說，為了準備明年的學測，我暫時不跟你們練團了。」

方芷昀表情難掩失落，不捨地笑了笑，「我明白了，因爲翊廷學長也是一樣，我也希望學長們能專注於課業上，考取心目中的理想學校。」

「不過妳如果有音樂上的問題，還是可以到九號琴房找我討論。」

「好，謝謝學長。」

對紀沐恆、范翊廷和江少肆而言，高二已經玩得非常瘋狂盡興，升上高三的他們必須全心應付即將來臨的學測。歡樂的樂團時光，終究只是高中生活裡的一小段美麗插曲。

另一方面，高浚韋接任熱音社的社長一職，同時兼任吉他教學，他開朗的個性很快就和社員打成一片；除了認眞指導新社員，每個月都會定時驗團外，還積極地和友校的熱音社聯繫，推派樂團和友校交流演出。

方芷昀接下副社長和鍵盤教學的工作，雖然和高浚韋不同班，不過每日放學後都會留下來協助他處理熱音社的事務。

林心緹轉進語文資優班後，由於同學之間競爭激烈，時常處於緊繃的狀態，每隔一段時間就會跑來熱音社，抱著方芷昀大哭宣洩一場。

林心緹和范翊廷的感情進展在全國熱音大賽後互動變得較爲良好，林心緹近來更趁勢展開「課業詢問」攻勢，范翊廷雖然沒有拒絕，不過兩人暫且也僅限於此而已。

大家各自忙碌生活，想把團員聚集起來似乎變得越來越困難，Wing of Wind就這樣處於活動暫時停擺的狀態中，如果想練團，就得另外找人進來遞補空缺。但是方芷昀並不想這麼做，她想爲學長們保留專屬於他們位置。

高浚韋後來又組了一支樂團，加進新的鼓手、貝斯手和吉他手，雖然滿足了練團欲望，但是不管怎麼彈奏，就是少了Wing of Wind當初那種默契十足和革命般的同伴情誼。

對方芷昀而言，十七歲的愛情是簡單純眞的，不是因爲高浚韋有什麼顯赫家世，也不是他可以給她什麼、爲她做些什麼，純粹只是因爲單純地喜歡著他。

其實她的願望好小好小，只要每天能和高浚韋見個面，聊上幾句話，就覺得很滿足了。

因爲身處不同的班級，班務活動也不一樣，方芷昀特別喜歡每天傍晚一走出教室，就看到高浚韋站在走廊上等她放學，朝她露出燦爛無比的笑容。

有時他會留下來和同學打球，她就坐在操場邊的台階上，抱著他的書包等他打完球再一起回家。若是要留在熱音社裡指導社員，方芷昀就陪他待在社辦，幫他處理一些文書雜事。

練團時，方芷昀爲他伴奏，園遊會或成發，她也陪著高浚韋拖著音箱和麥克風在校園裡四處奔波；最瘋狂時，甚至還陪著他站在街頭高歌。

日後回憶起來，那段日子彷彿是由一首又一首動聽的情歌譜成的，尤其是經由高浚韋彈唱出來的歌，每一句都甜甜地唱進了她的心坎裡。

♪

聖誕節過後，緊接著迎來了跨年。

元旦那天，方芷昀接到紀沐恆的電話，邀她聆聽青少年管弦樂團的公演，她本來要找高浚韋一起去，但是他剛好回父親家過節，於是她只好獨自前往聆聽。

這場音樂會主打親子共賞，除了演奏古典樂外，還穿插了一些耳熟能詳的電影和動畫歌曲。

身爲樂團的首席，紀沐恆一身白襯衫搭黑色燕尾服，風采翩翩，成爲全場矚目的焦點。

紀沐恆幫她留了個絕佳的中間位子，讓方芷昀一抬眼就能看到他演奏。

他眼神柔和，全然沉浸在樂音之中，有時不經意和她目光一觸，脣角便勾起淺淺笑意。

公演結束後，方芷昀站在演藝廳外面，望著牆上其他音樂會的海報。

「學妹，我演奏得怎樣？」紀沐恆從團員休息室走出來，見到她顯得非常開心。

「每一首都非常好聽，學長的琴藝越來越精湛了。」她微笑。

「看到妳坐在台下，演奏起來的感覺就是不同。」

「學長的家人有來嗎？」

「沒有，他們工作忙，現在很少來聽我的演奏會了。」

「我替你爸媽幫你鼓掌，學長演奏得眞的很棒！」方芷昀輕輕拍手。

紀沐恆眼底閃著星辰般的微光，望了她一眼，忽然伸手朝她的額頭拍下去，「妳當我是三歲小孩啊！」

方芷昀雙手摀著額頭，扁嘴嘟囔：「少裝了，你明明就很想要家人來聽你演奏。」

「我沒有。」

「你有！」

「沒有就是沒有！」

「沒有還是有個有！」

紀沐恆昂起下巴，撇頭不理她。

「學長……」方芷昀忍著笑意，「要吃冰淇淋嗎？」

「妳請客。」他秒回。

走出演藝廳時，外面天空飄著毛毛細雨，紀沐恆撐起雨傘，帶著方芷昀走到不遠前的超商，她買了兩支冰淇淋，一支遞給他，兩人坐在超商裡一邊吃冰，一邊望著玻璃窗外的雨景。

「學長好奇怪，冰淇淋本來就是拿來吃的，有什麼好捨不得的？」方芷昀瞧他直直盯著冰淇淋，一副捨不得吃的模樣，心裡突然湧起想偷咬他冰淇淋的一股衝動。

「因爲是妳買的。」

方芷昀沉默了幾秒，拿著自己的冰淇淋，在他的冰淇淋杯緣上輕碰，「乾杯，我數三聲，我們一起大口咬下去。」

紀沐恆倏地轉頭望著她，眸中現過一絲異色。

「一、二、三！」

兩人張大嘴巴，一起咬下冰淇淋的尖端。

「冬天吃冰好自虐喔。」她微微皺眉，寒意自舌尖傳至全身。

「怎麼會呢？冬天吃冰超過癮的。」紀沐恆舔了舔嘴脣，頓了一下，想起什麼似的說：「聽說妳和浚韋把熱音社經營得很好。」

「浚韋很厲害，開學不久就和社員打成一片，學弟妹們都很崇拜他。」

「那是他的優點，天生就有吸引群眾的魅力。」

「學長也不差啊，魅力值應該比他高。」

「若是這樣，那爲什麼拐不到妳？」

方芷昀心一跳，沉默片刻，緩緩低下頭，「學長會不會覺得……我拉你加入樂團，是在利用你對我的……感情？」

紀沐恆搖頭笑了笑，「妳怎麼會這樣想？我喜歡和妳一起討論音樂，這種心情妳不能理解嗎？」

方芷昀輕愣了下，回想這些日子的點點滴滴，只要能和喜歡的人在一起，不管做什麼事都很快樂；雖然偶而也有心情酸苦的時候，但一切都是自己心甘情願，若換作是高浚韋對她說抱歉，她一定也會覺得很受傷。

「謝謝學長幫了我這麼多忙。」她衷心道謝。

「其實你們全是我的玩物，無聊時打發時間用的。」紀沐恆輕哼一聲。

「你少來了，音樂是你的第二生命，你不會拿音樂開玩笑。」

「妳記得那麼清楚？」

「我就是忘不了。」

紀沐恆轉頭瞅著她，嘴裡還咬著餅乾杯，神色有些說不上來的古怪。

「你看什麼？」方芷昀舔了一口冰淇淋，滿面疑惑。

「沒什麼。」他移開視線，撇頭覷著玻璃窗外，語氣裡透著淡淡感慨，「聽到妳這樣說……我不知道要高興還是難過……」

方芷昀看著他輪廓俊美的側臉，眼神帶著點微微的落寞，對於自己無法回應他的心意，感到非常歉疚，突然想起高浚韋曾經說過的一句話：

「遇見了妳，一直都有美好的事情發生。」

對她而言，這些美好的事，幕後都有一個推手，那就是紀沐恆。

♪

過了一個寒假，學測的結果出來了。

范翊廷不負眾望考了滿級分，順利進入第一志願的國立大學；紀沐恆術科拿了非常高的分數，申請進了藝術大學的音樂系；江少肆的成績普通，不想再戰指考的他，選擇了私立大學就讀。

距離畢業典禮還有兩個月，Wing of Wind的成員終於合體，六個人齊聚在高奶奶家，大家笑笑鬧鬧、彼此吐槽，談論未來的夢想，一起研究畢業典禮要演奏什麼歌曲，對音樂的熱情和執著始終不減。

六月陽光普照的某天，是梅藝高中高三生最重要的日子。

待一連串的畢業生獎項頒發完畢後，方芷昀領著紀沐恆、范翊廷、江少肆、高浚韋和林心緹走上舞台，這陣容頓時讓台下響起一片尖叫。

方芷昀相信過了今天，這支樂團在梅藝高中裡，會成爲一個永遠流傳的傳奇。

「各位學長學姊，請你們轉頭看看四周。」高浚韋語帶感性，背著吉他站在麥克風前面，「有沒有那麼一個男孩或女孩，現在就坐在這個禮堂之中，高中三年以來，你很喜歡她，但是她卻不喜歡你。」

台下響起一陣笑聲，有人舉手大喊：「有！」

「你很喜歡她，但卻不敢表白，或是你喜歡的她，已經屬於別人；又或者你不喜歡她，但是她卻不停苦苦相逼。」

群眾又是一陣鼓譟，笑鬧聲不斷。

高浚韋挑眉，伸手指向台下眾人，大聲高喊：「不管怎樣，趁著畢業典禮，跟著我們用Acid Black Cherry的〈イエス〉，把你對她的愛大聲唱出來，不要留下任何遺憾！」

方芷昀的琴音隨即帶出前奏，紀沐恆的小提琴接著應合，前奏結束，所有的樂器一起奏下，激昂的旋律瞬間將現場氣氛炒到最高點。

高浚韋唱得情緒激動，帶動觀眾一起喊：「愛してる，愛してるよ！」

震耳的告白歌聲響徹禮堂，後來聽說有學長姊被氣氛所感染，典禮結束後眞的跑去向心儀對象告白。

這是Wing of Wind樂團在梅藝高中的最後一次表演，從此之後，紀沐恆等學長就要各自飛往不同學校，以後要相聚，肯定是難上加難了。

畢業典禮結束，六個人聚在禮堂前的樹下，最後約定：單飛，不解散。

林心緹抱著一束花和禮物，走到范翊廷面前，鼓起勇氣再次告白：「翊廷學長……我眞的很喜歡你，如果……我考上你的學校，學長能不能給我一次機會？」

「好，我等妳。」范翊廷接過她的花束和禮物，眼神有些軟化，似乎有些被她的執著和深情打動。

林心緹瞪大雙眼，一臉不敢置信，高興得又哭又笑。

方芷昀爲她感到開心，興奮轉頭想跟高浚韋說話，卻發現他表情黯然地定定凝視著林心緹。

見狀，方芷昀逃避般移開視線，裝做什麼都沒看見，心口彷彿被狠搥了一拳。

此時，江少肆突然走向高浚韋，「浚韋，你明年高中畢業，有打算考哪裡的大學嗎？」

高浚韋想了一下，回答：「奶奶的年紀大了，身體不太好，我打算高中畢業後，帶她搬到爸爸家就近照顧，應該會考我家附近的大學。」

方芷昀怔住，因爲他並沒有跟她談論過這件事。

江少肆問了地址，發現高浚韋家離他的大學不遠，喜悅之情全寫在臉上，「我和范翊廷還有幾個外校同學約定好，上大學後要一起組團，想走創作路線，我很喜歡你的聲音，想邀你當我們的主唱。」

「學長要邀我？」高浚韋一訝。

「嗯，那幾個同學的實力很好，都曾在校際熱音大賽上拿過個人獎……」

聽到兩人開始談論組團的事，方芷昀轉身走到紀沐恆面前，遞上一個小禮物，笑道：「沐恆學長，恭喜你畢業。」

「謝謝學妹。」他微笑接下禮物。

「學長考上藝術大學，成了我媽的學弟，那裡曾經是我的夢想。」她語帶羨慕，從口袋拿出手機，「我想跟你拍張照留作紀念。」

紀沐恆深深望進她的眼底，脣角的笑容淡去，「我不跟妳拍照。」

「咦？什麼意思？」她愣住，一時反應不過來。

「我只幫忙拍照，很少和你們合照，尤其是妳，一次都沒拍過。」

是這樣嗎？

方芷昀傻眼，印象中紀沐恆總是拿著相機，搶著幫大家拍照，回家後就會把照片傳給大家，難道那些照片裡都沒有他嗎？

難道紀沐恆不喜歡拍照嗎？

不對！他是校園形象大使，不管是比賽、表演、接待貴賓、代替學校到各國中招生，每一項活動都會拍照，甚至連隨便走在校園裡，也常常被其他學生攔住找他一起合照。

「你故意不跟我們合照？」方芷昀埋怨地抬眼瞪他。

「嗯。」他點頭承認。

「什麼原因？」

「我無法告訴妳。」

「爲什麼？」

「因爲妳不是我的女朋友。」

「只有女朋友才能問嗎？」

「沒錯。」

「紀沐恆，我要知道原因。」方芷昀冷冷要求。

「學妹，妳不能太貪心。」他安撫般伸手摸摸她的頭。

「你是不是後悔認識了我，後悔自己在音樂趴上拉著我一起跑？」她生氣地揮開他的手。

「我不後悔認識妳，只是覺得畢業後，一切就該結束了。」

「哼，結束就結束，你以爲我會哭著纏你？」方芷昀氣極，狠瞪他一眼，雙手抱胸，不屑地冷哼，「學長慢走，不送！」

一陣六月夏風輕輕吹來，拂亂了髮絲，紀沐恆只是淡然一笑，恬靜眼眸直望著方芷昀，久久沒有移開視線，彷彿要將她的身影烙印在腦海中。

片刻之後，他轉身走向音樂班同學。

看到學長轉身離開，一句再見都不說，方芷昀用力咬住下唇，壓住想哭的衝動，一股強烈的不捨自她心裡蔓延開來，挾著一種說不清的複雜情緒，使她很想衝上前拉回他，但是強烈的自尊心卻不允許自己這麼做。

回到家後，方芷昀馬上打開電腦，點開相簿裡的照片一張張檢查，照片裡有大家的獨照和合照，果眞就是沒有紀沐恆的留影。

印象中六個人玩瘋時，也曾經拿著相機互拍，紀沐恆當然也有入鏡，但她直到現在才發現，因爲相機是他的，每次傳照片檔給她的時候，他應該是先把自己的照片全部篩掉了。

雖然要弄到他的照片並不難，但是那些照片全都和Wing of Wind樂團無關。

講白一點，紀沐恆根本不想和她合照，才會不想在Wing of Wind照片中留下足跡。

爲什麼？

方芷昀左思右想，實在想不透，只好賭氣地心想，那就如他所願，兩人的緣分到此爲止。

於是，紀沐恆留下一個她未能解開的謎團，逐漸淡出她的生活。

送別了學長們，忙完十校聯合成發，高浚韋把熱音社移交給學弟妹，和方芷昀正式卸任。

看著辛苦經營一年的熱音社從剛開始的一盤散沙，如今變得十分具有向心力，大家爲了表演而積極排練，在台上發光發熱，一切的辛苦付出都值得了。

八月下旬，高浚韋和方芷昀領著新樂團再次挑戰全國高校熱音大賽，這次得到團體第三名和最佳主唱獎，雖然沒有拿到冠軍，但是兩人相信，這個獎項將會在熱音社種下星火，點燃學弟妹們心中對音樂的熱情。

升上高三後，沒有社團的日子非常枯燥，方芷昀和高浚韋經常相約到圖書館讀書，那是她在水生火熱的高三生活中最寧靜的一段時光。

後來，高浚韋在LINE上設了一個群組，將三位學長全部加了進來。

雖然學長們都身處不同學校，但是LINE的群組訊息一直很熱鬧，經常看到江少肆和范翊廷提起大學的趣事或討論練團的事。

反觀紀沐恆，反倒變得安靜許多。

不對，笑臉貓應該是懶得伸出貓爪在手機上戳字。

自從畢業典禮那天之後，每當紀沐恆難得在群組發話時，方芷昀就像在嘔氣似的，不曾回覆他任何話題；而紀沐恆也對她的訊息經常已讀不回。

隨著黑板上的學測日期一天天倒數，歸零後又再度換成了七月指考的倒數日。

學測放榜後，林心緹長久的努力終於獲得成果，如願考上范翊廷的大學；而高浚韋也考上父親家附近的學校，方芷昀指考後也順利分發進了高浚韋的大學。

江少肆在LINE群組裡興奮地起鬨，直吵著要范翊廷實現當初對林心緹在畢業典禮上的承諾。

隔了片刻，范翊廷簡短回道：心緹，我們交往吧！

終止了九年的漫長等待，林心緹的單戀總算修成正果。

第七樂章　無聲的眼淚

大學開學之後，方芷昀帶著一台電鋼琴落腳在學校附近租屋，高浚韋則帶著奶奶和黑皮搬回父親家，由於住家離學校不遠，因此他每天都騎機車通勤。

雖然兩人同校，但是就讀的科系和所屬的學院不同，如果沒有特別相約，平常上課根本見不到面，讓方芷昀特別懷念他們高中一起搭車上下學的時光。

星期天，高浚韋騎車載著方芷昀來到一間樂器行。

兩人走到二樓的練團室，方芷昀才剛推開門，還沒看清楚眼前景象，一聲尖叫就直衝她的耳膜而來。

「芷昀！」林心緹張開雙臂撲抱她，「好久不見，我好想念妳喔。」

「畢業才幾個月不見，心緹變得好漂亮！」方芷昀打量林心緹的穿著打扮，只見她容光煥發，化妝後看起來更加標緻，一副沉浸在戀愛中小女人的模樣。

「只是稍微化了妝而已，芷昀如果有化妝，一定也很漂亮。」林心緹笑得羞赧。

「芷昀學妹，好久不見。」范翊廷和江少肆隨後走來。

「隔了一年不見，學長們變得更帥了。」方芷昀瞧瞧兩位學長，江少肆應該有在運動，身材變得比以前精實，范翊廷的轉變最大，不知道是不是處於熱戀中的緣故，他的神情明顯比以往溫和許多，臉上少了高中時期拒人千里的冷漠感。

「那是當然的，學長只有更帥，沒有最帥！」江少肆豎起姆指比了個讚。

此時坐在後面的鍵盤手和鼓手，也朝方芷昀招手打招呼，「團長，久仰大名。」

「咦？」她不解地看著那兩名陌生人。

「我是新華高中畢業的，南風盃被妳的樂團打敗過。」鍵盤手笑道。

「新華高中……你聽過方聿翔嗎？」眞有緣，竟然遇到哥哥的學弟。

「知道啊！」鍵盤手聽方芷昀喊出學長名字，臉上有些詫異，「我一年級的時候，他是高三音樂班的學長，高一升高二的暑假，我和社長阿照組團參加音樂趴，結果我吃壞肚子，學長還回來幫我代打。」

「我是他妹妹，音樂趴那天我也有去。」

「難怪，眞是有其兄必有其妹！」

望著大家的笑臉，方芷昀的心情莫名激動，沒想到還有人記得當年發生的事。

高浚韋和學長們開始練團，她和林心緹在附近找了一間咖啡店，聊起彼此的近況和感情生活。

「翊廷學長很溫柔體貼，之前有次我們去爬山，回到家他還打電話關心我腳痛有沒有好一點……」林心緹滿臉幸福洋溢，聊完和范翊廷的約會經過，突然緊緊握住她的手，「芷昀，謝謝妳堅持找學長組團，還鼓勵我挑戰比賽，現在我們才會有這麼好的結果。」

「組團只是一個開始，後面都是靠妳自己的努力。」方芷昀見她和范翊廷的感情進展順利，心裡也由衷替好友感到欣喜，「今天能跟大家相聚，還恰巧遇到我哥的學弟，眞的很開心。」

「可惜缺了沐恆學長，不然就更完美了。」林心緹嘆氣。

「學長畢業後好像很忙。」方芷昀低頭喝著咖啡，林心緹一提起紀沐恆，她瞬間感到有些呼吸不順。

「沐恆學長考上市立交響樂團的儲備團員了。」

「這麼厲害！」方芷昀叫道。

「妳不知道嗎？」林心緹皺眉。

「不知道。」

「高中的時候妳和學長的感情那麼好，後來私底下沒有聯絡嗎？」

方芷昀搖搖頭，「早就沒聯絡了。」

「爲什麼？」

「我也不知道……」

林心緹困惑地望著方芷昀，一臉不解。

「哎，別談紀沐恆了。」方芷昀移開視線看著窗外，惆悵的情緒在心中翻騰，立即轉開話題，「我昨天聽浚韋提到，小四學長向大家說想參加明年七月的YAMAHA全國熱門音樂大賽。」

「是那個培育出張雨生、楊培安、閃靈樂團的比賽嗎？」林心緹神情略微吃驚，因爲范翊廷並沒有跟她提到比賽的事。

方芷昀微微頷首。

「芷昀，妳會不會在意小四學長沒有找妳當鍵盤手？」林心緹好奇問道。

「不會啊！」她搖頭笑了笑，心裡完全不介意，「樂團嘛，高中已經玩過了，大學還是收心當浚韋的粉絲就好；而且小四學長的要求很高，樂團走的是創作路線，他找到的那位鍵盤手比我強，會電腦編曲、混音後製，而且右手也不會受到限制。」

林心緹眼底閃過一絲落寞，感嘆：「高中那時為了努力跟上大家的步調，我的腳踩雙踏踩到肌肉拉傷，現在偶而還會有些痠痛。」

「那就把我們的夢想，寄託在浚韋和翊廷學長的身上吧！」

「沒錯，我記得妳曾經說過，他們是Wing of Wind樂團出來的，一定會飛得比我們高！」

午後的咖啡店裡，兩個女孩笑語盈盈，雙手交握互相約定，彼此都要一直幸福下去，和喜歡的男孩相守到永久。

♪

自從高浚韋加入江少肆的「無肆樂團」後，假日除了練團和討論創作，還會趁著各校舉辦校慶或園遊會時到各大專院校演唱，因此也漸漸打開了無肆樂團的知名度。

方芷昀有時候會去練團室陪他一起練唱，但要回家時就沒辦法跟去，兩人見面的時間越來越少，高浚韋時常訊息未讀，打手機給他也不一定會馬上接聽，加上練團時，練團室的樂音非常大聲，接到他的回電常常已經是兩、三小時過後的事了。

畢竟自己也曾經組過樂團，她可以理解高浚韋熱愛音樂的心情，也知道練團室裡的狀況，但是當自己跳脫樂團，有個迷樂團、愛玩樂團的男友時，感覺又是另外一回事了。

上了大學，兩人能見面的時間並不固定，方芷昀心中一直期望能與高浚韋有多一點獨處的時間。

但是爲了成就他的夢想，她必須選擇適度鬆手，不能抓得太緊。

大一下學期的期中考結束，方芷昀回家放鬆心情，她悠閒地趴在床上，抱著筆電和遠在英國讀書的方聿翔視訊聊天，聊起他新華高中的學弟和高浚韋練團的事。

「沒良心的哥哥，出國到現在都沒有回家一次。」她嘟著嘴，忍不住喃喃抱怨。

「這邊的物價比台灣貴，我都在打工貼補生活花費，沒辦法回去。」方聿翔解釋。

「你不要顧著打工，荒廢了課業。」

「我知道，倒是妳……」鏡頭裡的方聿翔傾身向前，臉跟著放大，「我不是叫妳要離高浚韋遠一點嗎？妳怎麼跟他交往起來了？」

「人家就是喜歡他啊！」

「妳不該跟身爲主唱的他交往，因爲單身的主唱最有價值，萬一以後高浚韋紅了，他頭一個就會甩掉妳！」

「浚韋不會這樣的。」

「反正等我畢業回家，絕對要拆散你們！」方聿翔威脅。

「不給你拆、不給你拆……」方芷昀對著鏡頭吐舌扮鬼臉。

兄妹倆一如往常鬥嘴，此時方芷昀的手機響了起來，拿起來一看，來電顯示是范翊廷，不禁疑惑，學長怎麼會沒事打電話給她？

她按下接聽鍵，「喂，學長。」

「學妹在家嗎？」范翊廷低沉的嗓音在話筒另一頭響起。

「在啊。」

「我在妳家樓下轉角的便利商店，妳可以下來一下嗎？」

「咦？好，我馬上下去。」

方芷昀下樓，轉身走向路口轉角的超商，遠遠看見范翊廷站在路邊；這時一輛機車忽地從隔壁小巷衝出來，轉彎時切得太靠近內側，因而擦撞到了范翊廷。

事情發生得太快，范翊廷遭撞之後整個人斜飛了出去，跌在便利商店前面禁止停車的鐵路障上，那輛機車則緊急刹車，停在不遠前的路邊。

「翊廷學長！」方芷昀嚇得心臟差點停擺，驚慌地跑過去，抱住趴在路障上的范翊廷，機車騎士看樣子還是個國中男生，他一見到范翊廷倒地，竟慌慌張張催動油門想逃逸。

「你站住，不要跑！撞到人不用負責嗎？」方芷昀正想追過去，范翊廷突然伸手攀住她的肩頭，似乎想坐起來，她遲疑了一下，那名肇事者已經騎著機車揚長而去。

「學長，你有沒有受傷？」方芷昀著急得掉下眼淚，害怕地渾身顫抖。

超商店員隨後跑出來關心，「要不要幫你報警或叫救護車？」

范翊廷臉色蒼白坐在地上，拾起眼鏡戴起，抬抬手、拉拉腿檢查身體狀況，雖然感覺身子有些疼痛，但並沒有一處受傷流血，看來似乎沒什麼大礙；心想報警的後續處理手續繁瑣，於是溫聲婉拒了店員。

「要不要去醫院檢查一下？」方芷昀淚眼望著他，嚇得慌了手腳。

「別擔心，我沒有撞到頭，身上也沒有受傷，應該不需要。」范翊廷朝她微笑，拍拍她的臉，「第一次看到妳哭。」

「你嚇死我了！」

「原來妳也會擔心我。」

「廢話！」方芷昀狠狠瞪他一眼，「學長就像我的哥哥一樣，怎麼可能不擔心？」

「我真的沒事。」范翊廷脣角含著笑意，讓她扶著在台階上坐下，揚手拍去衣服和牛仔褲上的髒污及灰塵。

「學長怎麼會來這裡？」過了一會兒，方芷昀穩住情緒，伸手擦去眼角的淚。

「考完試放假回家，突然想騎車兜兜風，就一路騎來這裡了。」

「怎麼不找心緹一起來？」

「她太吵了，我想獨處一下，妳不要跟她講我有來過這裡。」他皺眉解釋。

「好，我知道了。」方芷昀噗哧一笑，這種感覺她大概可以體會，有時候她也喜歡獨自彈琴，享受一個人的片刻寧靜，不是每一刻都需要高浚韋的陪伴。

「剛才我騎車繞到高奶奶家，看到門窗緊閉，有點懷念以前大家聚在一起的時光。」范翊廷指著音樂教室前方的小巷。

「我懂學長的心情。」方芷昀跟著瞥了眼巷口，心頭同樣有些惆悵，「明明浚韋和奶奶只是搬家，平常上課也能見面，可是我就是很懷念高中時，大家聚在這裡討論音樂的熱鬧情景。」

「我那時候覺得你們都是笨蛋，直到上了大學，班上的小團體很多，做報告時大家就會顯露人性自私的一面，這才發覺你們這群笨蛋傻得還挺可愛的。」

「太過分了，原來學長是這樣看待我們的。」方芷昀不服地輕搥了他一拳。

范翊廷低笑，看著她還微微泛紅的眼圈，剛才被機車撞到的剎那，腦海中還真的如同跑馬燈一樣閃過許多畫面，以及一些未完成的遺憾，忍不住開口：「其實那個時候……我比較喜歡妳，對心緹一點感覺都沒有。」

方芷昀心跳漏了一拍，驚訝地睜大眼睛盯著他，不知該作何反應。

「妳不要緊張，我沒有要做什麼，只是忽然一時的感觸，不想在人生留下遺憾。」他語氣十分平靜。

她尷尬地笑了笑，學長這麼直白的發言，實在太具有衝擊性了。

「我父親生病去世時，希望我能好好讀書孝順媽媽，所以以前我只想把課業顧好，完全不想談感情。」

「原來如此，那學長為什麼會接受心緹？」

「一開始是因爲南風盃，我被她的精神所感動，心緹的努力大家有目共睹，後來她考上我的大學，我媽也催我交女朋友，所以才接受了她，漸漸發現了她不少優點。」講到這裡，范翊廷忽然伸手摟住方芷昀的肩，將她擁進懷裡，在她的額頭印下一記輕吻。

方芷昀靠在他的懷中，思緒一片空白，不知所措。

范翊廷輕輕鬆開她，「這個吻，是要告別我當時十八歲的愛戀，從現在開始，我會全心全意對待心緹。」

「謝謝學長喜歡過我。」聽他這麼一說，方芷昀忐忑的心情才跟著冷靜下來。

「那我先回家了。」范翊廷微笑，緩緩站起身。

「學長可以騎車嗎？身體有沒有哪裡不舒服？」方芷昀跟著站起來，有些擔憂地看著他，檢查他有沒有哪裡受傷。

「眞的沒事，下次練團室見！」范翊廷再次強調，跨上機車，戴上安全帽。

「嗯，學長練團加油，我的搖滾夢都寄託在你們身上了！」

「好，我們一定會拿冠軍回來。」

「再見！」方芷昀綻開笑容，朝他揮揮手，目送他騎著機車遠去。

范翊廷往前騎了一小段路，感到胸腹有點悶痛，回頭望了方芷昀一眼，只見她還站在超商前面揮著手。

他脣邊漾起笑意，她是個有點矛盾的女孩，明明學的是鋼琴，渾身散發一身古典的氣息，骨子裡卻有些叛逆調皮，組了一支吵吵鬧鬧的搖滾樂團。

方芷昀做事有條有理，有著一雙充滿熱忱的明亮眼睛，只要看著她熱切誠懇的眼神，很難不被她的堅持所打動。

她說做就做，行動力十足，不到最後關頭永不放棄，因爲有了她，才能凝聚大家的士氣，一起朝著夢想前進。

想到這裡，范翊廷微微揚起脣角，彷彿看見高中那場全國高校熱音大賽的場景，觀眾的歡呼聲、閃爍的舞台燈光、大家在台上盡情揮灑對音樂的熱情……以及澄色的夕照下，方芷昀盈著晶盈淚光的笑臉，一幕幕美麗的景象在他眼前一一反覆播送……

♪

翌日凌晨三點，方芷昀窩在被窩，睡得非常香甜。

她夢見全國熱門音樂大賽上，高浚韋在台上賣力高歌，范翊廷和江少肆抱著貝斯和吉他伴奏，台下的觀眾高舉著手機一同吶喊，手機螢幕的光芒在黑暗中閃閃發亮，隨著樂音不停左右搖擺。

很美的夢，卻被一陣手機鈴聲擾醒。

她皺著眉頭，從棉被裡探出一隻手在床頭上摸索，找到手機按下接聽鍵，林心緹沙啞的哭聲在耳邊響起。

「芷昀，翊廷學長去世了。」

方芷昀很用力地將手機貼緊耳朵，想聽清楚林心緹在說什麼，可是越聽卻越迷糊，好像每個字都懂，卻沒辦法把那些字組成完整的語句。

可是她的眼淚卻直直掉落在枕頭上，好不容易理解之後，一陣椎心劇烈的痛楚迸散開來，疼得她緊緊撫住心口。

林心緹哭得肝腸寸斷，斷斷續續說道，范媽媽昨日傍晚下班回家，翊廷學長說他身體不適，提到下午去拜訪高中學妹時被一輛機車撞到。

後來在送醫的路途中，學長突然休克陷入昏迷，到了醫院，醫生檢查結果是脾臟破裂出血，經過緊急搶救，仍是回天乏術。

事後警方調閱了超商門口的監視器，眾人在警局裡查看監視畫面，林心緹清楚地看到了擦撞過程，范翊廷跌倒時腹部撞到鐵路障，也清楚看見方芷昀和他坐在台階上聊天的情景，更沒有遺漏他給方芷昀的那個吻。

面對林心緹幾乎崩潰的情緒，方芷昀連忙說明兩人見面時所談話的內容，但是她不知道高浚韋和林心緹心裡會怎麼想，會不會相信她的解釋？

後來撞人的肇事者抓到了，不過卻再也無法挽回學長寶貴的生命。

每天早上，方芷昀都是哭著醒來，不敢刻意去想，眼淚卻不自覺地直直落下，一顆心疼痛不已。

夜裡無法安眠的時候，她就彈琴宣洩心裡的悲傷，直到右手累得彈不動爲止。

她不只一次質問自己，當時爲什麼疏忽了學長的傷勢？如果那時堅持送學長去看醫生，結局會不會有所改變？方芷昀的心好痛，突然覺得……是自己害死了學長。

范翊廷的告別式上，來了很多梅藝高中的數理班同學，班導也帶著校長的花籃前來弔唁。

面對獨生子的意外過世，范媽媽不知哭暈了幾次，整個人像老了十歲般憔悴；林心緹一直陪在范媽媽的身邊，情況也好不到哪去，她的雙眼浮腫，氣色看起來同樣糟糕，彷彿一個沒有靈魂的木偶。

方芷昀慘白著一張臉，低頭坐在會場的角落，感覺只要有人談論起事發經過，就會不時有目光朝她瞟來。

「芷昀，還好嗎？」高浚韋坐在她的身側，右手緊緊摟著她的肩。

她頓了幾秒，才解讀出他的話意，恍恍惚惚地點了點頭。

江少肆帶著幾個團員走進會場獻上花束，看著伴在范翊廷遺照前的貝斯，眼眶泛紅，不捨地哽咽：「兄弟，離全國熱門音樂大賽只剩下兩個月，你怎麼可以失約呢？你叫我去哪裡再找一個像你這麼契合的貝斯手？」

聽到他的話，方芷昀的眼淚不斷滾落，想起那天，翊廷學長和她約定，他們會帶著冠軍回來……

「沐恆學長來了。」高淩韋低聲說。

方芷昀雙手緊緊揪住裙襬，不敢抬頭看他，自從畢業典禮上一別，將近兩年的時間不見，沒想到再次見面，竟然是在這樣的場合之中。

紀沐恆穿著黑色襯衫走進會場，將手裡的一束鮮花獻於靈前，脣角輕揚，以閒聊的語氣說道：「同學，好久不見。你的貝斯上左側的那道刮痕，是有次你在高奶奶家上廁所的時候，我走路不小心踢到才刮到的，那時我有跪在貝斯前面懺悔三秒賠不是，全部的人都可以作證，如果你還是很生氣的話，就進來我的夢中罵我吧。對了，我不介意你以前曾經在我的背上貼了寫著『我是笨蛋』的紙條，害我一路被人取笑回家，因爲笨蛋通常是物以類聚的。」

方芷昀很想笑，但卻笑不出來。

眼前所見再度因爲淚水而模糊，一雙黑色皮鞋突然闖進她的視線，她緩緩仰頭，對上紀沐恆溫煦的笑容。他的頭髮留長了些，俊雅的五官變得更爲成熟，澄淨的眼眸之中還保有一絲黠光，渾身散發出音樂家的文雅氣質。

「妳都沒有好好吃飯。」紀沐恆在她面前蹲下，伸手拍拍她削尖的臉頰。

方芷昀愣了幾秒，無助地望著他，淚水在眼眶中打轉。

「妳別自責了，就算當下換作其他人在場，遇到那樣的情況，也未必能扭轉命運。」

「如果我……」

紀沐恆打斷她的話：「這世界不存在著『如果』，更沒有『早知道』。」

她頹然垂下臉，沉默不語。

方芷昀腦海中閃過和范翊廷相識的回憶，高中新訓和他初次見面，他是她的輔導班長；後來她追著他邀他入團，學長為她伴奏了〈透氣〉這首歌；還有聖誕音樂大賽上，學長協助她帶領樂團參賽；校際熱音大賽被校方拒絕時，他也溫柔地鼓勵她；還有他們一同在高奶奶家談天說笑，一起遠征全國高校熱音大賽……

多麼美好的回憶。

不知道學長在睡夢中，擁有的最後畫面是什麼？

最後蓋棺的時候，望著范翊廷像是睡著般平靜的面容，方芷昀多希望這只是一場夢。

淚水止不住地淌下，她心痛地想衝上前再多看看學長，卻被高浚韋伸手阻止。

「方芷昀——」

忽然一道披頭散髮的黑影朝著方芷昀猛力撞過來，她反應不及，往後方撞進一堆椅子裡，儀式現場頓時陷入一片混亂。

「芷昀！」高浚韋急忙撥開椅子，將她緊緊護在懷裡。

方芷昀木然仰起頭，看著林心緹被紀沐恆和江少肆架開。

林心緹淚流滿面，目光含怨對著她大罵：「妳明明目睹了整起事件的經過，為什麼不送學長去看醫生？為什麼就這樣讓他離開？如果沒有妳，他就不會發生這種事了！」

「心緹，冷靜一點！」江少肆低聲安撫。

「別這樣，讓翊廷好好走。」紀沐恆溫聲勸慰。

「方芷昀，如果今天死的是浚韋，妳作何感想？爲什麼你們都不罵她？沐恆學長也是，少肆學長也是，你們都偏心，爲什麼不責怪她？爲什麼上天這麼不公平？爲什麼是我……」林心緹歇斯底里地放聲大哭，過了一陣突地沒了聲音，身子一軟，癱倒在紀沐恆的懷裡。

一股強烈的愧疚感朝方芷昀襲來，他無助地望向高浚韋，卻見他直直盯著紀沐恆抱起林心緹走進屋內，眼中透著一抹擔憂。

「浚韋……」她心頭擰痛，下意識扯住他的衣角。

「妳有沒有受傷？」高浚韋馬上低頭關心。

方芷昀神情恍然地搖頭，一股不安的預感在心底擴散開來，直覺某些事情即將在翊廷學長去世後開始失衡。

告別式結束後，方芷昀跟著高浚韋、紀沐恆及江少肆走出會場。

「今後樂團有什麼打算？」紀沐恆問道。

「發生這樣的事，大家心裡都很難過，不過我想要再找一個貝斯手，將悲傷化爲力量，將翊廷的創作帶上全國熱門音樂大賽的舞台。」江少肆一臉堅定，握著右拳，希望能讓更多人聽到他和范翊廷合力寫的歌曲。

「對，翊廷學長不會希望我們中途放棄比賽的。」高浚韋表情同樣堅定，頓了一會兒又輕輕嘆息：「可是心緹現在的情緒不穩……」

聽到高浚韋的語氣充滿擔心，方芷昀無法壓抑心頭的焦慮，隨後想到翊廷學長去世，自己在情理上也要對林心緹負起一些責任，剎時又被濃濃的愧疚感淹沒。

「心緹從小就愛慕翊廷，對他的感情放得很深，這點大家都知道。今後她還有一段心路要克服，大家有空就多多關心她。」江少肆建議，高中加大學組團三年多，他和范翊廷的感情如同親兄弟，覺得自己有義務關照林心緹。

紀沐恆看方芷昀低頭掩住眼底的悲傷，伸手拍拍高浚韋的肩，「浚韋，我有話跟你說。」

高浚韋跟著紀沐恆走到一旁說話，方芷昀只覺腦袋昏昏沉沉，不想推測兩人在談些什麼，只是無神地望著天空，想著翊廷學長在天堂裡，會不會後悔那天去見了自己？

♪

接著幾天早上醒來，方芷昀總是躺在床上盯著天花板，等待從夢境返回現實的恍惚感退去，再一次適應、接受翊廷學長已經不在這個世上的事實。

簡單收拾了一些上課所需的物品，她拖著步伐走出租屋處大門。

高浚韋坐在機車上，對她展露溫暖微笑，「早安！」

「早……」方芷昀很想回他一個微笑，卻怎樣也擠不出來。

「昨晚睡得好嗎？」

「還好……」

高浚韋幫她戴上安全帽，方芷昀坐上機車後座抱住他的腰，兩人騎著機車到學校上課。

到學校之後，他打開車箱拿出一個小提袋，「這是我做的早餐，還有奶奶煮的仙草茶，妳全部都要吃完。」他微笑叮嚀。

「謝謝……」她接過早餐，心間流過一股暖意。

兩人分開後，方芷昀提著早餐走向教室，驀地一陣心酸感湧上，不知道此刻的林心緹有沒有吃飯，有沒有朋友陪伴在她身旁？

下課時間，她打了兩通電話給林心緹，電話響個幾聲就被切掉，她的心彷彿被利刃劃過般疼痛，明白她還在埋怨自己，完全不想和她有所接觸。

該怎麼辦才好？

傍晚放學時間，方芷昀走進學生餐廳，高浚韋已經坐在角落位子等她，桌上擺著一盤菜和兩碗飯。

「芷昀，快來吃飯。」他笑著朝她招手。

方芷昀拉開他對面的椅子坐下，沒有什麼食欲。

「最後一堂課上到一半，我的肚子就餓慘了。」他夾了一些菜放到她碗裡。

此時，身後突然傳來叫喚聲：「浚韋，過來一下。」

高浚韋轉頭一瞧，見不遠處的餐桌坐著同系的同學，連忙起身走向他們。

方芷昀低頭吃了一口菜，突然間，高浚韋放在餐桌上的手機螢幕閃爍了一下，跳出

LINE的訊息對話框。

林心緹：我好痛苦，好想見翊廷。

林心緹：我現在坐在以前常和他吃飯的餐廳裡，可是面前沒有他。

林心緹：心好痛，好想要他回來，想要他抱抱我……

方芷昀收回視線，咬牙忍住淚水，放下筷子。

高浚韋和同學說完話，回到餐桌坐下，發現她的神情有些古怪，視線瞥向手機，看到林心緹的訊息後，急忙覆住她的手解釋：「芷昀，心緹現在的精神狀況很不穩，沐恆和少肆學長也在關懷她，我們只是陪她說說話而已。」

「我懂，我沒有生氣。」她理解地點頭，擠出不在意的笑容，「心緹她不接我的電話，我也很擔心她，如果她不排斥你們的關懷，這樣也好……」

「事情已經過去了，不要再胡思亂想。」

「嗯……」

接著幾天，高浚韋和往常一樣接送方芷昀上下課，但是手機裡來自林心緹的訊息也不曾間斷。

紀沐恆那種習慣先逗弄、再摸頭的安慰手法，明顯不適合用在林心緹身上，江少肆的個性海派，不夠溫柔細心；唯有高浚韋坦率的個性、溫暖的笑容，最有撫慰人心的力量，林心緹如同在大海中抓到浮木，完全把他當成傾訴的對象。

方芷昀漸漸地感覺到，高浚韋在陪她吃飯時開始有些心不在焉，臉上的笑容也漸漸淡去。

她偷偷打電話給高奶奶詢問高浚韋的近況，奶奶說他最近幾天不知道在忙什麼，都搞到凌晨一、兩點才回到家；但是無肆樂團在范翊廷去世後，目前是處於練團停擺的狀態。

方芷昀不只一次質問自己，是不是應該自私一點，要求他少管林心緹一些？

但是她做不到，她狠不下心。

星期日，江少肆通知高浚韋到練團室一趟，因爲他在學校公布欄上貼了「徵求代打貝斯手」的傳單，有三個人今天約了要來試彈。

高浚韋來到練團室，聽完三個人的試彈，大家正在研究要挑哪個人進團時，練團室的大門突然被人大力推開，林心緹慘白著一張臉衝進來，手裡拿著從公布欄上撕下的傳單。

「你們好過分，怎麼可以那麼無情！」林心緹抓著傳單，朝江少肆的胸膛用力一拍，

「爲什麼這麼快就忘掉了翊廷學長？」

「心緹，我們沒有忘記翊廷……」江少肆試著解釋，卻被林心緹激動地打斷。

「那這張傳單是什麼？」

「全國熱門音樂大賽快到了，我只是找人代打。」

「你們就這麼急著找人取代翊廷嗎？」林心緹聲淚俱下，雙手揪著江少肆的衣服，

「求求你們，不要找人取代他，不要忘記他，不要丟下他孤伶伶一個人……」

江少肆皺著眉頭，不知如何是好，林心緹的身子晃了一下，整個人虛弱地癱軟倒下，高浚韋見狀連忙一個箭步衝上前，抱住她的身子，緩緩滑坐在地上。

這時鍵盤手忽然扯扯江少肆的衣角，指著大門外面。

江少肆轉頭望去，竟看見方芷昀提著一袋飲料，默默站在門前。

方芷昀強忍心痛，伸指在脣上比了個噤聲的手勢，眼神空洞地看著背對門口坐在地上的高浚韋，林心緹正伏在他的懷間哭泣，雖然方芷昀看不到高浚韋此刻的表情，但是她能聽得出來他的語氣十分溫柔，透著些心疼。

「心緹，妳要堅強起來，不要讓學長在天堂爲妳擔心。」高浚韋柔聲安慰道。

「他會擔心我嗎？」林心緹啞著聲問。

「當然，而且我永遠都不會忘記他，他是我的偶像耶！」

「眞的嗎？」

「我超崇拜他的，成績那麼好，又會彈貝斯，還會作詞編曲……」

聽高浚韋輕聲安撫林心緹，方芷昀低下頭，不發一語地離開，下樓走到樂器行門口。

「學妹……」江少肆隨後追出來，臉上的表情非常擔心。

「學長，我問你。」她把飲料袋遞給他，聲調異常平靜，「浚韋前天晚上說要找你討論表演的事，他眞的有去找你嗎？」

「有，不過他剛到的時候，心緹突然傳訊息來，說她要去找翊廷……浚韋嚇到了，怕她想不開做傻事，就馬上騎車跑去找她了。」江少肆無奈地說出實情。

方芷昀點點頭，「我明白了。」

「……浚韋是逼不得已的，他並沒有要背叛妳的意思。」

「我知道他現在很爲難，因爲他也放不下心緹，我並沒有責怪他。」

「學妹，那妳……」

「我的心裡已經有結論了，這樣對全部的人都好。」方芷昀淡淡回答，連自己都訝異自己的冷靜。

江少肆臉色微沉，在她平緩的語氣中聽出了一絲決絕的意味，不禁重重嘆了一口氣。

傍晚時分，夕霞將天空染成一片火燒般的澄紅。

高浚韋騎著機車火速趕到學校，沿著林蔭大道朝操場的方向跑去，終於在操場邊的大樹下找到方芷昀。她靜靜坐在台階上，看著數學系的籃球隊在練球。

「芷昀……」高浚韋神情黯然，略帶歉意地輕聲喚她。

「坐下來聊聊吧。」她微笑，抬頭看了他一眼。

高浚韋在她的身側坐下，像怕她會消失不見似的，右手緊緊握住她的手。

兩人靜靜坐了片刻，他主動開口打破沉默：「高中畢業後，難得有這麼悠閒的時刻和妳坐著吹風。」

「你現在才良心發現？」方芷昀淡淡笑道，心頭卻一陣酸澀，「你上大學後只顧著玩樂團，把女朋友晾在一邊，找你還不一定找得到，找到還未必有時間陪我，我有男友簡直跟沒男友一樣。」

「對不起，小四學長經營樂團是經過規劃的，目標是累積名聲和人氣，練團時間也比以前長，這一年來眞的是冷落妳了。」

「至少成果不錯，無肆樂團在各大校園裡已經累積一些人氣了。」

「不過我最喜歡的，還是Wing of Wind樂團，當時和妳練團，不爲名氣，只是單純喜歡那種和大家合奏的感覺。」他滿臉懷念地望著天際，夕陽在片片雲朵上鑲了一道漂亮金邊，景緻非常美麗。

「我也是。」方芷昀低頭笑了笑，眼眶卻微微泛紅，「當時我們每天一起搭車上下學，一起練團、討論音樂，那段時光眞的很美好。」

自從經歷了范翊廷去世，她眞的有種物是人非的傷感情緒，不禁羨慕起十六、七歲的自己。

「等明年高中園遊會，我們回學校逛逛，看看熱音社的學弟妹。」高浚韋的聲音很輕柔，帶著一點想要挽回的意味。

「浚韋……高中的時候，你喜歡心緹吧？」方芷昀輕聲問，其實交往三年以來，她看得很清楚，林心緹才是他最深的牽掛。

「當時妳懂我、關懷我，我是眞的喜歡妳，才想和妳交往！」他沉聲強調，牢牢握緊她的手。

「我明白你的心意，但如果我現在叫你別管心緹，你放得下她嗎？」

高浚韋思索了片刻，爲難地別開臉，輕輕搖了搖頭。

看到他搖頭拒絕，方芷昀的心狠狠一抽，苦笑道：「其實我也做不到，我沒辦法丟下心緹，因爲她是我的好姊妹。」

「或許再等一陣子……」高浚韋無法開口要求她給自己一點時間，這種話既自私又傷人，沒有人能忍受自己的男友時常陪在其他女生身旁，照顧著她。

「心緹喜歡翊廷學長十年了，這種失去愛人的傷痛，不是一點時間就能平復的。」方芷昀緩緩垂下眼，「面對翊廷學長的死，我無法假裝和自己無關，我甚至還間接傷害了心緹……」

「是我不夠溫柔，對妳不夠好，沒能撫平妳心裡的痛。」高浚韋將她摟進懷裡，語氣透著濃濃自責。

「不，你一直待我很好，是我解不開自己的心結。」方芷昀忍著心頭的痛楚，含淚輕輕推離他，「我不能接受你一直照顧心緹，你無法放下她，也不能坦然面對我，心緹的情緒不穩，現在只聽得進去你的話，最好的解決方法就是我們分手。」

「我不想和妳分手，請妳相信我，我絕對不會變心！」他激動地強調。

「浚韋，愛情是自私的，情人眼裡容不下一粒砂，是無法兩者兼顧的。」

高浚韋再次沉默，頹然垂下肩膀，其實現下這種情勢，他根本無法對她保證什麼。

「我們還是朋友，沒有誰背叛誰、誰對不起誰，只是緣分走到盡頭了而已。」她心酸地說，一眨眼，淚水就滑落下來，「還記得我們高一的約定嗎？」

「什麼約定？」他啞著聲問，眼眶逐漸泛紅。

「我們當年約定，我會守護你的笑容，如果你哪天不笑了，我有資格打醒你。」方芷昀伸手朝高浚韋的頭輕輕拍了一下，「最近的你漸漸變得不太愛笑了，這樣怎麼有辦法當小太陽去溫暖我的心，幫助心緹走出傷痛？」

「對不起，是我太貪心了，結果什麼都做不好，還深深傷害了妳……」高浚韋低頭，用力抹去眼裡的淚。

方芷昀捧起他低垂的臉，在他額頭上輕印一吻，嘴角牽起一抹笑，「不要說對不起，我們說再見，等下次再聚首的時候，希望我們三個人都可以微笑以對。」

大家總要她不要將范翊廷的死攬在自己身上，但是只要一想起那天的回憶，方芷昀的心頭就疼痛得不能自己。

林心緹失去范翊廷的心痛，一定比自己的愧疚還要痛上千萬倍，若能就此幫助林心緹走出傷痛，那麼她放手自己的感情，也值得了。

♪

回到租屋處，方芷昀悶在棉被裡大哭一場，直到哭得筋疲力盡，才緩緩睡去。

睡夢裡，高浚韋抱著吉他，他們背靠背坐在課桌上，方芷昀閉上眼睛傾聽他的歌聲，當他唱到副歌的時候，她也跟著輕輕哼唱起來。

他笑笑地轉過頭，她也回頭望著他，四目相凝間，高浚韋低頭在她脣上印下一吻……

突然意識到自己已經和高浚韋分手，方芷昀瞬間被一股劇烈的心痛痛醒，她壓著心窩蜷縮成一團，好希望能化夢境爲現實。

方芷昀斷斷續續哭著，度過幾天食不知味、如同遊魂般的日子，不再有人等她上學，放學也沒人等她吃飯，手機裡不再有關懷的訊息……

少了高浚韋的陪伴，方芷昀回到租屋處就是倒頭悶睡，忽然多出了許多空白時間，卻再也找不到生活的重心。

星期六中午，方芷昀起床，沒什麼精神地走進浴室，看著鏡子裡憔悴的自己，雙眼浮腫、披頭散髮，她難過地皺起眉心，濃烈的悲傷再度襲來。

爲了止住連綿不絕的心痛，她將全副心神投入練琴裡。

不知彈了多久，直到全身力氣耗盡，她才閉著眼睛往床上一倒，右手腕的痛楚稍稍轉移了注意力，手機鈴聲這時響了起來。

她整個人彈跳而起，心裡浮起一絲希望，期待是高浚韋的來電，說他不理林心緹了，想要和她復合……沒想到拿起手機一看，來電顯示人竟是紀沐恆。

「喂……」方芷昀沮喪地按下接聽鍵，嗓音帶著點哭泣後的暗啞。

「學妹。」紀沐恆溫醇的嗓音響起，「少肆剛剛跟我講了一件事。」

「什麼事？」

「關於妳聲音沙啞的原因。」

「又不關你的事，你們男生怎麼比女生還八卦？」她忍不住凶他，切掉手機拋到一旁，繼續倒回床上。

隔了片刻，方芷昀睜開眼睛翻身趴在床上，下巴抵在交疊的手臂上，對著手機輕喃：「紀沐恆……你不打來了嗎？」

手機沒有動靜。

「你再打一次，再打一次，陪我說說話……」她低聲下氣地哀求，伸指輕輕戳著手機，一下又一下把手機戳到床緣，手機終於響起。

方芷昀滿心感動，矜持了五秒才按下接聽鍵，「紀沐恆，你又打來幹麼？」

她不斷在心裡哀號，不該對他那麼凶的，可是……就是忍不住。

面對其他學長，她可以做個恭敬又禮貌的學妹；但是面對紀沐恆，她就是無法保持形象，下意識地就想和他耍賴或唱反調，其實她也不想對他那麼壞的。

「我……」紀沐恆才講一個字，通話卻突然被切斷。

「咦？怎麼斷了？」方芷昀皺著眉，一臉要哭出來的模樣，拿著手機上下搖晃，「收訊不好？手機沒電？不管怎樣，拜託你再打來一次！」

不一會兒，手機如她所願地響了起來。

方芷昀迅速接聽，「紀沐恆，你剛才爲什麼掛我電話？」

「我的臉頰太胖了，不小心壓到手機螢幕的結束通話鍵。」紀沐恆慢悠悠地解釋，嗓音帶著一絲無辜。

她不爭氣地噗哧一笑，隨即又氣不過地大喊：「你很煩耶，人家心情不好，你還這樣捉弄人，你不要再打來了！」

語畢，方芷昀掛上電話倒回床上，房間再度陷入一片安靜，靜得好似閉上眼睛，過往的回憶就會開始一幕幕在眼前飛掠，不斷啃噬著她的心……

好想遠遠逃開一切，可是卻逃不了。

「紀沐恆，你不打來了嗎？」她抓著手機一陣糾結，想到剛才自己對紀沐恆那麼凶，他一定是生氣了……

他打電話來關心她，還要被她凶，乾脆……自己打過去，跟他道個歉吧。

方芷昀跪坐在床上，強壓下不斷抗拒的自尊，輕點他的手機號碼，話筒傳來來電答鈴的樂音，正是帕格尼尼的〈鐘〉，高中時她和紀沐恆去參觀聖誕燈會時，他在台上拉的就是那首曲子。

隔了幾秒，紀沐恆接起，嗓音帶著點回音：「喂……」

「我、我的臉頰太胖了，不小心壓到回撥。」方芷昀在床上用力踢腳，說好的道歉呢？

「看來……我們兩個都要瘦臉了。」他低笑揶揄。

「……哼！」

「妳還在哭嗎？」

「沒有。」

「沒有就好，那我就放心了。」

聽到他的關懷，方芷昀心裡湧起一股暖意，眼圈同時一熱，隱約聽見手機那端傳來沙沙的雨聲。

「你那邊在下雨嗎？」她輕聲問，忽然渴望痛快地淋一場雨，好將心裡的痛楚發洩一番。

「不是。」他壓低笑意，「我正在洗澡，身上都是肥皀泡泡。」

方芷昀倏地睁大眼睛，聽著沙沙的水聲，小臉瞬間被紅暈淹沒，腦海浮出一幅入浴圖：氤氳的水霧在紀沐恆的身上繚繞，蓮蓬頭的水灑在他的頭髮上，順著臉頰流淌而下，蜿蜒滑過光裸的胸膛，瘦削的小腹……

「天還沒黑，你洗什麼澡？」她伸手捏住鼻子，感覺鼻血差點噴出。

「早上外出流了很多汗，等一下要練小提琴，洗個澡比較舒服。」他低醇的嗓音輕輕搔著她的耳朵。

「那你閉嘴趕快洗啦！」切斷電話，她的耳根羞紅到快要榨出血來。

抓著手機倒回床上，想著期末考快到了，現在卻遇上人生低潮的關卡，痛苦的心情不知道何時才能平復……意識逐漸模糊間，手機又響了。

「你洗好了？」方芷昀接起手機，閉上眼睛。

「嗯，我還沒穿上衣服，頭髮和身體還滴著水珠。」

「臭紀沐恆！」方芷昀把臉埋進枕頭間，左手用力搥著床墊，覺得自己的臉又熱了起來，「我又沒有問你，你幹麼跟我講得那麼詳細？」

紀沐恆的輕笑聲不斷從話筒傳來，似乎鬧她鬧得很愉快。

「你夠了喔。」她壓低聲音威脅。

「好啦，不逗妳了。」他收起笑聲，「學妹的心情有沒有好一點？」

「沒有！一點都沒有！」

「沒有喔……」紀沐恆的語氣聽起來有點失望，隨即語調上揚，「那……妳知道我現在在哪裡嗎？」

「你不就在家裡？」

「不對。」

「不然你在哪裡？」她疑惑。

「妳看看窗戶外面。」

不會吧！難不成他瞬間移動到她家樓下來了？

方芷昀心跳加速，下床拉開窗戶朝著一樓望去，左看右看，並沒有看見紀沐恆的身影，耳邊這時傳來他帶點無辜的嗓音：「其實……我現在坐在馬桶上。」

她無言以對，嘴角抽搐。

紀沐恆忍著笑意，「學妹，兩年不見，妳完全不了解笑臉貓了。」

「紀沐恆，我要宰了你！」

「來啊，我賭妳不敢。」

「你試試看啊！」

「好，不來的人是笨蛋。」語畢，紀沐恆馬上切斷電話。

方芷昀氣極，螢幕上接著跳出LINE的訊息，上頭列著一串地址和清楚的搭車方式，這一切分明是笑臉貓的預謀！

「可惡！我去的話才是笨蛋！」她氣沖沖地對著手機哇哇大叫，負氣地將臉埋進被窩裡。

很好，她就是個無可救藥的笨蛋。

經過一個多小時的車程，傍晚五點多，方芷昀站在紀沐恆的租屋處門口，猶豫著該不該摁下電鈴。

此時大門突然打開，紀沐恆探出半個身子衝著她笑，「算算時間，妳也應該到了。」

「你從頭到尾都在算計我？」她狠狠瞪他一眼，很想給他一個飛踢。

「姜太公釣魚，進來吧。」他輕聲失笑，不管怎麼拐，總是願者才能上鉤呀。

方芷昀一嘆，脫下布鞋走進屋內。

環顧四周，以單人租屋來說，這間套房的坪數不小，裡頭除了基本的床鋪、衣櫃和書桌外，還有一台Baby Grand平台鋼琴，屋內的裝潢風格及色調帶點少女系的浪漫感，看起來不像是一般的出租套房。

「這是你家的鋼琴嗎？」方芷昀走到鋼琴面前，打開琴蓋，輕輕按下一個音。

「不是，這是原屋主的，她是個三十多歲的大姊，嫁到日本去後特別要求房子只租給音樂系的學生，幫忙看照鋼琴。」紀沐恆觀察她憔悴的神色，和上次在范翊廷告別式上相見，方芷昀整個人又瘦了一圈，不禁有些心疼。

「我都租不到這麼好的房子。」她語氣中盡是羨慕。

「這是有租屋條件的，每週要打掃一次、要交友單純、絕對不能抽菸喝酒、不能養寵物、不能開音樂趴，屋主每半年會回來檢查一次，如果沒通過就會把我踢出門。」

「好嚴格，不過我喜歡這個附有鋼琴的房子。」

「喜歡的話，以後可以常常來彈琴。」

「我自己有帶一台電鋼琴，幹麼大老遠跑來彈你的琴？」

「兩個人彈比較有伴。」紀沐恆微笑。

「我才不要。」方芷昀沒好氣地白他一眼。

「坐下來休息一下，吃點東西吧。」他指著旁邊的和室桌，桌上擺著飲料和幾盒熱食，和室桌後方的牆邊還擺著一隻大型的拉拉熊布偶。

看到拉拉熊布偶，方芷昀忍不住走過去跪在坐墊上，抱起拉拉熊，臉頰在熊臉上輕輕磨蹭，「好可愛。」

紀沐恆在她對面坐下，邊打開餐盒邊說：「那是我姊買給我的十六歲生日禮物，她還真的把我當成妹妹看待，所以我都拿來翹腳。」

「嗯……」方芷昀臉頰馬上遠離熊臉，一臉嫌棄地瞪著紀沐恆。

「騙妳的。」他唇角上揚，「趕快吃吧。」

「我吃不下……」

「妳上一餐是什麼時候吃的？」

方芷昀不知該如何回答，這幾天她都是餓了才找東西吃，隨便吃個一兩口就草草了事。

「這樣不行，會把身子弄壞的。」紀沐恆嘆了口氣，輕輕搖頭。

「學長……在一個人心目中，初戀對象是不是很難被取代？」方芷昀這幾天不斷思考，林心緹和自己在高浚韋的心裡，應該是初戀和紅粉知己的差別。

「初戀是每個人心中最特別的存在，即使兩人最後沒有結果，各自有了新戀情，還是會對初戀心心念念，在心裡的某個角落，幫對方保留一個位置，祝福對方能得到幸福。」

「在學長的心裡，有這樣一個女孩嗎？」

「有。」紀沐恆單手托腮，溫柔地望著她，臉上掛著淺淺笑意，「我問妳，妳會後悔和浚韋交往嗎？」

方芷昀緩緩搖了搖頭。

「那就好。雖然翊廷的事很遺憾，不過我不會勸妳看開一些，因爲依妳的個性，越勸就越會往牛角尖鑽，甚至會產生反效果，讓妳覺得煩躁想逃避。」

方芷昀不禁感到訝異，這些日子以來，家人及朋友的開導勸慰，確實造成了她心中不小的壓力。

「有些傷痛在跨越的過程中，心痛和自責是難免的，心緹現在有浚韋照顧，妳就漸漸每天少擔心一點吧，早上出門上課時，先給自己一個微笑，好嗎？」他伸手捏捏方芷昀的臉頰。

「嗯。」方芷昀點點頭，眼淚隨即落下，她迅速轉身，「你別看我，我不想哭，是眼淚自己掉下來的。」

紀沐恆起身坐到她的身邊，將她摟進懷裡，「只要把眼淚藏進來，我就看不到了。」方芷昀將臉埋在他的懷間，壓低聲音抽泣起來，紀沐恆靜靜陪伴著她，伸手輕撫她的頭安慰。

隔了一段時間，紀沐恆聽她抽泣聲漸歇，柔聲說道：「妳乖乖吃飯，我拉琴給妳聽，好嗎？」

「好。」方芷昀低著臉退離他的懷抱，轉身拿起放在桌上的湯匙，開始舀起燴飯吃。

紀沐恆起身打開琴盒拿出小提琴，一首接一首地演奏起曲子，柔和的琴音流進她的心房，包裹住她心中最深層的悲傷，回想起和高浚韋及范翊廷的回憶，她又心痛得無法自抑，但是琴音卻給了她一股強大的力量，讓她可以面對那些畫面，不再退縮逃避。

約莫拉了十首曲子後，紀沐恆察覺眼前一點動靜都沒有，放下小提琴一看，方芷昀似乎哭累了，趴在拉拉熊的身上沉沉睡去，桌上的飯只吃了一半。

紀沐恆拿了枕頭和涼被過來，將她的頭輕輕移到枕頭上，再替她蓋上涼被。

他溫柔凝視著她的睡臉，忍不住伸指輕點她哭得發紅的鼻尖，「等明天醒來，就不要再哭了。」

這一覺方芷昀睡得非常安穩，醒來的時候房間裡的光線正朦朧轉亮，自己的心情非常寧靜。

轉頭望向一旁，只見紀沐恆搬開了和室桌，陪她一起打地鋪睡覺，兩人中間還隔著一隻拉拉熊以示清白。

方芷昀緩緩坐起，看到他身上只蓋著一件運動外套，將被子全部給了自己，雖然時值六月天，不過打地鋪多少還是會冷，她趕緊攤開涼被幫他蓋上。

紀沐恆似乎睡得很淺，身體一動，突然醒了過來，伸手揉著眼睛。

「抱歉，昨晚打擾學長了。」她小聲說，想到昨晚隻身在學長家過夜，忽然有點羞赧。

「沒關係……」他輕喃，慢慢翻了個身，左手臂摟住拉拉熊繼續趴睡。

方芷昀瞧他髮絲微翹，臉頰貼著拉拉熊的臉，愛睏的模樣十分可愛，下意識伸手摸了摸他的頭髮，「你明明很喜歡你姊姊送的生日禮物。」

「我才不喜歡。」紀沐恆慵懶地推著拉拉熊，滑啊滑到她的膝前，一副想要討拍拍的模樣。

「紀沐恆，你好像一隻大貓咪喔。」方芷昀忍住笑意，輕撫他柔軟的髮絲，沒想到他連賴床的模樣也像極了貓咪。

「妳要不要養？」他緩緩抬起頭，睜著迷濛的眼睛，朝她勾著唇角直笑。

「不要。」方芷昀迅速搖頭，被他無辜又無害的表情惹得心跳加快。

「我又不用妳餵，不用妳幫忙洗澡，還會自己出去散步……」紀沐恆慢悠悠地蹭向她，「只要妳有空就過來摸摸我，聽我拉小提琴就好……」

「紀沐恆，你別鬧了，走開啦！」她後背緊貼著牆壁，伸出雙手抵住他的額頭，怕他往自己身上亂蹭，「你不要過來，再過來我要踹你了喔。」

紀沐恆扣住方芷昀的手腕，將她緊壓在牆壁上，傾身將她鎖在自己胸膛之中，低頭望進她的眼底，「緣分眞的很有趣，上天安排了第二次機會給我們，應該是別有意義的吧？」

「你、你要幹麼？」她緊張地瞪著他，卻發現紀沐恆眼裡閃過一縷憂傷。

「翊廷的告別式後，我告誡過浚韋，要他好好照顧妳，結果他卻弄成這樣。」

方芷昀低下頭，「這是我的問題。」

「不管是誰的問題，方芷昀，我要把妳追回來，不會再把妳讓給別人了。」紀沐恆唇角微揚，輕輕吻上她的唇，昭告他的決定。

這是他第三次親吻自己，方芷昀被這番霸氣的追求宣言撼動，內心有股說不清的複雜情緒，想起高中時曾因爲無法回應他的感情而心痛，沒想到事隔三年，紀沐恆對她的情意還是沒變。

紀沐恆鬆開她的手，和她拉開些距離，靜靜凝視方芷昀的反應。

「我現在沒有心情想這個……」她腦中只覺一片空白，才和高浚韋分手沒多久，現在的她根本不想談感情。

「可以先不要拒絕，給我個機會，讓我們順其自然的發展嗎？」他柔聲要求。

方芷昀默默注視著他，在失去翊廷學長之後，她更深刻地了解把握當下的珍貴，加上紀沐恆的要求並不算過分，畢竟他也曾經幫了她不少忙，也始終很關心自己……

望著紀沐恆誠懇的眼神，她輕輕點了點頭。

見她答應，紀沐恆眼睛隨即一亮，開心笑道：「那我們先組團吧！」

「組團？」她傻眼。

「組個最簡單的團，小提琴和鋼琴的二重奏。」

「可是我和你的程度差很多。」

「當然是選我們可以合奏的曲子呀，要不要？」

「要！」方芷昀一口答應。

紀沐恆的組團提議，提振了她因爲過度悲傷而寂寥的心，畢竟一個人彈琴彈久了，終究會感到寂寞，兩人合奏才不會孤單。

第八樂章　笑臉貓的祕密

和紀沐恆長談後，方芷昀的心情平復許多，每天起床洗臉的時候，開始聽從他的建議，對著鏡子給自己一個微笑。

後來，她一頭栽進期末報告，忙得昏天暗地。雖然課業忙碌，紀沐恆卻不時會傳來他練琴的錄音檔給她聽，方芷昀在他溫柔琴音的陪伴下，傷痛的心情也一點一點地淡去。

考完試，暑假終於來臨，方芷昀在租屋處收拾行李，準備回家過暑假。

「這三首曲子妳練好再通知我，我再安排時間和妳合練。」紀沐恆遞給她一疊樂譜，瞧她氣色比上次見面紅潤許多，不過因爲熬夜趕報告，倒是浮出了兩個黑眼圈。

「好。」她一臉欣喜接過樂譜，將它放進行李箱的夾層，拉上拉鍊，「我媽說今年開了暑期音樂班，要我回家當鋼琴助教，陪學生複習鋼琴老師出的作業。」

「我平常也在當小提琴陪練家教，暑假又接了幾個準備參加比賽，想做個別加強的音樂班學生，要到八月中旬才有休息空檔。」紀沐恆從口袋拿出手機，點開一張照片給她看，「這是我兩個學生的照片。」

「哇！好可愛的雙胞胎。」方芷昀看著照片叫道，裡頭是一對有著靈巧大眼，年約九歲的雙胞胎姊妹，笑盈盈的模樣非常可愛。

「每次我去陪練的時候，兩姊妹都會搶著要第一個練習。」

「這樣很好呀，家長對你的評價一定不錯。」

「她們的爸爸應該很想宰了我，因爲兩姊妹都爭著長大要嫁給我。」紀沐恆皺著眉頭露出爲難的表情，好像不知道該挑哪一個當作新娘。

「紀沐恆，你太自戀了吧！」方芷昀翻了個白眼，伸指戳著他的胸膛，「等她們長大以後，會挑二十歲的小帥哥，而不是挑你這種三十歲的大叔。」

「說的也是。」他低笑。

確認窗戶都有上鎖後，方芷昀拖著沉甸甸的行李箱走到門外，欲掏出鑰匙鎖門。

「我幫妳提到一樓。」紀沐恆上前想幫她提行李。

「不用，我自己提。」她拒絕。

「那妳先走，我墊後。」

「爲什麼？」

「妳的行李箱塞得那麼滿，百分之九十九會連人帶箱滾下樓梯，我怕妳會壓扁我。」

他忍笑揶揄。

「紀沐恆，你給我走前面！」方芷昀冷冷瞪他，指著樓梯命令。

紀沐恆微微一笑，走到樓梯中間停下腳步，朝上頭一望，看方芷昀正站在第三階，想把行李箱從第一階拖下來，可是調整了半晌，卻遲遲不敢拉下行李箱。

他知道她的行李箱太重，她的右手也比較沒有力氣，心想這學妹還眞愛逞強，像林心緹一樣適時地擺出柔弱模樣，不是比較討男生的喜歡嗎？

話說回來，如果不是她與眾不同的個性，也不會同時吸引嚴謹的范翊廷和自負的江少肆入團了。

「為了保障我的生命安全，行李箱還是交給我吧。」紀沐恆沒轍地嘆氣，走回她身側一把提起她的行李箱，轉身下樓。

方芷昀微窘地扁嘴，跟著他走下樓梯來到門口，伸手想拿回行李箱，紀沐恆卻直接握住她的手，拉著她朝車站方向走去，她雖然微微扭著手抗拒，但他卻加緊牽著她的力道，使她不得不放棄抵抗。

兩人來到公車站等車，三個背著吉他和貝斯的高中生走來，聊著練團及成發的事情。夏風徐徐拂來，夾著新鋪柏油路的氣息，方芷昀的思緒回到十七歲的那個夏天，大家一起拖著音箱，拿著麥克風架和器具，興奮地準備在大街上開唱……

一想到這裡，方芷昀的神色稍稍黯下，下意識握緊紀沐恆的手，在強列的心痛襲來之際，轉身撲進他的臂彎，將臉埋在他的胸懷間。

因為他曾經說過，這樣藏著，就沒人會看到她的眼淚了。

「心緹她……」她艱難地發聲，和高浚韋分手後，她退出LINE群組將自己隔離，無從得知大家的近況，就怕徒增傷感。

紀沐恆環抱方芷昀的雙肩，低頭在她耳邊柔聲說：「最近心緹的情緒已經穩定下來了，現在有點黏浚韋……范媽媽還認了她當乾女兒，放假時，她和浚韋常常去探視范媽媽。」

「學長……這樣算好的結局嗎？」

「如果妳還會傷心的話，那就不是好結局了。」

方芷昀深深吸了一口氣，仰頭一笑，卻在牽動脣角時又難受地垂下臉，「學長……我現在可能還笑不出來；不過，我會努力把它變成最好的結局。」

「我相信妳一定做得到的。」紀沐恆微笑點頭，眼看公車到站，不捨地輕撫她的頭，「妳回到家再打個電話給我。」

「好。」

紀沐恆幫她把行李箱抬上車，方芷昀拉著行李箱在靠窗的座位坐下，轉頭望向窗外，紀沐恆臉上掛著淺淺微笑，站在路邊看她，想到將有段時間看不到他，方芷昀的心頭突然湧起一陣不捨。

回到家後，方芷昀開始在音樂教室打工，方母上完暑期團體班的課程，她就負責批改孩子們的音樂作業，督促他們練琴，遇上孩子有不懂的地方，就一對一地耐心指導。

方聿翔今年從英國的音樂大學畢業，回國時帶了女朋友回家和父母見面，預計暑假結束要繼續攻讀碩士學位。

午餐時間，一家人吃完飯坐在客廳聊天，方父和方母開始對兒子的女友做起身家調查，方芷昀則在廚房切水果。

「臭哥哥，交女朋友也不說一聲，突然就帶回家來。」她邊切邊抱怨，有種哥哥被別人搶走的感覺，心情像檸檬一樣酸澀。

過了一會兒，方芷昀捧著水果盤走出廚房，將盤子擱在茶几上，眼看爸媽和哥哥女友相談甚歡的模樣，似乎相當中意。

「芷昀，高浚韋呢？」方聿翔伸手拿起叉子，戳了一塊蘋果餵給女友吃，「妳怎麼不把他帶回來？」

「分手了。」方芷昀翻了個白眼，這笨蛋哥哥哪壺不開提哪壺，還公然放閃給她看。

「分手了？」方聿翔傻愣幾秒，「為什麼？他劈腿嗎？」

方父和方母相覷一眼，完全不知道女兒已經和高浚韋分手。

「是我主動提分手的。」方芷昀裝做沒事模樣，拿起一旁的雜誌翻看。

「為什麼？」

「沒有為什麼，就是感覺淡了而已。」

「早跟妳說了，高中最好別交男友。」方聿翔馬上擺出哥哥的架子，開始說教：「你們那種牽牽手、摸摸頭的單純愛情，是很難經得起大學變動考驗的，十對裡面有八對會分手。」

「那國中談的戀愛不就更單純？」方芷昀偏了偏頭，笑笑地看著哥哥的女友。

「我是犧牲自己，去感受愛情的誕生和波折，豐富我彈琴的情感……」方聿翔不慌不忙地解釋。

「最好是這樣……」

喧鬧的滿屋笑聲不絕於耳，見哥哥一臉幸福的樣子，方芷昀不禁微勾脣角，也跟著大家笑了開來。

稍晚回到房間，方芷昀趴在床上拿出手機，忍不住點開了紀沐恆的LINE，傳了一個虛脫趴地的表情貼圖過去。這是高中畢業後，她第一次主動傳訊息給他。

隔了幾秒，貼圖顯示已讀，接著跳出紀沐恆的訊息。

紀沐恆：我剛下課，快到家了，等一下打給妳。

方芷昀：我沒什麼事，你不用回電話，我們用LINE聊就可以了。

紀沐恆：我每天要練好幾個小時的琴，看樂譜看得好累，只要盯著手機螢幕十分鐘眼睛就會發痠，妳想說話就直接打給我吧。

方芷昀心疼紀沐恆每天辛苦練琴，音樂是條沒有盡頭的道路，即使是貝多芬及莫札特這樣天賦異秉的天才，到了七、八十歲仍然每天練琴不懈，因爲只要稍微怠惰，琴藝就會生疏退步。

約莫等了十分鐘，手機響了起來，方芷昀馬上接起。

「芷昀。」紀沐恆的嗓音帶著一貫的笑意。

「我……」聽到他的聲音，她突然不知道要說些什麼，可是又不想掛電話，「我昨天教附點音符，小朋友都一臉茫然地看著我。」

「因爲小朋友還沒學到數學的分數，不懂什麼是二分之一和四分之一，那對他們來說太抽象了。」

「原來如此。」她停頓一下，忽然想起一件事，好奇問道：「之前你很少在LINE的群組發言，是因爲看樂譜看久了，眼睛會累的緣故嗎？」

紀沐恆沉默幾秒，有些尷尬地回應：「其實……是我注音不好，ㄓㄔㄕ、ㄗㄘㄙ、ㄢㄣㄤㄥ這幾個注音符號念起來太像了，我常常戳錯注音，打不出想要的字，就懶得回訊息了……」

「紀沐恆，你好笨！」方芷昀哈哈大笑。

「不要笑！」他自己也忍俊不禁，「對了，妳的進度練到哪裡了？」

「剛練完你給我的第一首曲子，久石讓的〈The Rain〉，這首曲風好療癒，我喜歡。」

「妳喜歡的話，那夏日音樂祭我們就表演這首。」

曲目就這麼定下，方芷昀發現自己開始期待夏日音樂祭的到來，希望時間能走得快一點，隱約明白紀沐恆之所以會找她組二重奏，是想給她一個新的生活重心，指引著她從過去的傷痛遠離。

八月中旬，由市政府舉辦的夏日音樂祭，在新公園的露天廣場熱鬧開幕。

傍晚時分，方芷昀來到廣場，她身著一身典雅的黑色小禮服，露出肩頭優美的線條。

她撥手機給紀沐恆：「我已經到了，你在哪裡？」

「我在舞台的右邊。」

方芷昀走向公園中央的露天音樂台，朝著右側的人群搜尋一陣，看見紀沐恆和幾個藝術大學的同學站在一起，他穿著一襲黑色西服，內搭白襯衫加領結，清爽飄逸的短髮使他看起來瀟灑非凡。

紀沐恆看見她的到來，恬靜的眼神一亮，朝她禮貌地伸出手，方芷昀將手放在他的掌心上，紀沐恆輕輕握住她的手將她拉向自己。

「妳今天看起來很漂亮。」他低頭在方芷昀耳邊說。

「謝謝。」紀沐恆的讚美讓她臉頰發熱，有些害羞。

轉頭看看四周，只見表演者衣裝一貫爲優雅的黑白色，男生穿西裝打領結，女生則一律穿著黑色小禮服，每個人看起來都氣質不俗。

這是一場充滿優雅氣息的古典音樂會，露天音樂台上沒有閃爍的燈光，只有復古的柔美澄黃色調，弦樂四重奏、木管五重奏、長笛二重奏、鋼琴三重奏等樂團一組又一組輪番上台表演。

輪到方芷昀和紀沐恆演出，他們所演奏的曲目〈The Rain〉，是由鋼琴及小提琴和大提琴所組成的三重奏，紀沐恆另外還找了一位拉大提琴的同學助陣。

方芷昀在鋼琴前坐下，感覺現在和以往在熱音比賽當鍵盤手的輕鬆心情大不相同，反倒有點緊張起來。

她深呼吸定下心，雙手在琴鍵上彈出輕柔的伴奏，前奏一結束，紀沐恆帶點哀傷的小提琴樂音拉開主旋律，沉穩的琴音逐漸平息了她的緊張感。

隨著大提琴加入合奏，方芷昀已經完全沉浸在樂曲當中，這首帶點療癒感的優美曲調，讓她彈得鼻頭微酸，情緒隨著樂音起伏，胸中盈滿感動。

晚上九點，音樂會結束，人群逐漸散去，紀沐恆的同學相約要去聚餐夜唱。他表示有事無法參與，和同學們話別後，提著琴盒走向方芷昀，微笑問道：「要不要去看夜景？」

「去哪裡看？」她好奇地問。

「我的私房景點。」

「嗯……好吧。」

紀沐恆招了輛計程車，向司機告知地點後，計程車載著兩人開上一座小山，停在半山腰的一處空地上。

下車後，方芷昀環顧四周，空地後方是一座古色古香的寺廟，廟門緊閉，屋簷下吊著兩盞紅色燈籠，隨著夜風輕輕晃動。

不過廟前廣場倒是十分熱鬧，有烤香腸和賣關東煮的攤子，還有一輛行動咖啡車；廣場前面的觀景台上聚著一些兩兩相擁的人影，看來是情侶約會的熱門景點。

兩人在行動咖啡車前點了兩杯咖啡和兩個蛋糕，走向觀景台，朝遠方望去，山下燈火星羅棋布，美得像點點散落的星光，仔細一瞧，還能看見閃閃車燈在燈火中流動，卻聽不見城市裡的喧擾。

「這間廟有三百年歷史了，是這裡的三級古蹟。」紀沐恆解釋，將咖啡和蛋糕擺在石造欄杆上。

「這裡的夜景真的好漂亮，你怎麼會知道這個地方？」方芷昀望著眼前的美麗夜景讚嘆連連，一時移不開眼。

「我姊的前任男友帶她來這裡約會過，後來她有次睡不著覺，半夜硬是拖著我來陪她看夜景。」紀沐恆把琴盒擱在腳邊，脫下西裝外套，披在她裸露的肩上。

「她這樣不會觸景傷情嗎？」方芷昀感動地看他一眼，西裝外套溫溫熱熱的，還留有他的體溫。

「我姊說有時候舊地重遊，認清那個人不會再回來了，也算是告別過去的一種方法。」

方芷昀沉默了幾秒，低頭喝了口咖啡，轉開話題，「你和你姊姊的感情真好。」

「哪裡好？」紀沐恆冷哼一聲，「那天剛好寒流來襲，我被她從溫暖的被窩拖來這裡，回家後就感冒了。」

「你好遜！」她捧著咖啡杯，忍不住笑出聲。

「笑什麼？」他沒好氣地睨她一眼，「男生也是會感冒的。」

夜風很涼，四周蟲聲唧唧，戀人們的絮語隱約隨著風聲傳來，或許景色太美，氣氛太好，方芷昀感覺紀沐恆越來越靠近自己，讓她有些無法呼吸。

「我哥從英國回來了。」安靜的氣氛實在太曖昧，她趕緊隨意起了個話題。

紀沐恆嘴邊帶著笑意，不發一語地望著她。

「他帶女朋友回家給我爸媽看，兩個人還公然放閃互餵水果，完全沒考慮到我的心情。」

「他怎麼餵？」

「用叉子啊。」

「芷昀。」

「嗯？」方芷昀轉頭看他。

紀沐恆突然伸手摟住她的腰，俯身吻住她的脣，方芷昀微微屏息，雙脣被他很輕地壓著，感覺某個東西被他推入嘴裡。

「這是什麼？」她縮著脖子退離他的脣，嘴裡的東西嘗起來有點苦苦的。

「蛋糕上的巧克力片，下次我們閃回去，這樣餵給你哥看。」紀沐恆說完又輕啄她的脣一下。

方芷昀一時啞口無言，整張臉熱了起來，一顆心跳得紊亂，低下頭不敢看他。

紀沐恆不給她推拒的機會，輕輕從身後環抱住她，臉頰貼著她的髮鬢，輕聲呢喃：「妳知道嗎？我好喜歡和妳一起合奏。」

巧克力在嘴裡融化開來，苦味逐漸轉爲香甜，方芷昀望著一片燦然的夜景，感受著臂彎間的溫柔，再也無法忽視自己心頭的強烈悸動，不得不承認這一刻，她的心確實被紀沐恆的深情打動了。

♪

暑假過後，方芷昀升上大二，雖然和高浚韋同校，但由於所屬的學院隔了一段距離，分手後就再也不曾和他見過面。

倒是和紀沐恆的交集日漸頻繁，她星期日常到他的租屋處彈琴，因爲原屋主的房子有隔音設備；不像她的租屋處隔音差，只要把電鋼琴的音量調大，就會被隔壁的住戶在門上貼抗議字條，晚上還要戴著耳機才能練琴。

「眞不想進去，可是又很想進去，怎麼會這麼矛盾呢？」方芷昀哀聲嘆氣，在紀沐恆的租屋處門口來回踱步，不懂怎麼每次走到這裡，總要上演一場矛盾的心情拉鋸戰。

正在抱頭呻吟時，身後傳來開門聲，紀沐恆疑惑的聲音飄進耳朵：「妳在門口發什麼呆？」

方芷昀無奈轉身，近距離對上一堵光裸胸膛，嚇了一大跳，「紀沐恆，你幹麼光溜溜的？」

「我剛洗完澡出來……」他抓著毛巾擦拭溼髮，低頭看著腰下的長褲，「這件褲子不短，還能被妳腦補成光溜溜……」

「你怎麼常常在洗澡？」方芷昀惱羞地打斷他的話。

「早上去公園慢跑，回來後全身都是汗，想到妳要過來，就先洗個澡……」

「我要過來，關你洗澡什麼事？」

「妳要過來找我練琴，但我拉小提琴的時候，不喜歡身上有黏膩的感覺。」他低笑，握住她的手，將她拉進屋內，「這就跟妳彈琴時，應該會先洗個手、剪剪指甲一樣吧。」

的確，她彈琴的時候不喜歡手上有流汗的溼黏感，一定會先洗過手；也很討厭指甲刮在琴鍵上的聲音，一定會先將指甲剪乾淨。

方芷昀啞了好幾秒，瞪著他走到床前拿起T恤套上，忍不住念道：「早上也洗、下午也洗、晚上也洗，你的水費一定貴到破錶！」

「我爸媽也常念我浪費水。」紀沐恆輕笑，想到她每次總在門前徘徊，「妳怎麼不按電鈴？我一起床就在等妳來。」

「我又不是來找你。」

「不然妳來找誰？」

「我……」方芷昀轉身趴在三角鋼琴的琴箱上，露出滿足的微笑，「我是來找它玩的。」

紀沐恆瞧她在鋼琴上磨磨蹭蹭，頭上彷彿冒出一堆小愛心，忍不住搖頭嘆氣，來到和室桌前坐下，拿起桌上的樂譜，「芷昀，這是下次要合奏的琴譜。」

方芷昀走到他身旁坐下，看著他手裡的樂譜，「哇！是帕格尼尼的〈鐘〉。」

「這是妳高中欠我的。」

「高中？」方芷昀愣了一會兒，仔細回想，才恍然開口：「對喔……我都忘了這件事。」

當時紀沐恆帶她去看聖誕燈會，中途他上台爲她演奏了這首曲子，下台後她曾答應紀沐恆要幫他伴奏，後來因爲他偷吻她，兩人鬧得不歡而散，這件事也跟著不了了之。

「我直到畢業典禮那天，都還在等妳幫我伴奏。」紀沐恆淡淡說道。

「誰叫你突然吻……惹我生氣。」方芷昀現在才終於明白，原來當年在畢業典禮後，他看著她的心情是如此落寞。

「千錯萬錯，都是我的錯。」

方芷昀以爲紀沐恆在反諷自己，轉頭瞪他，意外發現紀沐恆的神情異常正經，眼底帶著一抹她讀不懂的複雜情緒。她看不下去地抽走他手裡的樂譜，慎重承諾：「學長，你再等我幾天，我回去馬上練習。」

紀沐恆輕笑，「我不急，妳慢慢練，我們以後多的是時間相處。」

以後……多的是時間相處，不再有高浚韋，只屬於紀沐恆……

方芷昀有些神思恍惚，心中還存著一絲牽念拉扯著她的心，讓她無法即刻回應他的情意。

此時，紀沐恆擺在桌上的手機一響，她回神瞄了一眼，螢幕顯示來電者是江少肆。

「喂。」紀沐恆拿起手機接聽。

「沐恆！」江少肆興奮的聲音傳來，「你知道最近剛發唱片的Seeker樂團嗎？」

「有聽過。」

「他們十月底要來我的學校辦校園簽唱會，我們無肆樂團獲選擔任他們的暖場樂團！」

「恭喜，雖然是簽唱會前的暖場樂團，不過也是宣傳自己的好機會。」

「那當然！你要不要帶芷昀過來，大家一起聚個餐，我好久沒看到她了。」江少肆頓了一下，輕嘆，「就怕她覺得尷尬，現在心緹非常依賴浚韋，兩人的感情越來越好……他們已經開始交往了。」

「我問問她，晚點再回電給你。」語畢，紀沐恆切斷通話，轉頭看著方芷昀，她別過身假裝在讀樂譜。

放下手機，紀沐恆張開雙臂從身後輕擁她，說明了無肆樂團要為Seeker樂團擔任暖場樂團的事。

方芷昀沉默片刻，轉開臉，「你和浚韋……也常常聯絡嗎？」

「偶而會聯絡，大家還是朋友，浚韋依然很關心妳。」

「明明跟心緹在一起了，幹麼還要關心前女友？」她莫名生氣，掙扎著想推開紀沐恆，但卻被他抱得更緊。

「如果沒有關心你，他就不是你認識的那個高浚韋了，妳也不會喜歡上他。」

方芷昀一陣鼻酸，想起剛認識高浚韋的情景，重感情的他努力照顧高奶奶、不忘關心高爸爸，極力想凝聚家人的感情，她當時就是喜歡這樣的他。

「想去簽唱會嗎？」他柔聲詢問。

方芷昀思考片刻，黯然搖頭，此刻她的心情還沒調適到可以微笑面對高浚韋和林心緹。

「那我就回絕少肆。」

聽紀沐恆這樣一說，方芷昀忽然慌了起來，覺得自己好矛盾，明明現在和紀沐恆走得那麼近，跟高浚韋一樣各自有了發展，但是卻又好似有個結懸在心裡，還是有些茫茫然不知所措。

到底還缺了什麼？

她怎麼想也想不明白。

十月底，Seeker樂團的校園簽唱會當天，方芷昀戴著帽子和口罩來到江少肆的大學，上個月她才跟紀沐恆說不想來，結果簽唱會的日子一到，她還是忍不住來了。

簽唱會的時間還沒到，寬廣的禮堂陸陸續續湧進歌迷，無肆樂團負責開場前的暖場演唱，等同藉著Seeker樂團的人氣替自己宣傳打響名聲。

方芷昀看著高浚韋在台上熱力四射地演唱，分手至今五個月了，沒有他的日子感覺像過了五年漫長，現在再見到他，她真的覺得高浚韋變得好陌生；在江少肆的嚴格訓練下，高浚韋無論是穿著打扮、演奏動作、台風等等，樣樣都不輸給明星。

暖場時間結束，無肆樂團下台，輪到Seeker樂團上場，方芷昀的視線離不開高浚韋，看著他從舞台右側樓梯走下去，林心緹就站在那裡等著他，雖然她的臉頰仍是有些削瘦，不過氣色好上很多，不如之前顯得那麼悲傷憤恨了。

林心緹一把拉住高浚韋的手臂，仰頭和他說笑，高浚韋面帶微笑地仔細傾聽，中間不知道聊到什麼，他突然輕擁她一下，低頭親吻她的額頭。

看到那一幕，方芷昀鼻頭一陣酸楚，眼前所見瞬間化成碎裂的光影，徹底的領悟一件事實——

該是放下執念、告別過去的時候了，因爲她和他，不可能了。

會造成今天這樣的結果，不就是當初自己所要求的嗎？

想到這裡，方芷昀突然輕笑了出來，深深吸了一口氣，昂起頭，轉身擠過人群走出禮堂。

「方芷昀。」一道熟悉聲音從旁邊傳來叫住她，「妳的僞裝技術也太差了。」

方芷昀愣了一下，循著聲音方向看去，紀沐恆抱著雙臂斜倚在柱子上，上下打量她的穿著打扮，淺淺笑望著她。

她怔然看了他幾秒，拿下帽子和口罩走到他面前。

「你怎麼知道我來了？」

「我作夢夢到的。」

「你騙人。」

「其實是少肆的眼睛很尖，妳戴著帽子和口罩，還穿得一身黑漆漆，從台上一眼望去，特別顯眼。」

「小四學長眞是精明鬼。」方芷昀失笑。

「如何？」看到方芷昀的笑容，紀沐恆朝她伸出手。

「什麼如何？」她緊緊握住他的手。

「見到浚韋的感覺？」

「很震驚……」她望向遠方，一面深呼吸壓抑心痛，一面又忍不住笑出聲，「原來他早就走遠了，而且還變得那麼耀眼，可是我的心還懷著一絲極小的希望，想著說不定再次和浚韋重逢，我和他的感情就會出現奇蹟。」

「結果呢？」他停下腳步，扳轉方芷昀的身子面向自己。

「結果我看到浚韋在人群面前擁抱心緹，還親吻她，終於領悟我們不可能了，我想……你姊姊重遊舊地的心情，大概就是這樣吧，終於斷了執念，覺得應該繼續往前進，不能輸給那個人。」

「應該吧，我姊後來振作起來，自己設計品牌開了一間服飾店，還算小有成績。」

「喔？所以是她從小把你打扮成女生，玩出來的興趣囉？」

「方芷昀，妳的精神滿好的嘛。」紀沐恆瞇眼，沉聲警告。

她漾開微笑，輕擁住他，臉頰貼在他的胸膛上，「紀沐恆，我要你……當我的男友，不准說不要！」

「妳早就是我的女友了。」紀沐恆臉上閃過一絲激動，眼神複雜地看著她，低頭吻上她的唇。

方芷昀閉上眼睛，毫不猶豫地回應著他溫柔的吻。

此刻的她，只想珍惜和紀沐恆相處的每一刻，別再有心痛的時候了。

♪

寒流來襲的十二月初，紀沐恆站在譜架前，練習小提琴協奏曲大賽總決賽的曲目。

這場比賽由台灣交響樂團主辦，是具有國際級水準的比賽，前三名優勝者將由台灣交響樂團安排演奏會，更會協助推薦得獎者參加國際大賽及演出，對許多立志當專業演奏家的學生而言，是走向國際樂界的跳板。

經過八月初賽和九月複賽後，參賽的一百多名年輕音樂家中，有十位脫穎而出晉級總決賽，其中包含了紀沐恆。

方芷昀身上披著毯子，埋首在筆電前趕報告，十指飛快敲打著鍵盤，不時皺眉看著他。

紀沐恆今天的狀況仍然不好，那首曲子已經練了一個多月，還是有幾段旋律拉得不太順。

在學習音樂的路上遇到瓶頸時，只能憑藉著毅力不斷練習，隨著級數越來越高，所經歷的挫折只會越來越多，低潮期也會越來越長。

小提琴的琴音戛然而止，紀沐恆一向溫和的脾氣，終於被連日以來的挫敗感消磨殆盡，心情煩躁無比，揚起琴弓就要往地上摔下去。

「沐恆，冷靜一點！」方芷昀趕緊出聲阻止，升上藝術大學後，他換了一把兩百萬的義大利小提琴，那法國製的琴弓，禁不起摔啊！

紀沐恆深呼吸斂下怒氣，頹然坐在琴椅上，不發一語。

方芷昀見他這副沮喪模樣，也有點心疼，起身倒了一杯溫開水給他，柔聲說：「先喝水吧。」

「謝謝。」他抬眼看她，神情滿是疲倦，接過茶杯仰頭喝盡。

「喝完去睡個覺。」

「我睡不著……」

「去、睡、覺！」她以強勢的口氣命令，一把拿走他的小提琴和琴弓，拆開肩墊、鬆開弓弦，統統塞進琴盒裡，「睡個半小時也好，不然我要回家，不陪你練琴了。」

「好，我睡。」紀沐恆無力地笑了笑，轉身爬到床上。

方芷昀回到和室桌坐下，繼續打電腦，打沒幾個字就見紀沐恆在床上翻來覆去，似乎無法入睡，他接著爬下床，拖著棉被包住自己，像隻貓咪似的窩在她的身側。

「乖，大貓咪快睡，主人幫你按摩。」她伸手輕撫他的頭髮。

紀沐恆閉上眼睛，微皺的眉心緩緩舒展開來，在她的溫柔安撫中，逐漸放鬆心情，沉沉進入夢鄉。

片刻之後，方芷昀盯著自己的右手，感覺食指和中指有點麻麻的，心想最近除了練琴外，還得趕報告，右手都在打電腦、用滑鼠，應該是有些太過疲累，等考完試好好休息之後，痠麻的情況應該就會好轉。

過了兩個小時，紀沐恆的身體動了動，把拉拉熊推到牆邊，將頭枕在方芷昀的大腿上，繼續賴床。

「你有沒有睡飽？」方芷昀微笑問道，摸摸他的頭，好像真的養了一隻大貓咪一樣。

「嗯……還作了個夢……」他輕喃。

「夢到什麼？」

「夢到我和妳結婚，我做了一個花圈戴在妳的頭頂上。」

「無聊！」她輕拍他的頭。

紀沐恆輕笑，起身走進廁所洗了把臉，出來時精神明顯好上許多，他打開琴盒重新拿出小提琴，走到譜架面前。

將小提琴架在肩上，他呼了口氣放鬆身心，專注地看著樂譜，靜下心反覆練了三遍，稍早過不去的難關，竟然順利地拉過去了。

方芷昀看他總算有了笑意，吊著的心才總算放下。

紀沐恆擱下琴在她的身後坐下，張臂環抱她，下巴抵在她的肩膀上，「報告打完了嗎？我肚子好餓，想出去吃飯了。」

「等一下，我把這一段做個總結，我們就出去吃飯。」方芷昀耐心地哄他。

方芷昀繼續在鍵盤上打字，紀沐恆輕輕吻上她的臉頰，「芷昀，謝謝妳陪我練琴。」

「你是我的男友，陪你是應該的，而且我喜歡聽你拉琴。」她心跳加快，整張臉跟著熱了起來。

「我也喜歡拉琴給妳聽。」他脣角微彎，輕啄她小巧的耳垂。

「紀沐恆！」方芷昀羞紅臉別開，用力推他一把，「你不要練完自己的功課，就來鬧我。」

「我沒有鬧，只是有點無聊。」紀沐恆一臉無辜，不理會方芷昀的抗議，將她整個人扳轉過來面向自己，輕輕捧住她的臉。

方芷昀凝視他的臉，心裡泛起一抹甜蜜，他緩緩傾身向前，她輕輕閉上眼睛，靜靜感受他溫熱的氣息拂上臉頰，心臟在兩脣輕觸時揪緊了一下。

紀沐恆的脣輕輕揉壓她的脣瓣，她溫柔回吻，雙手圈上他的肩頸，被他吻得暈乎乎地無法思考，心頭十分甜蜜。

時光彷彿停止在這一刻，方芷昀依偎在他懷裡，頭枕在他的頸窩處，平息熱吻過後的呼吸和急促心跳。他們彼此都沒有說話，平靜滿足地享受這樣寧靜而幸福的時光。

但是寧靜的幸福時光，卻接著被紀沐恆飢餓的肚子咕嚕聲打斷。

「再不去吃飯，我就要咬妳了。」他鬆開她，倒在拉拉熊身上哀叫。

她沒好氣地搥他一拳，轉身正要關掉筆電的電源時，卻瞥見螢幕保護程式閃著Wing of Wind六個人參加全國大賽的合照。

筆電是紀沐恆的，他果眞暗藏了大家的合影。

望著照片中的范翊廷，方芷昀發現自己不像過去那樣悲傷，已經可以直視他了，對著他在心裡暗暗說道：翊廷學長，你是我最敬愛的貝斯手，沒有人可以取代你的位置，我永遠不會忘記你。

方芷昀轉頭注視著紀沐恆，「高中的時候，你爲什麼不跟我合照？」

紀沐恆沒有答話，臉上的笑容凝住。

「你說這個問題只有女朋友才能問，現在我有資格問了吧？」

「當然。」他起身走到琴椅前，把擺在上面的小提琴收進琴盒裡，「因爲妳在聖誕燈會上拒絕我，我因爲生氣，才不想留下我的照片，免得妳以後跟朋友炫耀，說以前曾經打槍過這位學長……」

方芷昀點點頭，關掉筆電的電源，起身挽住他的手臂，「我們去吃飯吧。」

其實，她知道紀沐恆在說謊，因爲他不敢直視她的目光。

爲什麼他要騙她？

十二月底，到了小提琴協奏曲大賽的總決賽日子，方芷昀陪著紀沐恆來到比賽的演藝廳。

「哇！好羨慕……」寬敞的舞台和階梯狀的觀眾席散發莊嚴肅穆的恢弘氣勢，方芷昀表情盡是掩不住的興奮，「我小時候的夢想，就是長大後當一位鋼琴家，登上國家演藝廳的舞台表演。」

紀沐恆看著她嚮往的神情，眼裡交雜著一抹難以形容的情緒。

「沐恆，比賽要跟台灣交響樂團合奏，你會不會緊張？」她關心道。

「目前還好，不過上台時就不知道了。」紀沐恆伸手挽住她的腰，發現她用左手握住右手的食指及中指，不斷按壓反折，疑惑地問：「妳的右手怎麼了？」

方芷昀低頭看著右手，張開五指抓握幾下，「沒事……只是食指和中指有一點麻，壓一壓感覺比較舒服。」

「麻？」他臉色一沉，「妳這症狀多久了？」

「月初開始的，那時候在趕報告，大概是太累了……」方芷昀回想了一下，瞧他神色凝重，馬上露出沒事般的笑容，「以前跟你提過，我的手偶而會痠痠的，休息幾天就沒事了。」

「妳手麻了一個月，竟然什麼都沒有講，還繼續跟我一起練琴？」

「又不會影響到彈奏……」

「不會影響？」紀沐恆擰起眉心，臉上難得顯出怒氣，「妳還搞不清楚狀況？手麻有可能是腕隧道症候群！」

方芷昀被他突如其來的怒氣嚇住，從認識他到現在，他總是溫和體貼地對待她，這是她第一次見紀沐恆發這麼大的脾氣。

眼看她不知所措的模樣，紀沐恆咬牙斂下怒氣，擔憂地沉聲說道：「有些音樂家就是因爲輕忽這樣的手傷，傷勢惡化，從此不能再彈琴了。」

「對不起……」方芷昀連忙握住他的手，安撫他的情緒，「你先別生氣，好好專注比賽，等比賽結束，我馬上就去看醫生。」

「妳這樣叫我怎麼比得下去！」紀沐恆煩躁地皺眉，輕輕撥開她的手，撇下方芷昀，逕自朝比賽準備室走去。

方芷昀坐在觀眾席望著台上，十位參賽者將由台灣交響樂團負責協奏，以現場音樂會的方式進行比賽。

低頭看著右手，當初只是有點麻麻的，因爲沒有妨礙到日常生活，所以方芷昀並沒有放在心上。

但到了月底，手麻的感覺依舊持續，方芷昀心想，紀沐恆之所以那麼生氣，是氣自己沒有把這件事告訴他，還陪著他一同練琴。

方芷昀沒有想到他會這麼在意這件事，不斷在心裡暗暗祈禱，希望這件事不要影響紀沐恆比賽的心情。

台上的音樂會持續著，輪到紀沐恆上場，方芷昀一看到他的模樣，一顆心頓時涼去半截，紀沐恆眼神空洞，表情木然，就像她初次在高中音樂祭時遇見他的情況一樣。

她只能無助地看著他變成一個面無表情、琴技高超的拉琴機器人。

比賽結束，紀沐恆落敗，沒有打進前三名。

評審下的評語是：演奏技巧完美，卻只有炫技，沒有投入感情。

那天回家的路上，紀沐恆始終不發一語。

後來紀沐恆陪她去醫院檢查，醫生表示只要是長期需動到手部的工作，都有可能會發生腕隧道症候群的症狀，正如紀沐恆所言，是很多音樂家的職業病。而方芷昀的症狀還很輕微，醫生幫她開了一些藥，要她暫停練琴休息。

紀沐恆送她回到租屋處，盯著她乖乖吃完藥，整個人異常沉默。

「沐恆，比賽已經結束了，你不要太難過。」方芷昀柔聲安慰，畢竟花了大半年的時間練習，落敗的感覺一定很不好受。

「我想冷靜個幾天，妳先別過來找我，有事也別打給我，傳LINE聯絡就好。」紀沐恆深深望了她一眼，提著琴盒走向門口。

方芷昀心一沉，紀沐恆是在責怪自己讓他在賽前分了心，才無法贏得比賽嗎？

心頭忍不住一股怒氣上湧，方芷昀當初也沒想到自己的手腕症狀會那麼嚴重，他沒有必要那麼生氣吧？

她再也受不了地負氣叫道：「不找就不找，不打就不打，這樣我還省車錢省電話費呢！」

跨年過後，新的一年開始了。

方芷昀和紀沐恆從比賽後就再也沒有見面，一通訊息也沒有傳，彷彿在互相冷戰嘔氣似的，比賽看誰先投降。

她對他的思念逐漸加深，越來越想見到他的身影，想聽他的聲音、琴音，想跟他一起合奏，想抱抱他、吻吻他……

一顆心彷彿被凌遲般難受，意識到自己可能直接被紀沐恆放生，方芷昀再也沒辦法忽視心中強烈的不安。

凌晨兩點，方芷昀煩躁到讀不下書，抓起手機撥打紀沐恆的號碼。

「喂……」手機裡傳來他帶著濃濃睡意的沙啞嗓音。

方芷昀原本想理性溝通的，卻在聽到他的聲音時，想到他竟然一夜好眠，拋她一人獨自操心，忍不住一陣委屈，對著手機大吼：「紀沐恆！你是不是討厭我，想和我分手？你怪我害你比賽輸了對不對？你想分手就說，我不會死纏著你，你這樣悶不吭聲的，到底算什麼？」

手機另一頭沉默了一陣，才響起他輕柔的嗓音：「妳虛張聲勢的時候，其實心情是很不安的。」

「什、什麼？」方芷昀像顆洩氣的氣球，氣勢瞬間消去大半。

「其實我比妳更害怕。」他說道。

她傻住，不懂他在說些什麼，「你在害怕什麼？」

「妳想知道嗎？」

「想，當然想！」

「那星期天中午，我們祕密基地見！」

♪

祕密基地？

方芷昀記得的「祕密基地」只有一處，就是奶奶家後方的小樹林，那裡曾經是自己兒時和哥哥的小天地。

搜尋腦海中的回憶，祕密基地盡是她和哥哥玩得開心的畫面，並沒有一個名叫紀沐恆的人。

若是和他無關，那他怎麼會知道那個地方？

方芷昀依稀記起小時候，她和哥哥時常追著火車跑，但是年幼的記憶已經久遠不可考，方芷昀只好用手機上網搜尋地點，總算找到那條鐵路的資料。

原來它是一條台鐵支線，專門用來運送燃煤到火力發電廠，每天會有好幾趟的運煤車經過，直到三年前，這條有四十多年歷史的鐵路才停止營運。

只要到了那裡，就能解開她的疑惑，以及得知紀沐恆害怕讓她知道的祕密。

星期天早上，入冬最強的冷氣團來襲，窗外飄起陣陣細雨。

方芷昀穿著厚外套，圍上圍巾，帶著雨傘搭公車前往奶奶家，她還記得奶奶家大概的位置，但是卻已經忘了門牌號碼。

轉了幾班的公車，方芷昀在以前就讀的小學門口下車，抬頭看看學校名字，事隔多年，有關小學一、二年級的記憶已殘缺不全，加上轉學後也沒再和同學聯絡，現在同學們的名字一個都記不得了。

紀沐恆會是這裡的學生嗎？

回想音樂趴上第一次見到紀沐恆的情景，他莫名拉著她跑開，和自己一點都不陌生的樣子，難不成……他以前曾經見過她？

方芷昀撐著雨傘繞過學校圍牆，走到後門，抬頭望著門邊的大榕樹，一幅畫面忽然自腦中閃過——

放學後，天空飄著細雨。

「下雨了……」她拿著書包遮在頭頂上，站在樹下躲雨。

「芷昀，跟我一起回家。」哥哥朝著她走來，撐起手裡的雨傘替她擋雨。

「好啊！」她仰頭望著他，燦然一笑。

「可惜哥哥回英國讀書了，不然應該找他一起回味一下。」方芷昀伸手拍著大樹的樹幹，景物總是和回憶相輔相連，如果沒有看到這棵樹，她可能一輩子都不會想起這個回憶。

沿著學校後門前方的小路直走，地勢逐漸向上傾斜，小路走到底就是鋪著碎石的鐵道。

方芷昀踩在潮溼的鐵軌上，聽著腳下碎石的摩擦聲，轉頭看著路口的鐵道警示鈴，記憶翻騰了一下，又隱約閃過一幕景象——

「叮噹、叮噹……」鐵道警示鈴響起。

「芷昀，快點，火車來了！」哥哥拉著她跑到警示鈴的旁邊。

當運煤車緩緩經過平交道時，她揮舞雙手大喊：「火車再見！火車再見！」

站在車門邊的車長叔叔，臉上掛著微笑，親切地朝兩人揮手道別。

「車長叔叔跟我們說再見耶！」她興奮地轉頭望向哥哥。

哥哥的面容非常模糊，但是她感覺得到他同時也在對她微笑著。

穿過鐵道，後面的路就不難認了，只要沿著斜坡往上走，中途就會經過奶奶家。

方芷昀撐著雨傘走走停停，像在探險似的，回想起很多回憶，有趣的是，當年記得奶奶家位於山坡上，現在長大了，發現以往記憶中的山坡，只是比平地略高的小坡而已。

沿途經過原本丟著廢棄傢俱的空地，那裡蓋了一間鐵皮屋，鐵皮屋再走過去就是奶奶家了。

方芷昀興奮地跑過去，發現印象中原本是平房式的奶奶家，現在被打掉蓋成了一間三層樓的屋子。

她一顆心墜到谷底，失望地望著那棟屋子，呆了半晌才落寞轉身，只見斜前方座落著一棟漂亮別墅，門前築著高高的圍牆，裡面似乎有個小庭院。

方芷昀心頭突地竄過一絲莫名的熟悉感，她走到那棟別墅前面，發現大門上掛著一個木雕小提琴的信箱，視線移到右邊門柱上，上面嵌著一個門牌，上頭寫著：紀寓。

「紀……」方芷昀怔住，又一道回憶閃過眼前——

放學的夏日午後時光，蟬聲唧唧。

「奶奶，我彈〈洋娃娃之夢〉給妳聽。」方芷昀坐在鋼琴前面，雙手在琴鍵上躍動。彈完後，哥哥突然走過來，看著她的琴譜說：「這個譜不會很難，我拉高音部，妳幫我彈低音部，好不好？」

「好啊！」她欣然點頭，轉過身收起右手，只用左手彈出低音部。

小提琴的樂音在她的身邊悠揚響起，和她一起合奏……

「不對！好奇怪……」方芷昀看著小提琴信箱，滿面困惑地搖著頭，似乎有那裡怪怪的……

方聿翔沒有學過小提琴。

而且哥哥大她三歲，她讀一、二年級時只上半天課，哥哥上的是全天課，若是這樣，他哪有時間陪她在放學後追運煤車？

眞的好奇怪！

方芷昀越是深入回想，就越覺得她的記憶和現實之間有一些邏輯上的衝突矛盾。

「祕密基地……」心裡的謎團逐漸膨脹，方芷昀撐著雨傘朝斜坡上跑，找到那片小樹林，只見樹林中央站著一道熟悉身影。

紀沐恆一手撐著雨傘，右手插在外套的口袋，仰頭望著樹枝稀疏的天空。

「紀沐恆！」她跑到他的身側，不安地揪住他的衣角，微微喘息，「爲什麼……你會知道這裡？」

他緩緩收回目光，轉頭看著她，溫柔一笑，「妳終於回來了，我的小新娘。」

♪

回溯起初遇她的那一年……

就讀幼稚園中班的紀沐恆，看著鏡子中映著自己穿著白色芭蕾舞服的身影，頭上還戴著羽毛髮飾，白裡透紅的臉蛋、無辜的大眼睛、長長的捲睫毛，加上微微抿嘴的哀怨模樣，完全就是一個極品小蘿莉。

他的姊姊站在旁邊拍手大笑，「沐恆，媽媽把你生錯了，你長得這麼漂亮，應該要當妹妹才對。」

「我是弟弟，不是妹妹！」他生氣地朝姊姊大吼，滿腹委屈地跑出家門，非常勇敢地跨過一條馬路，縮坐在鄰居家的屋簷下。

忽然間，鄰居家的大門打開，從門後探出一顆剪著可愛娃娃頭的小腦袋，圓圓的臉蛋上有一雙明亮的大眼睛。

「小姊姊，妳好漂亮。」小女孩張大眼睛，像發現什麼新奇事物一樣。

聽到那一聲小姊姊，紀沐恆小嘴一扁，「哇」地一聲大哭起來。

「妳不要哭，有人欺負妳嗎？」小女孩在他的身邊坐下。

「姊姊欺負我，我討厭姊姊！」紀沐恆一邊啜泣，一邊揉著眼睛。

「我也討厭哥哥，他也常常欺負我。」小女孩嗓音稚嫩，突然抱住他，一副心有同感的模樣，「我不會欺負妳，我喜歡妳，我當妳的妹妹好不好？」

「好。」紀沐恆收起眼淚，吸吸鼻子，「妳叫什麼名字？」

「小姊姊，我叫方芷昀。」

紀沐恆聽了一臉打擊，忍不住又嚎啕大哭，他是貨眞價實的男生，不是小姊姊呀！

隔了幾天，住在斜對面的方奶奶，帶著方芷昀來找「小姊姊」玩。

紀沐恆從二樓走下來，站在方芷昀面前，她歪著頭上下打量他，伸手揪住他帥氣的吊帶牛仔褲。

「妳為什麼沒有穿裙子？」她噘嘴問。

「我是男生，我不穿裙子。」他挺胸回答。

「你站著尿尿？」

「對呀。」

「哇啊——我要姊姊，我不要哥哥。」方芷昀小臉一皺，馬上放聲大哭。

「為什麼不要我？」紀沐恆有些生氣，拉住她的裙襬。

「哥哥壞壞、哥哥壞壞……」她邊哭邊推他。

「我沒有壞壞，我會喜歡妳。」

「我不要、我不要……」方芷昀止不住眼淚，小臉哭得通紅。

「我有小提琴，妳要不要玩？」他連忙拿出自己心愛的玩具。

「小提琴是什麼？」方芷昀收起眼淚，好奇心被勾起。

「我放在樓上，我帶妳去看。」

方芷昀眨著淚眼點點頭，「好啊！」

紀沐恆牽起方芷昀的手，兩人咚咚咚跑上樓，一起去看小提琴。

從那天開始，紀沐恆幼稚園放學後，就常常跑到方奶奶家玩，陪方芷昀畫圖、堆積木、玩躲貓貓。

方家一向很早開飯，方奶奶五點多煮好晚餐，幫孩子添好飯菜後，就和鄰居朋友外出散步。

方聿翊和方芷昀坐在餐桌前吃飯，方聿翊三兩下就吃完飯，跑到客廳看電視。

隔了片刻，紀沐恆拉開大門走進來，手上拿著一盒蠟筆，想找方芷昀一起畫畫。

「小沐哥哥，我不要吃青椒，可是奶奶叫我要全部吃完。」方芷昀委屈地望著他。

「我還沒吃飽，肚子還有點餓，我幫妳吃掉它。」他摸摸肚子。

方芷昀拿著湯匙，舀起一片青椒。

紀沐恆張大嘴，一口含住湯匙吃下。

「好吃嗎？」她睜大眼睛，天眞地問。

「好吃。」他點點頭。

「你以後可以幫我吃很多青椒嗎？」方芷昀小臉漾開微笑。

「好啊，妳不喜歡吃的，統統給我吃！」紀沐恆拍拍小胸膛，一口應允。

每週三下午是紀沐恆上小提琴課的時間，除此之外，他每天還要固定練一個小時的琴。

有時候他也想看卡通、玩機器人、讀讀故事書，但是爸媽規定他要練完琴才可以玩耍，這讓紀沐恆的心情很不好，常常把小提琴一腳踢到牆角邊，賴在地上發脾氣。

方芷昀跑來找他玩的時候，正好看到他四腳朝天倒在地上耍賴的模樣。

「我不喜歡拉小提琴，手好痠、腳好痠、脖子也好痠。」他眼角掛著淚光。

「我幫你抓抓好不好？」她在他的身側坐下。

「嗯。」紀沐恆點點頭。

「哪裡痠？」

「手手。」他伸出右手。

方芷昀幫他捏捏手臂。

「腳腳。」他抬起右腳。

她再幫紀沐恆捏捏大腿。

「肚子。」

方芷昀馬上幫他捏肚子。

紀沐恆癢得哈哈大笑，縮起身子，直嚷著不瘦了。

「你拉琴給我聽。」她把小提琴和琴弓撿回來。

「妳要聽什麼？」他爬坐起來，接過小提琴，架勢十足。

「我要聽……李斯特的〈鐘〉。」方芷昀眼睛一亮。

「我不會拉這個……」紀沐恆沮喪地垂下頭。

「那你會拉什麼？」

「我會拉〈小步舞曲〉。」

「好，我要聽！」

紀沐恆站起身，把小提琴架在肩上，拉了一首〈小步舞曲〉給她聽，悠揚的樂音飄蕩，兩人同時互望一眼，相視而笑。

夏日的晚上，夜風涼爽宜人。

方奶奶帶著方聿翔、方芷昀和紀沐恆去逛夜市，三個孩子玩了撈金魚、打彈珠和射飛鏢後，方奶奶又買了冰淇淋給三個人吃。

方聿翔個性調皮，喜歡把餅乾杯的下端咬開一個洞，慢慢吸乾冰淇淋。

紀沐恆握著冰淇淋，盯著上面的尖角，一副捨不得吃的模樣。

方芷昀瞧他對著冰淇淋傻笑，忍不住傾身上前，迅速咬掉冰淇淋的尖角，一溜煙地跑開。

「芷昀，妳怎麼可以偷吃我的冰淇淋？」紀沐恆生氣地哇哇大叫。

「嘻嘻……」她邊跑邊笑，腳尖忽然踩到路面的小坑洞，整個人往前撲倒在地上，手中的冰淇淋飛了出去。

方奶奶見狀生氣罵道：「芷昀，我叫妳吃東西不准亂跑，妳偏偏不聽，現在跌倒了，冰淇淋也掉了吧！」

「哈哈，妳活該！」方聿翔在旁邊朝她扮鬼臉。

紀沐恆跑過去拉起方芷昀，拍掉她衣服上的灰塵。

方芷昀看著掉在地上沾滿砂子的冰淇淋，眼圈一紅，回頭眼巴巴地望著奶奶，但方奶奶覺得應該給孫女一次教訓，決定不再買給她。

「妳不要哭，我還有冰淇淋，我們一起吃。」紀沐恆微笑，把自己的冰淇淋遞到她的嘴邊。

「好。」她吸吸鼻子，擦去眼淚，舔了一口冰淇淋。

後來，方芷昀不再偷咬紀沐恆的冰淇淋，兩人改成用乾杯的方式，握著餅乾杯相碰，一起張大嘴巴咬下冰淇淋，享受沁涼的快感。

某天，紀沐恆陪方芷昀在院子裡玩耍。

方芷昀摘了很多花草，撕得細細碎碎擺在盤子裡，玩起扮家家酒。

「妳要不要玩結婚的遊戲？」紀沐恆想到前幾天，爸媽帶他去參加阿姨的庭園式婚禮。

「好哇，可是結婚要怎麼玩？」她不解地偏頭。

「我們先做一個花圈。」紀沐恆摘了一把酢醬草，將草莖捲成環形，放在她頭頂上，微笑看著她，「芷昀，妳願意嫁給我嗎？」

「我願意。」方芷昀眨眨眼。

然後兩人一片沉默，大眼瞪小眼，不知道接下來要做什麼。

紀沐恆突然想起什麼似的說道：「啊！還要親一下，才算完成結婚。」

「親哪裡？」她好奇地問。

他回想起阿姨和姨丈在婚禮所做過的儀式，「親……親嘴巴。」

方芷昀雙手搭在紀沐恆的肩上，踮起腳尖朝他嘴巴啾了一口，「這樣可以嗎？」

「可以，那換我親妳。」紀沐恆微微低頭，在她的脣上輕輕一吻。

於是兩個小孩就這樣天眞地把自己的初吻玩掉了。

非常重視教養和禮貌的方奶奶，總是誇讚紀沐恆有家教，讓調皮的方聿翔對紀沐恆相當感冒。

另一方面，方奶奶也經常要求方芷昀要有淑女的模樣，但淘氣的方芷昀卻總是在挑戰奶奶的底限。

紀沐恆去找方芷昀玩耍時，偶而會遇到她被方奶奶責罵後，和方奶奶嘔氣，一個人躲在衣櫥裡或桌子下，甚至跑到庭院裡躲起來的情形。

每當遇到這種情況，他就當作方芷昀在玩躲貓貓，每個地方都找上一遍，直到找到她爲止。

「奶奶不喜歡我，我一定是撿來的小孩。」她眼淚不住地落下，垂首哭泣。

「不要哭，還有我會喜歡妳。」紀沐恆拍拍她的頭，輕聲安撫她。

反觀方聿翔，則是那種對妹妹避之惟恐不及的哥哥。

他不喜歡方芷昀進他房間、碰他的玩具、摸他的書。

「方芷昀！我的變形金剛是妳拆開的，對不對？」方聿翔氣得漲紅了臉，雙手捧著一堆機器人零件大聲責怪她。

「我沒有弄壞，只是拆開後組不回去而已。」方芷昀著急地替自己辯解。

「組這個很麻煩，要花很多的時間！」方聿翔怒氣沖沖，不耐煩地趕走她，「妳走開啦，去找紀沐恆玩，不要來煩我！」

「哼，我要去跟小沐哥哥好，才不要理哥哥！」方芷昀吐舌，朝他扮了個鬼臉。只有小沐哥哥對她最好！

紀沐恆永遠無法忘記那一天。

小學三年級的某個雨季，已經連續下了兩個星期的雨，紀沐恆在家裡悶得發慌，好不容易天氣終於放晴，馬上興奮地跑出門找方芷昀玩。

「芷昀！」他站在庭院裡揮著手，「快點快點，火車就要來了，快去我們的祕密基地！」

「小沐哥哥！等等我！」方芷昀拉開落地門，坐在門邊穿鞋子。

紀沐恆等不及，轉身朝著屋後的小樹林跑去，方芷昀擔心下雨，提著一支小紅傘，緊緊追著他的背影。

兩人嘻嘻笑笑，一前一後跑進茂密的樹林裡。

這時，紀沐恆右腳突然打滑一下，發現地面非常溼滑，但是正玩在興頭上，也沒有多想。

當他聽見背後傳來方芷昀的尖叫聲時，急忙慌慌張張地往回跑，往斜坡下的溝渠看去，只見方芷昀倒在那裡一動也不動，一片血紅在她後腦下方地面暈開。

如果時間可以重來，他一定會停下腳步等方芷昀，緊緊牽住她的手，帶著她慢慢地走。

可惜，時間無法倒轉。

最終樂章　曾有你的雨季

細雨停歇，草葉上凝著一顆顆的水珠，陣陣蛙鳴聲自四面八方傳來。

紀沐恆收起雨傘掛在旁邊的樹幹上，眼中帶著點哀傷，淡淡說道：「妳昏迷了整整一天才清醒過來，後來妳媽媽幫妳辦轉院，之後我就再也沒有見過妳了。」

方芷昀聽完他的敘述，臉上的表情非常難以置信，皺著眉頭問：「所以，我因爲頭部受傷……而忘記了你？」

「不對，妳沒有忘記我，妳記得很清楚，只是把妳的哥哥代入我的記憶裡了。」他停頓幾秒，讓她消化一下，接著舉例解釋，「正常人也會發生這種狀況，例如A跟妳說了一些話，隔了一段時間，妳卻把那句話記成是B說的，就像我爸媽也會搞混我和姊姊小時候做過的事，只不過妳的情況比較嚴重。」

方芷昀望著斜坡下雜草半掩的溝渠，低頭沉思了半晌，尷尬地笑道：「剛才我仔細回想一遍，實在無法相信記憶中溫柔陪伴我的那個人就是你，就算你現在跟我解釋清楚，我腦海裡的回憶還是維持著原狀，並沒有因此替換成你。」

「無所謂了。」紀沐恆眼神微微黯下，不在乎地搖頭，「我今天找妳回來是想告訴妳，當年我跑在妳前面，明明知道這條路很滑，但是卻沒有停下來等妳，妳的右手等於是我間接毀掉的。」

「紀沐恆！」方芷昀聽了非常生氣，伸指戳著他的胸膛，「我已經說過了，我右手的傷是我自己不小心造成的，我沒有責怪任何人！」

紀沐恆一臉憂傷地看著她，不認同地說：「方芷昀，鋼琴家吳意馨之女，三歲開始學習鋼琴，從小即展現過人的音樂天分，七歲跟著母親登上國家音樂廳，兩人四手聯彈合奏了三首曲子，八歲在文化中心開了個人的第一場鋼琴獨奏會，妳說說看，我的疏忽毀掉的是什麼？」

方芷昀沉默，事隔十多年，沒想到還有人記得那些事。

那些曾經在她的生命中，像夢一般閃閃發亮的遙遠回憶。

紀沐恆輕嘆一口氣，繼續說道：「國一那年，我在音樂比賽上遇到妳哥哥，他跟我說明了妳手傷的狀況，還有記憶錯置的事，從那天開始，我發了一個誓：就算我沒辦法使妳的手復原，但我會盡我最大的能力，去幫助妳實現夢想。」

方芷昀聽了非常震驚，原來他拉琴的初衷，根本不是爲了自己，而是爲了她的夢想。

難怪當他知道她的手發麻時，才會嚴重影響到比賽心情，甚至在比賽落敗後意志變得如此消沉，因爲他是在責怪自己沒能拿下前三名，完成她登台演奏的夢想。

「我在音樂趴與你相遇，是偶然嗎？」方芷昀的心止不住抽痛，捨不得紀沐恆這樣折磨自己。

「眞的是偶然，連我自己也很詫異，當時一看到妳制服上的名牌，我不得不拉著妳跑，就怕再次錯過妳。」他一字一字地慢慢解釋，不再對她有任何隱瞞。

「高中的時候，你一直無條件幫助我，也是爲了補償我嗎？」

「也不全然是，當時看到妳不放棄音樂，非常熱血地積極組團，我的心被妳的熱忱深深打動，所以才進而幫助妳。」

「你是不是一直在試探我，想勾起我的記憶？」方芷昀問。

「嗯……因爲我說不出口，怕說出實情妳會怨我，可是又希望妳能想起我，所以才會忍不住試探妳。」

「那你不肯跟我合照的眞正原因是什麼？」

「我害怕也許妳哪天看著照片會突然想起過去的一切，可能會造成妳更大的困擾。」

「那你看到我和浚韋在一起，不難過嗎？」

「妳是我的小新娘，看到妳和別的男生在一起，我的心當然很痛；不過，只要妳喜歡，我什麼都可以成全。」

方芷昀再也聽不下去，伸手在他胸膛上狠搥兩拳，罵道：「紀沐恆，你笨蛋！難怪你拉的小提琴會被評爲只有炫技，沒有投入情感。」

紀沐恆被她搥得倒退兩步，一臉驚訝。

「我不需要你這樣爲我付出！」方芷昀不捨地望著他，「雖然上天把我的才能收了回去，讓我沒辦法當一名專業的鋼琴家，不過也因爲這樣，我才能認識浚韋、心緹、翊廷和少肆學長，我在大家的合奏中找到了另一種快樂與滿足，玩音樂玩得很開心。」

「芷昀……」紀沐恆說不出話，聲音哽咽。

「我不會因此喪氣，我會找尋新的夢想。」她臉上表情堅定，雙手環住他的腰，「所以，請你為了自己而努力，不要再拿對我的愧疚當成自己的動力，我希望你往後拉琴的心，是源於一顆愛我的心。」

「我一直很愛妳呀。」紀沐恆伸手輕撫她的臉，心頭滿滿感動。

「你不說，我怎麼知道？」她忍不住瞪他一眼，掩飾自己內心的羞赧。

「那妳呢？」

「咦？」

「我很好奇，好想知道。」

「我、我也愛你……」方芷昀羞得低下頭，整張臉如番茄般紅咚咚。

「手還會痲嗎？」紀沐恆輕柔地握住她冰冷的手。

「還有一點，你幫我呼呼就好了。」她撒嬌，其實休養了一陣，現在已經沒事了。

他執起方芷昀的右手，低頭在她的手腕上吹了一口氣。

「抱一下會更好。」

紀沐恆張臂將她擁進懷裡，輕揉她的頭。

「親一下就更完美了。」她害羞地低語。

紀沐恆微笑，低頭吻住方芷昀的脣，凜冽的冬風拂過竹林樹梢，晶瑩的雨滴灑落在兩人身上，下起一片竹林雨。

一陣寒風吹來，兩人緊緊相依，靜靜地享受這一刻專屬於他們的幸福。

♪

偌大的練團室裡，洋溢著熱情的搖滾樂旋律。

高浚韋抱著吉他在麥克風前彈唱，林心緹坐在角落的沙發上微笑看著他，陪他練團。

此時，練團室的大門突然被人推開，江少肆背著吉他衝進來，上氣不接下氣，「各位……我的心臟快麻痺了！剛才我在路上接到唱片公司打來的電話……他們的音樂總監在簽唱會上聽到我們的歌，想要跟我們簽約……替我們發行一張EP。」

「真的假的？」

「會不會遇到詐騙集團？」

「誰來咬我一口，證明這不是在作夢。」

眾人無不瞪大眼驚呼，實在不敢相信這突如其來的好運氣。

下午練完團，一群人走出樂器行，互道再見。

「最近天氣冷，妳不要感冒了。」高浚韋拿出圍巾幫林心緹圍上。

「浚韋，你唱得太好了，才能讓翊廷學長寫的歌被唱片公司聽見。」林心緹露出欣慰的笑容，眼圈漸漸泛紅。

看她眼裡浮出淚光，高浚韋不捨地將她摟進懷裡，「翊廷學長是個才子，他一直活在妳我的心裡，所以我才能唱得這麼好。」

「浚韋，謝謝你在我最痛苦的時候陪伴我、愛著我……」林心緹緊緊抱住他，感動地無法自己。

高浚韋揚起脣角，仰頭望著灰沉的天空，冰冷的細雨不斷灑下。

在細密的雨絲裡，高浚韋隱約望見那一年的夏天，他背著吉他追著鋼琴的琴音，穿過風雨找到一間音樂教室，按了門鈴，從裡頭走出一個女孩。

青春裡有太多的迷惘和孤獨，幸好有那女孩用合奏凝聚大家，喧嘩彼此寂寞的心。

他想謝謝她，爲他的生命中帶來了這麼多美好的事。

他永遠是她的團員，Wing of Wind是屬於她的熱音。

高浚韋有一種直覺，等這場雨季停了，她會帶著微笑回到他們的身邊。

〈全文完〉

後記
永遠可以有另一個新夢想

我終於寫出一部以音樂內容爲背景的愛情故事了！

寫這個故事的期間，我卡稿卡得很慘，從一開始的大綱就修修改改了很多次，甚至一度全盤推翻又撿回來繼續寫，希望這部是最慘的一次卡稿經驗，不要再有更慘的了。

我自己看過許多描寫樂團的漫畫和小說，加上本身國小和國中參加過學校的樂隊，所以一直很想寫寫看以音樂爲背景的愛情故事，也知道我早晚一定會去寫這樣的題材，但只要一想到音樂化爲文字敘述後會變得較爲抽象，我實在沒有太大把握可以將這個故事寫好。

會下定決心動筆，是去年無意間聽到日本一支傳奇樂團X Japan的歌，讀過團員的故事後，他們的感情羈絆讓我深受感動，這才確定要寫一個高中熱音社的故事。

X Japan曾在一九九七年解散，但解散後人氣不減，歌曲還傳唱到全球，二〇〇七年宣布復出時，當時吉他手hide已意外過世，後來在復出的演唱會上，工作人員運用3D折射投影效果，讓他的身影立體呈現在舞台上。

因爲自己學過鋼琴，對鋼琴比較熟悉，加上我又是個小提琴控，覺得男生拉小提琴的模樣很帥，以前在音樂教室常常偷看人拉琴……（笑），所以表面上寫的雖然是樂團，但實際上男女主角卻分別主攻小提琴與鋼琴。

從下筆的那一刻開始，我的心裡就有強烈的預感，這個故事將會非常難寫，對於沒有學過樂理的讀者來說，我該怎麼表達音樂的風格、演奏技巧及手法？要寫到多細膩的程度？

況且這個故事角色較多，有別於過去一對一的配對，嘗試了很恐怖的多角戀，這不知道幾角的感情糾葛，像是迷宮般的無限迴圈，眞的十分考驗我的寫作能力。

寫作前我花了一些時間收集資料，把樂團裡的各項樂器弄懂，也到附近的高中取材，跟幾個熱音社的社員聊天，聊到大家爲了比賽或成發，一起努力練團的美好情誼，更加激起我滿腔熱血，如果青春可以重來，我一定要加入熱音社！（握拳）

其實自己想了想，雖然知道有很多關於音樂的細節可以簡略，但最後還是決定加入了一些自己喜歡的東西。另一方面，也因爲靈感是來自X Japan，故事後段才會呈現這種走向；這是我第一次讓重要的配角領便當，寫到後面心情也非常難過。

另外，關於故事裡寫到一段追運煤火車的過程，其實那是我小時候的回憶。當年只要聽到平交道的警示鈴響起，就會和鄰居的小孩不約而同奔出家門，一群小孩就會沿著鐵軌旁邊的竹林小路，又叫又跳追著火車跑，運媒車開得很慢，帥氣的車長先生會拿著帽子朝我們揮手，那是一段很有趣的童年回憶。

而故事結尾則是我這幾年的感觸，在人生的路上，我們在年少時總是憑著一股傻勁去追求夢想；但是很多時候因爲現實或其他因素，未必每個人都能夠實現自己最初的夢想，或者有幸實現，但是成果卻不如預期。

當不管再怎麼爲了夢想努力，仍然無法實現或達到目標的時候，那就跟著芷昀的腳步，幫自己再找尋另一個新夢想吧！只要持續努力不懈，別讓自己的心就此荒蕪就好。

最後，這一年來，謝謝小編阿南、湘潤和總編輯馥蔓，謝謝POPO辛苦的工作人員，爲大家帶來這麼好的創作園地。

謝謝你們，陪我走過這一年的寫作歷程，閱讀了這個故事。

我們下一個故事見！

琉影

城邦原創 長期徵稿

題材

(1) 愛情：校園愛情、都會愛情、古代言情等，非羅曼史，八萬字以上，需完結。
(2) 奇幻/玄幻：八萬字以上，單本或系列作皆可；若是系列作，請至少完稿一集以上，並附上分集大綱。

如何投稿

電子檔格式投稿（請盡量選擇此形式投稿）

(1) 請寄至客服信箱service@popo.tw，信件標題寫明：【投稿城邦原創實體書出版／作品名稱／真實姓名】（例：投稿城邦原創實體書出版／愛情這件事／徐大仁）
(2) 稿件存成word檔，其他格式（網址連結、PDF檔、txt檔、直接貼文於信件中等）恕不受理；並請使用正確全形標點符號。
(3) 請附上真實姓名、性別、聯絡電話、email、POPO原創網會員帳號、作者簡介與出版經歷。
(4) 請加入POPO原創市集(www.popo.tw/index)申請成為作家會員，並將投稿作品公開放上該網站至少4萬字，若想全文公開也可以。

紙本投稿

(1) 投稿地址：10483台北市民生東路二段149號6樓A室
城邦原創實體出版部收
(2) 請以A4紙列印稿件，不收手寫稿件。
(3) 請附上真實姓名、性別、聯絡電話、email、POPO原創網會員帳號、作者簡介與出版經歷。
(4) 請自行留存底稿，恕不退稿。
(5) 請加入POPO原創市集(www.popo.tw/index)申請成為作家會員，並將投稿作品公開放上該網站至少4萬字，若想全文公開也可以。

審稿與回覆

(1) 收到稿件後，約需2-3個月審稿時間，請耐心等候通知。若通過審稿，編輯部將以email回覆並洽談合作事宜，如未過稿，恕不另行通知。
(2) 由於來稿眾多，若投稿未過，請恕無法一一說明原因或給予寫作建議。
(3) 若欲詢問審稿進度，請來信至投稿信箱，請勿透過電話、部落格、粉絲團詢問。

其他注意事項

(1) 請勿抄襲他人作品。
(2) 請確認投稿作品的實體與電子版權都在您的手上。
(3) 如果您的作品在敝公司的徵稿類型之外，仍然可以投稿，只是過稿機率相對較低。

國家圖書館出版品預行編目資料

曾有你的雨季／琉影著 . -- 初版 . -- 臺北市；城邦原創 , 民 104.11
面；公分 . --（戀小說；51）

ISBN 978-986-92469-0-3（平裝）

857.7 104024342

曾有你的雨季

作　　者／琉影
企畫選書／楊馥蔓
責任編輯／胡湘潤

行銷業務／林政杰
總 編 輯／楊馥蔓
總 經 理／伍文翠
發 行 人／何飛鵬
法律顧問／元禾法律事務所　王子文律師
出　　版／城邦原創股份有限公司
台北市中山區民生東路二段 141 號 6 樓
電話：(02) 2509-5506　傳真：(02) 2500-1933
E-mail：service@popo.tw
發　　行／英屬蓋曼群島商家庭傳媒股份有限公司城邦分公司
聯絡地址：台北市中山區民生東路二段 141 號 11 樓
書虫客服服務專線：(02) 25007718・(02) 25007719
24小時傳眞服務：(02) 25001990・(02) 25001991
服務時間：週一至週五 09:30-12:00・13:30-17:00
郵撥帳號：19863813　戶名：書虫股份有限公司
讀者服務信箱 email：service@readingclub.com.tw
城邦讀書花園網址：www.cite.com.tw
香港發行所／城邦（香港）出版集團有限公司
地址：香港灣仔駱克道 193 號東超商業中心 1 樓
email：hkcite@biznetvigator.com
電話：(852) 25086231　傳眞：(852) 25789337
馬新發行所／城邦（馬新）出版集團 Cité(M)Sdn. Bhd.
41, Jalan Radin Anum, Bandar Baru Sri Petaling,
57000 Kuala Lumpur, Malaysia.
電話：(603) 90578822　傳眞：(603) 90576622
email:cite@cite.com.my

封面設計／黃聖文
印　　刷／漾格科技股份有限公司
電腦排版／陳瑜安
經 銷 商／聯合發行股份有限公司
電話：(02)2917-8022　傳眞：(02)2911-0053

■ 2015 年（民 104）11 月初版　Printed in Taiwan
■ 2021 年（民 110）4 月初版 12 刷

定價／260元

ISBN 978-986-92469-0-3

POPO城邦原創 www.popo.tw　城邦讀書花園 www.cite.com.tw